舞雩氣象

天狼星散文選

溫任平
張樹林

主編

【總序】散文的懷舊，綴飾與隱匿書寫

溫任平

> 暮春者，春服既成，冠者五六人，童子六七人，浴乎沂，
> 風乎舞雩，詠而歸。
>
> ——《論語·先進篇》

1.

出版了四百五十頁的《天狼星詩選：盛宴》，天狼星詩社接著又籌備出版《天狼星散文選：舞雩氣象》，二十六人一厚冊，聽起來彷彿像一則夢話。馬華文學團體，只有《犀牛》在七十年代出版過《犀牛散文選》，梅淑貞作序。《犀牛》初創有十八位成員，不足半數成員參與散文選，正確人數待查。

如實的說，散文很少有不懷舊，因為寫的是過去的、發生了的事。經歷本身的甜酸苦辣，以及快樂難堪悲哀痛苦的感受，在文字間自然流露出來。懷舊敘事與隱匿書寫，既然幾乎包括了散文的全部內涵，那還有什麼可議論的呢？有的。有關散文寫作技巧與理論的書真的不少。有心人可叩王鼎鈞、鄭明娳、黃維樑教授的大門，與他們學習、印證，並且打造散文的多元媒體高速走廊。

我們可以論文章的氣，正如論畫可用「氣韻生動」。曹丕《文心雕龍》論「文氣」很有獨特的意見。他的「文氣論」關係到氣味、氣韻、氣質、氣象、氣勢等衍生概念的文藝理論系統。

曹丕講了一些內行人的話：

> 文以氣為主，氣之清濁有體，不可力強而致。譬諸音樂，
> 曲度雖均，節奏同檢，至於引氣不齊，巧拙有素，雖在父
> 兄，不能以移子弟。

　　從文體論來看，論述說明（discursive and expository）有它
的敘說表達方式，抒懷寫意（lyrical and impressionistic）需要另
一種文字節奏，始能有效傳遞，凡此種種皆與語言的律動離不開
關係。楊牧的書卷氣的浪漫與抒情，不同於亦健亦豪的秀筆張曉
風，與「感到趕到敢到」痛快淋漓的許達然。張愛玲的世故練達
蒼涼，與木心情思轉折的戲劇感與詩一般的智慧，表面近似，沉
吟摩娑，會發現細部的不同，不僅技巧不同，節奏感的著重點亦
有異，他們的散文音樂意趣各擅勝場。

　　余光中、楊牧皆重散文的知識傳承，抒發為知識才情的傳
播感染。這一點我把握得很緊。散文作者常犯的毛病是：言之無
物，為文造情，以日常套語（自覺的或不自覺的）與固定反應
（stock response）成篇。文章無話找話說乃呈空洞。把表面空洞
的大話說出道理來，那是成功的美學逆襲。

　　我在六十年代初對文言頗為抗拒，這種文字鬱結，終於從
楊牧與其恩師徐復觀的語言學習體驗，得到徹底的紓解。一個大
雨滂沱的夜晚，我細讀了楊牧追思徐老的文字，自己全然代入楊
牧在東海大學上徐復觀的〈韓柳文〉的課的心情。原來徐復觀用
了一個學期的時間教〈平淮西碑〉與〈柳州羅池廟碑〉。徐老反
覆解釋文言章法結構、技巧用字，而楊牧終於恍然韓愈文章的精
神和肌理，並決定以白話的聲調學習古文之質理，用楊牧的話：

「通過現代的語氣來恢復古文的澎湃」。

爾後是自己花了近兩年時間的浸淫文言典籍，而對我影響最大的，莫過於前後赤壁賦與明末公安派的性靈小品。其實我對唐宋八大家，對桐城派古文花的時間不多。不是不想踩進去，機會成本的考量，太多的中西典籍要讀了。

《天狼星散文選：舞雩氣象》收入覃凱聞的三篇文言散文，對一貫主張並提倡「現代詩」、「現代散文」（modern prose）的編者而言，是很大的心理考驗。林語堂的文言造詣高，幽默風趣，格調詼諧。覃凱聞的文白夾雜，沙石俱下，我稍修飾即讓他過關。二十歲的在籍大學生不用網路語，不用方言俚語，返祖式（atavistic）的復古，在大馬固然希罕，兩岸三地亦係少見。要在大馬華文的語境下看這些捅搭餿飣，始能略窺今日漢語的處境。任誰都會懷疑覃文有關英軍將領出賣同袍的「史實」，文學本就鼓勵虛構──這並非是後現代主義的特權──覃文的真實性不那麼重要，重要的是他用文言來處理偽史後面的企圖心。

個人的懷舊，就常理，第三人不太可能感到有趣，你的爸媽、表姨丈姑姐對你是好是壞與眾卿家何關？除非懷舊之外，作者還有話囁嚅欲言。除非敘事之外，別有暗示。文章必須要有趣味，有格調，有寓意。調侃不是口頭上佔人便宜，引人發噱其實是在巧妙的說出真相。缺乏幽默感，一直是漢語散文的通病。

林語堂是一代幽默大師，當代的大陸作家劉震雲、舒婷都懂得幽默，余光中也很風趣。香港的林燕妮、西西、杜杜、李碧華，五、六百字的散文到了他們手上簡直成了絕活。新加坡邁克（後來移居香港、美國）的影評與人生體會，他的專欄短文，只能說太好了。在大馬，以前有個在《學生周報》寫專欄的雅蒙，也寫得不俗，兩岸三地加上新馬，寫這類短文的十個手指可以數

完。這部選集收入鄭月蕾談狗、談企鵝的小品，聊備一格。鄭月蕾的興趣旁及城市觀察、詩評與文學散評，這使她的一帙五篇旨趣頗為多元。

我很在意整體性，一首詩或散文必須有個不俗的題目，結尾不能草草了事，文字、情節的安排要能壓軸。高華如余秋雨，取個爛題目那是佛頭著糞。文章一路寫來，有條有理，抒情敘事，兩者皆宜，卻在末段或最後幾句洩了氣，那叫「觀音頭掃把腳」。散文要好到最後一個標點使用準確，用句號作結之處卻用驚嘆號，散文整體表現扣分。要把散文視為一門藝術，藝術要求整體美。

2.

大多數的散文作家，都具備鋪敘的能力。寫景相當到位，高中到大四的訓練，讓大家懂得把看到的，用筆描繪出來，交代細節，都認真仔細，還帶著想像的創意。這是基本功。

大多數的散文作家，都擅長記述、敘述，再附加其他的說明、猜測，一路追蹤下去，整套書寫如搭順風車、遊花園。速度慢一些，安步當車，景色人物盡收眼簾，但這也是基本功。語文比較有天分的高中生做得到，中文系的本科生，更應該做得到。

基本功重要嗎？重要。當然重要。大家只要在基本功上面加把力，就能融情入景，用外在的自然景觀的變化，襯出心裡想說又不想說到盡頭的私語、絮叨，一條路走到黑，那多無聊無趣。一邊遊覽，一邊思考（幻想也可以），多少外部現象都有內在意義。比如說，你看到伐木，比方說，你看到九寨溝的生態破壞，於是就產生一種鬱結，一種想要抗議的衝動。這些相關的聯想與

字裡行間的批判，使文章不致言之無物。

描寫細膩，辭采多姿，露凡、廖燕燕、程可欣、駱俊廷、黃俊智、王晉桓、陳雯愛、廖雁平表現特出，頗能發揮美學的移情作用，他們的鋪敘、衍申能力很強，可以咬住一個焦點不放。露凡寫外婆已見功力，寫蘇堤進一步對藝術有所體會領悟。陳雯愛對她的偶像的敬仰，文章專注在這個點上發揮，令人動容。黃俊智寫紫金花樹保暖袪寒，甚至用到賣火柴的女孩的童話，令人莞爾。程可欣的四篇東京紀事，處理比《馬大散文集》階段細膩，詞彙也豐富了。從學習日語到東京生活的適應，一種風格，敘述再三，繼之以四，以概其全。拿督黃素珠的三篇文章，寫鏡子與父親，寫巴黎之行的女兒，寫水患期間的災民與災情，題材各各不同，人生的關注點多元，風格才能多變。

廖雁平孜孜追述稻田、麻雀、稻草人、蒼鷹、烏鴉的叫聲「無謂──無謂──」。我開始以為他要嘗試撰寫漢語版《麥田捕手》（The Catcher in the Rye），誰知文章不足千五字即戛然而止。廖雁平的第二篇〈七粒紅豆〉，像當前網路流行的截句詩，簡單，不，簡陋，應該說它更像一部奇情電影的劇情概要。這種無厘頭寫法與後現代無關，是作者與當事人雙方都同意的刻意大塊斧削，記其事，不寫真。這種「懷素寫法」，是《傾國傾城》范柳原於香港淪陷的廢墟斷牆下，見到白流蘇那一刻，刀一般的決斷。這種寫法叫著「極簡主義」（minimalism），名稱好聽，社友們不宜學。

廖燕燕著筆大膽奔放，抒情寫志，興味淋漓，她投身教育事業，義無反顧，她得道多助，助她一臂之力的人真的不少。同是佛教徒的藍啟元校長從事醫療義工久矣，他的文章沒有廖燕燕的張揚，但他的愛心含蓄，用字遣詞，有一種抑壓的不忍之情，使

我聯想到醫院末期病患周邊的狀況。藍啟元讓我想起豐子愷的親切與同情，民胞物與，（病人）人都需要關心與愛護。駱俊廷的家人做保麗龍飯盒與木筷生意，他坐井觀天，天降大雨，把天窗關上，即陷身昏冥天地，彷彿人在沉船，陽光照耀下浮塵仿似遊弋的魚群，俊廷與蜘蛛網為伍，抒寫至此，文章突然有了微妙的象徵意義。文章要到話中有話，言有盡而意無窮的暗示、折射、啟發、象徵之境那才叫高明。就這個意義，能夠意出言外，話中有話，能暗示，能影射，陳明發肯定是這部散文選的佼佼者。

散文很容易走向兩個極端，「美文化」與「大白話化」（白開水化）。散文選的一百零一篇文章，沒有這問題，反而散文過於「散文化」：「因為……所以」「雖然……但是」「如果……不然」「……的時候」……交代得太清楚反而囉嗦，至少是「不簡潔」，尤其是「但」、「因為」，對散文的傷害深且不露痕跡。適度的挪用文言詞匯，包括文言的介詞、副詞、連結詞大有幫助。用西化語句，有助於用新元素組句，把熟悉的漢語變成不那麼熟悉而偏又奇趣橫生的漢語。大白話的好處在於流暢，弱點在於拖泥帶水，仿似流水帳，不耐細嚼。

3.

把散文美文化固不可取，但把散文詩化或部分詩化，像李宗舜、張樹林、陳鐘銘……都傾向詩化散文，宗舜把他的現代詩改頭換面成散文，散文的邏輯因而稀釋，寫到第六篇，已近散文詩或分段詩。張樹林的夢話「擱置不信」（suspension of disbelief）放逐邏輯，夢話其實是詩話，用夢呈現，多了幾分神祕詭異。

陳鐘銘的五篇散文，從巴剎到霹靂河沿岸收購魚蝦的記憶，

牴犢情深，溢於言表；稍長求學，少壯的職場奮鬥。五十歲前夕，他在大馬組跨國車隊籌募慈善基金；赴日觀光，目睹鮭魚的返鄉之旅，回想自己過去多年來的流離遷徙，鮭魚的顛撲泳前，在鐘銘筆下突然提升到象徵的層次：

> 　　每次到札幌，總會想起九年前初次邂逅小鮭魚的千歲川鮭魚館。對鮭魚大遷徙的震撼與感動，在此地第一次從國家地理錄製的節目走進真實的場景。與大自然和諧共生的鮭魚館緊靠千歲川，隔著一片玻璃，我的掌心傳來千歲川上游萬頭攢動的生命脈動。我看著一尾尾的小鮭魚著一身青澀斑點，快樂的隨大隊順流而下，開始史詩般的生命旅程。
>
> 　　此去經年，這些少年鮭魚也許不知道，等在前頭的是嚴峻的萬里遷徙，在浩瀚的太平洋歷練之後，還得原路返回，逆流飛躍肉食動物爪牙的殘酷考驗，在生命最後的時段回到最初的源頭：繁衍，重啟生命之旅，然後死亡。想到小鮭魚今生無可避免、不許回首的成長宿命，我竟悲傷得不能自己。那年，千歲川在淚光中依舊陽光和熙波光潋灩歲月不驚……

　　林迎風寫作多年，他是資深媒體工作者，下筆飛快，文筆從容流暢，他擅長音樂，過去曾為多位國內歌手寫過歌詞，他的浪漫情懷，與他的醉心音樂為曲譜詞有關。我感到快慰的是，林迎風的作品能從過去的佻達，進入今日散文的收斂。徐宜寫詩有好些年了，寫散文始於二零一八年六月，她的文筆踏實，自然隨興，不怎麼樣理會前人的套路，反而有機會脫穎而出。徐宜的可

塑性強，假以時日，成就可期。

　　徐海韻的散文有些接近短篇小說，楊世康散文的大量對話，使他的作品，文類介乎散文與小說之間。海韻的散文山風海雨，自己被水淹到直打嗝、透不過氣。楊世康用對話來推動情節，海韻以戲劇化的情節、動作，加強作品的整體張力。她寫自己被突然「禁錮」（因病被隔離），種種狼狽出位，真是一絕。她對自己的肥胖，容易打嗝，透不過氣，恐高畏水，……毫不忌諱，總不忘「自爆其醜」，自我調侃，甚至說些蠢話，是另一種方式的隱藏。她寫〈爬山〉，一個畏高怕水的人，遭遇當然是恐怖的：

　　我喜歡去水上樂園，在水裡走來走去，劃動雙臂，假裝自己會游泳，姨丈笑說我去水上樂園是浪費了他的門票，兩個表妹非常大膽，幾乎玩遍了所有設施，除了那最高的水滑梯，必須爬上數層樓的高度，可以選擇筆直或者稍微有波浪弧度的滑道，在高速和尖叫聲裡滑下來，她們躍躍欲試，卻也難得的感到害怕了。姨丈看著高高的滑梯，笑得很燦爛，他鼓動著我們去玩，『不要怕，爸爸陪你們』這句話重複說了幾次，並且舉步就走，小表妹們又怕又樂地原地踩腳，最終仍是追了上去，剩下我站在原地，忽地心裡空了一塊，心臟好似停了數拍，那一刻，我似乎知道了我的生命裡缺失了什麼……

　　序文寫到這裡，使我想起那晚月蕾躺在大廳沙發讀著海韻的文章，我聽到她強自遏制的啜泣。當我問她發生了甚麼事，她要我去讀一讀海韻貼上詩社群組的散文〈爬山〉，我把自己埋在房間內。一個人讀了。也哭了。

走回大廳，凌晨二時半，我與月蕾鄭重的討論了詩社應否籌編散文選。這問題延宕多時，編散文選的計劃擱淺就是不動。我也擔心詩社缺乏散文的寫手。我的考量是，詩社能號召到十五個社員寫散文嗎？這是問題一。問題二是這十五個社員拿得出像樣的作品來嗎？月蕾用很奇怪的眼神看著我，那個晚上，她就是那樣盯著我，然後輕輕說：你不是剛剛讀了海韻的散文嗎？你還猶豫甚麼？除了海韻、彤恩，我們還有其他有寫散文天份的社員，他們應該有他們的散文園地。「散文園地？」「我說的當然是散文選啦。」「好好好……」散文選的事終於有了轉機。

　　我於是在理事會上，在常務理事會上，重提舊事，宗舜、樹林、啟元、川成均認為散文選仍有可為。後續發展是大家都知道的。

　　我本人收進《舞雩氣象》的，不是幽默文章，反而是如假包換的文化論述。第一篇只有六百多字，虛中有實，其他三篇文化書寫，紀實以喻虛，或可讓人瞭解散文的向度與可以擴展的深廣度。我還是喜歡在言志的同時抒情，讓文章有生氣有人氣。

　　散文技巧千彙萬狀，挨家挨戶去寫，成了住貸戶調查員；青山綠水美麗怡人，鋼筆不如畫筆，繪畫又不如拍攝，拋下外在表象寫內心的世界吧，表象只是個觸媒，只是詩人、散文家借物起興的「物」，它不是亮點更不是書寫的焦點。城市散文與田園散文，沒有孰強孰弱的區別，只有哪個處理得巧妙的分歧。我從小就喜歡沈從文，五十歲之後開始留意琦君，他們都很鄉土很田野，他們同時具備現代性的敏感與睿智。

　　另一種隱匿的書寫是以外在的吊兒郎當、漫不經心，法國式的「漫遊者」（flâneur）的姿態。我的〈夏宇在上海Sasha's酒吧〉（2004）是一個典型的閒蕩者，他在上海繁華熱鬧的東平街

蹓躂，邊走邊寫，走倦了就坐在Sasha's酒吧裡叫了杯飲料，沉思、回想、寫作，在Sasha's酒吧讀夏宇的詩集，典型的布爾喬亞的優越感。卓彤恩寫她在南京「扮演」女性漫遊者（flâneuse）：

> 清風輕輕吹起裙擺，法式裹身裙總是如此的隨意。草帽將髮絲都藏在裡頭，好似英國二十世紀前的淑女不將髮絲宣之於眾。一個秋冬的休養生息，膚色漸白。

她的〈夜魅群舞會〉：一個女大學生，出來舞會泡，現場觀察，腦激盪般的挑戰現實與想像。〈唐約瑟糾結與紓解〉描述作者聽Tannhäuser唱華格納的歌劇，在近乎忘我的境界裡，她看到自己從小到大接近音樂：從學鋼琴到小提琴的過程，她不擅長舞卻因唐約瑟而翩然起舞。實景、記憶、聯想縮接在一起，難怪一年前我把彤恩的〈唐約瑟糾結與紓解〉，貼在我的臉書上，一向吝於讚許的詩人學者高塔（Wang Hgtower）迅速發出由衷的讚嘆：「精彩絕倫」。

鄭月蕾的〈那一夜凌晨一點〉寫的是城市的迷路經驗，新奇事物的取代舊有事物，一路上不斷闖入眼簾，十年人事幾翻新，城市的改變何需十載那麼久。文化變遷以加速度進行。在城市裡奮鬥，一直都在「趕」「趕著辦事」，沒有一字提現代焦慮，「焦慮」以一連串的頓號形成文字的律動：

> ……是他，是司機帶我走遍這個大都會的大街小巷，載我趕赴一個又一個的會議、趕班機、趕盛會、趕期限、趕月臺等等，從擁擠的車道穿越一座又一座的建築物走捷徑，在司機老馬識途的闖蕩下，很多時候都能及時辦好我應辦的事。

王晉恆寫吉隆坡的亞羅街、武吉免登隱含批判的意味，flâneur哪種客觀的、漫不經心的抒寫，箇中不乏微言大義，對城市的批判，王晉恆以一段散文的結束：

> 回到39樓的公寓，那晚繁華的夜景伴我入眠。午夜，驟雨卻一勺一勺地自天堂潑在我的窗，把夢吵醒。點滴霖霪，玻璃窗的水珠倒映整座城市的光芒——易碎而虛幻，我想起街角吹起的七色泡泡球。

點出城市的奇幻、虛假與脆弱性。卓彤恩的其中一篇散文，用一位美國教授的話點出馬克思的思想。討論《簡愛》中簡愛和羅賈斯特之間的感情，彤恩的兩位老師的看法不一。一個說：「文學解決問題」，另一個說：「簡愛創造了典型環境中的典型人物」。像這些大學生活真實的綴飾、插播，的確能使平面的文章立體化、生動化。

4.

《舞雩氣象》收入的散文不僅是抒情散文，述志散文。小五華文開始學作文，把文章分成：敘述文、記述文、描寫文、寫景文、抒情文、說明文、議論文、小品、隨筆、遊記。我的廿九年教書過程遇到的華文老師過百，大家談到作文教學，無一人提寓言，無一人提戲劇，難怪國內編的幾套大系，戲劇部分薄弱得可憐。至於寓言，我們的大系編者大概還以為是「小小說」或「微小說」。

這有點語出題外。還是回到散文這一塊，司馬遷的《史

記》，從記敘、說明、描述、議論的角度看，都是上乘的散文。老莊的哲學散文，是絕佳的古典散文示範。《舞雩氣象》收入覃勘聞的文言篇章，說得嚴重一些，是向當代（現代）的漢語冬烘「挑戰」。潛默用蛇、鼠等隱喻，詮釋《聖經》的原罪論，他的〈老鼠攻略〉、〈老屋記憶〉，把嚴肅的詮解情境化與情節化。它們開了我的眼界，逼使我必須翻閱《聖經》。讓我進一步瞭解文學創作的「黃金比例」，與一般人讀經的「黃金法則」之不同。聖經的詮解也是散文。謝川成的學術生涯記敘，讓讀者瞭解學者不是躲在象牙塔裡安逸的一群，研究工作沉重，學術界其實「真的不簡單」。

陳浩源的三篇極速文章（乘坐飛機），示範了他的「高速公路文學」（highway literature）。涉及高速公路，當然離不開城市、城市和城市的聯繫。它裡頭有游蕩文學的因素，但節奏緊張迫切，一切都在趕趕趕擠擠擠，遊蕩的無根感雖然近似，遊蕩的悠閒感覺卻並不存在。陳浩源每次擠進火車，都有成功進了「阿房宮」的感覺，比喻滑稽，語調後面隱藏辛酸疲苦。浩源的三篇散文近似源自十六世紀西班牙，十八、十九世紀流行於歐洲的惡漢體（picaresque）書寫，但他的自言自語無涉偷騙拐賣，反映的是生活的真實：在中國大陸拼搏的大不易。搭飛機在中國大陸是怎樣的「大事」，見諸下面的一段記述：

> 登機口附近總有些急性子的人，拉著箱子，焦躁的看著門口，和工作人員對望，直到工作人員用誇張的嘴型說：還──沒──開──始──登──機……，徘徊，踱步，側目看看那些跑單幫的職業買手，在討論待會入關的策略。千篇一律的登機順序廣播，握著數字和英文字母排列組合

的座位登機牌，誰坐在你邊上，已經不重要了。無論多吵的機艙空間，帶上耳機（最好是抗噪音的那種），就擁有空靈的自我世界。幾乎可以數著自己呼吸的節奏，在參與和疏離之間遊離，這些年我就是這樣，一不留神的步入中年。

　　寫詩不可風花雪月，空洞無物，散文當然需要更多的料更有味道的餡。鄭月蕾論詩藝，談時空觀念；卓彤恩引介馬克思的見解，強化了文章的內涵。至於陳明發的議論，兩個自我在文章內互動互辯，在這部散文選的奇葩式演出，可謂有趣。明發的散文像極短篇，情節荒誕，隱匿閃縮，遊身而戰。他指出「徐志摩」的概念化、定型化，如此理性的、分析式的散文，使我想起一九二四年秒魯迅、林語堂、周作人、錢玄同等人在北京辦的文學週刊《語絲》的文章風格：無所不談，無須顧忌。從這角度看，即使內容離奇，帶點炫學，也就可以接受了。魏晉南北朝的《世說新語》，是中國最早的筆記小說，三十六類計一千多則，那可是這類寓言故事的靈感源頭。

　　這部散文選共收入二十六人的一百零一篇散文作品。以散文篇數計，這是馬華文壇迄今收入最多的一部選集。作為散文選，感傷主義的餘緒不免，這是散文幾十年的老毛病了。我可以忍受它，因為這也是人性流露的一部份，也是詩社成員的作品的真實表現。文學藝術的褒貶臧否，仍應該由非詩社的人日後去做。

2018年7月27日

目次

廖燕燕

林迎風

露凡

潛默

覃凱聞

徐宜

楊世康

張樹林

鄭月蕾

卓彤恩

曾美雲

一場生死大考

病，來得很快。

前一個月問我，我絕對不會認為我是一個「病人」，一切的健康保健療程，都離得我遠、遠、遠！

後一個月，我就把自己放到手術檯上，不省人事的接受了十個小時的手術。開兩刀，一刀切除了頭頂的腦膜瘤，以及一刀切出了頸項上的甲狀腺腫瘤。這其中又包含了兩個小時的急救，因為據家人手術後的描述，我，曾經停止了心跳五分鐘。

一切，只因為二零一三年五月四日開車回家鄉，準備隔天投票的路上；在龍溪休息站時，我昏倒了。當時根本不知道「我昏倒」這事兒，只知道閉一閉眼，到打開眼睛，就發現救護擔架已放在我身旁；在還來不及多謝幫我找救護車的好心人、還沒搞清所有事情時，我又昏去了。在旁觀看的群眾，說我在昏倒時，好像羊癲癇發作，牙根緊閉、雙眼上吊。

這一昏，病況就被檢查出來了，五公分那麼大的腦膜瘤，在X光及MRI照射下無所遁形；在布城醫護人員的詢問下，發現喉嚨上也有腫塊；因為擔心腦部手術會引起中風的危險，所以她們也抽些頸部的組織送去化驗。

五公分對她們來說，是好大的腦瘤啊！對我來說，實在也搞不懂天高地厚的危險，以為一覺醒來還是行動一如往常；但她們卻建議，儘快動手術。由於吉隆坡中央醫院是全馬腦科手術權威，就決定轉院由他們來動刀。擾擾攘攘地住院一星期後，我可

以出院了，而腦部動刀的日子，訂在了六月七日。

五月廿八日，我又先到布城醫院去看化驗報告。這一看不得了，竟然診斷出另一種病來了，頸項上長的，是甲狀腺腫瘤！甲狀腺，倒是布城中央醫院的權威科別。

這下可好了，甲狀腺腫瘤、腦膜瘤！這兩邊到底是誰影響了誰、誰造就了誰？任誰，也說不準的吧，唉，這可怎麼辦好？

幸虧，兩邊中央醫院溝通的結果，決定長痛不如短痛，一次痛、好過痛兩次！便決定在二零一三年六月七日，在吉隆坡中央醫院，一次切兩刀，徹底解決問題。

六月七日早上，先由吉隆坡中央醫院的腦科醫師，花六個小時，把腦膜瘤切除；再由布城中央醫院的甲狀腺專家，用兩小時的時間，把甲狀腺腫瘤刮乾淨。原本依照計劃，是八小時就可以做完。但誰知人算不如天算，竟然出了意外而導致出血不止，甚至心臟停止了跳動，嚇得眾位醫師要多花兩小時，進行急救，才把在鬼門關前徘徊了十個小時的人，強搶回來了！

但，這一段手術故事，都是聽旁人敘述的，一點都好像不是我親身的經歷。

而事實是，六月七日在被推入手術室後，我就被麻醉得不省人事了。急救的過程有多危險？有多少位醫師參與了手術？腦科的急診室長什麼樣子？我是一概不知。也聽說，手術後曾住了五天的腦科急診室，在那裡，我曾張開眼睛，也會跟家人、朋友打招呼，只不過不會說話，卻會微笑；但這些對我來說，真沒那個印象哎。

真正的清醒，已是六月十一日星期二，我被移送到普通病房了。摸一摸頭、頸項，我都不禁懷疑究竟有沒有動過手術、有沒有被切除過什麼。感覺起來，手術似乎很小，但聽著旁人的不斷

敘述，回想，手術過程也是蠻龐大、蠻危險的！不禁慶幸自己，可以大步的跨過這個難關！

　　我該當慶幸，沒有變成腦科醫生口中的植物人；也該當慶幸，四肢仍然健全；最該慶幸，我沒有失去所學的知識與智慧。手術後我常想啊，為什麼當時傷口都不會痛，至今也仍不知手術所帶來的痛？為什麼住兩個星期醫院就能出院？為什麼休息了一個月，就能順利回到工作崗位？我是一個動了那麼大手術、在頭上頸上切了兩大刀的人哪！

　　能回歸到人生的正軌，我把這場病，視為一場人生的大考。如果沒有這場病，我不會先把家中重要的事物分門別類；如果沒有這場病，我不會去預立遺囑；如果沒有這場病，我不會知道家人朋友是多麼值得珍惜。因為這場病，改變了我人生追求的方向！

　　跨過了這場生死大考，相信前方，必定會有風景優美、賞心悅目的境遇，在等待著我。

一切，從滷鴨談起

全都是滷鴨的錯。

把一隻鴨子，滷成墨黑色，湯汁甜美、薑蒜味濃郁，剖開後對上湯汁再燜滾過，更是好味絕頂。這道讓兄姐們至今難忘的所有程式，我都曾按照媽媽指示，一道工序又一道工序的做過；在最後幾年春節時，媽媽的滷鴨都由我操刀完成，兄姐們則負責搶吃到鍋子空、空、空。

但是，至今我才明白，「指示」，絕對不等於「教導」。

媽媽罹癌逝世後的第一年春節，按照媽媽過往的指示，我依序把鴨子滷好上桌。結果，全家人都搖頭不已，我則百思不得其解！為什麼濃香不再？為什麼肉片粗糙難咽？為什麼墨黑的鹵汁會苦？為什麼？明明一切都依照媽媽的指示去做，還是讓我錯得一塌糊塗？

從此，我不願再碰「滷鴨」這回事，我覺得都是醬料的錯、醃粉的錯、火候的錯，最大的錯，是該死的鴨子不跟我合作，害我失敗在最有把握的一道菜上面，害得家人都以為我是一個不會煮食的女兒！從此，過年過節，就由兩個嫂嫂擔起烹煮的重責，我只好到旁邊洗洗刷刷、負責清潔。

媽媽離世至今已有十二年，我一直放不下「滷鴨」這掛礙。我沒有辦法把媽媽的菜做好，沒有保存好該有的「媽媽的味道」，思念時我再也找不回那記憶中的味道，我相信兄姐們一定也十分掛念那陪伴我們成長、難以忘懷的滋味；但是，我做不到了。

　　嫂嫂雖煮得好吃，也造就了她們兒女們的「家香」味。但媽媽的「家香」味，才是我永遠的最愛，所以數年來的春節，我抱憾無盡！為什麼跟著媽媽烹煮年夜飯這麼多年，我竟然一無所獲！十二年中我不斷思考這個問題，好不容易冷靜下來回溯滷鴨的過程，終於明白，「指示」，真的絕對不等於「教導」。

　　媽媽每次都買養好過年用的「番鴨」，回家後讓我坐在水缸邊，用細夾子把細鴨毛拔乾淨；然後她把配料都放好，指示我拿來醃在整只鴨子上。置放半天待鴨子入味後再開始滷。這裡，我就忽略了該記取配料的分配比率、鴨子醃製的時間。

　　首先她會指示我下糖以慢火熔解成漿，再倒入濃黑醬油拌勻；這要注意糖漿有沒有焦掉，焦掉的話，整鍋湯汁也就苦了，所以火候的控制就很重要了。

　　然後把醃好的鴨放入鍋，把滾燙的墨汁抹上，塗成黑鴨子。然後將打扁的整顆蒜頭、切斷成塊的藍薑塞滿鴨子的大肚子，剩餘的則放在鴨子身邊，蓋上鍋蓋，用大火先燜上一會兒。開蓋幫鴨子翻個身，再燜上一會兒，這個過程是要用中小火去完成的。我也都一一按照媽媽的指示開開關關。

　　等到鴨肉吸飽墨汁後，「放入適量的水去燜滾。」當水淹過四分之三的鴨身，媽媽就吩咐蓋上鍋蓋等待成果了。間中會叫我去看看火候、幫鴨子翻翻身等，到鴨肉能被筷子輕易穿透，一鍋濃香四溢的滷鴨就大功告成。

　　過程中，我發現我都是被動的去完成媽媽所吩咐的動作、依賴指示去完成，我並沒有「用心」！「用心」去記取她所吩咐、所指示的，我只是乖乖地照做如儀，不曾認真儲存在腦袋內；我以為，以為她永遠都會在身邊指示我做這個、弄那個；我以為我可以賴在她身邊一輩子不用做決定，我以為死別不會這麼早降臨

在我們之間，一切好像應該如此，直到天長地久。

當「理所當然」遇上「無常」，生命真的就有強大的轉變；發覺失去母親，百般悔恨的我，無限愧疚。為什麼我不好好的把她的手藝學好？滷鴨是如此，釀紅酒亦復如是，連豬腳醋我也沒學成，反正她所擅長的，我一樣也沒有傳承到。

原來，世界上，真的沒有後悔藥啊！

為父立言

　　「兩歲時，你爸爸就跟我坐船過來州府。」阿嬤喜歡坐在祖屋外的石椅上，跟我聊起這件往事。祖母帶著父親從中國南來，在麻坡找到祖父，才另行誕下三男五女的弟弟妹妹給這個大哥。七十多年的生命長度，阿爸用身體力行，譜出了什麼叫「德行」，給這群弟妹及下一代的我們，樹立了良好的典範。

　　小學畢業後，父親僅念了兩年的夜校，但他的一生，卻是努力不輟，不論是國語、英語、書法，他靠自修、自習而令人刮目相看。當年家境貧寒，僅靠割膠維生，二姐美芳還印象深刻：一個七八歲的小女孩，每天清晨五點多，就提著油燈走在黑漆漆的膠林裡，為父親送去收音機、筆和簿子，讓他聽著廣播電臺裡播放的「學國語」、「每日一字」；邊聽邊抄，下午再整理謄寫在筆記上，多年來累積了三大本厚厚重重的筆記本。

　　如此精進學習，使他每到政府機關中去辦事，原本看不起他而給予臉色的公務員們，聽到他說話、表達意見時，都肅然起敬，還以為他是哪邊派來「微服出巡」的高級長官。父親的國語能力，更是令馬來裔鄉居們信賴萬分，有什麼政府表格要填寫，總會來找Encik Chan為他們填寫。父親秉持孔子「仁道」，愛人、助人，總是不分種族！

　　對於鄉里，父親也總是身先士卒，發起組織社區福利會，鄉裡紅事、白事都熱心協助，搭棚搬桌椅，也都是親自下手，和村民們一起完成，永遠都是最後一個離開的人。在鄉里間，他就是

大家口中的好人、好幫手。

　　書法則是父親一生的至愛，從小熱愛書法，但到老才有機會正式拜師，跟著年輕的「老」師學習書法，並加入麻坡書藝協會擔任幹部、主席。為了推廣書法教育，他也在家裡開始教導學童，儘管來參與的村童並不多，但他從來不放棄，堅持到底；甚至村裡的微型華小育英學校開辦書法班，他都每星期義務到校指導孩子們。

　　除了書法，華教，也是父親的摯愛，八個孩子除了早嫁的大姐、生病的二哥，餘者都送入獨中就讀。而因為貪看各類小說，初中二我竟讀了三年！父親竟也沒有嚴厲的責罵，只是在報名的最後一刻，問了我一句「你還要不要讀呢？」，然後把「很貴」的學費，放到我的手上，就出門上班去了。那一刻，我內疚到極點，因為我知道再不用功，就真的辜負了父母親的血汗了。

　　看到我洗米，父親會談起一個故事：「從前，山上一戶富人，洗米時總不用心，倒掉了很多米，隨水流到一座寺廟旁。廟裡的和尚看到就會撈起米洗淨後曬乾，日復一日、年復一年的囤積起來。一年村裡發生大旱，富人也窮得吃不起米飯了，和尚就把囤積的米拿出來派發給大家，還跟大家說，這是富人送給大家吃的。富人覺得很奇怪，為什麼是我送的呢？和尚就把多年來累積自富人流掉米粒的原因說給富人聽；富人聽後十分慚愧，就再也不敢隨意浪費米糧了。」嗯，我再也不敢浪費米糧，把「節儉」培養成為我的生活習慣。

　　父親的一生，從未大發脾氣，他一直堅信「命裡有時終須有、命裡無時莫強求」，身體力行做給我們看，什麼是「堅持」、什麼是「信任」、什麼是「節儉」，什麼該做、什麼不該做。

　　晚年的父親，中風癱瘓，每次將綿羊油細細塗抹在爸爸乾燥而略顯龜裂的手、腳及全身；當一寸一寸去撫觸感知他們，手上總傳來陣陣粗糙的觸感。我知道，如果不珍惜這最後的因緣，緊握他們，我就再也握不住這雙為子女奮鬥而刻苦了一輩子的手、摸不著這副為我們飽足而瘦弱自我的身軀、碰不到那每天奔忙在膠園中而長滿厚繭的雙腳。

　　父親離世已十一載，我想，現在當子女能為父母做的，就是利用父母給我們的身體，將傳承自父母的品德、言行，好好發揮；為他們立言、立功、立德，才能在每年的清明節，點上清香一束，心安理得、胸懷坦蕩的上告父母親，「我做到了！」

思考・感悟

　　深夜，七小時顛簸後，來到沉睡中的印尼多峇湖。

　　湖面寧靜，十五的月光輕柔撫摸湖面；當下的我，身心俱疲，正殷切尋求這份來自湖水及月光交融的撫慰，利用它散發的安詳和寧靜，來平息我紛亂不能止息的心湖。人，總是需要在某個定點，停下腳步，既回望過去人生、展望未來方向，最重要的，是當下要掌握好人生方向盤，駛向無憾無偏差的決定。

　　同伴沉睡後，我漫步到月光下的庭園，散盤靜坐了起來，此次並不打算控制念頭，任它天馬行空、自由自在，讓身心靈慢慢調降到同一個平面，全心感受呼吸而來的鮮甜。外境如此平靜詳和，心境卻開始了它漫無界線的悠遊。

　　四十多年的歲月，開始在心頭縱橫來去，任那些個憎怨情愛交織，時高時低起伏，父母親情、兄姐情誼、友輩相持、仇敵埋恨、「失去」與「獲得」經常伴隨出遊、「富貴」與「貧困」時常交流出現，所有人生點滴心頭閃閃而過、清晰無比！

　　種種際遇感悟，苦難，是一定要出現的，跟喜悅一樣，都是會出現的。「苦」如此明顯而普遍存在每個人生命中！但是，沒有「苦」，哪裡磨勵出智慧？沒有「苦」，哪裡讓你習得輕安自在？

　　但經驗卻告訴我，苦，並不是「絕對」的；苦中總有一絲絲極難覺察的甜。當苦出現，它所伴隨的甜，總是頑皮的東躲西藏，玩著捉迷藏的遊戲。曾嘗試用各種方法去體認，發覺最有效

的，是用「感恩心」去細察，就會看到其中的甜；越苦的事件，總是越能讓人回味它所帶來的心靈成長！

一生中最苦，莫過於雙親的死別。我至今仍能清楚感知母親肌膚的柔潤、父親手腳上的層層厚繭；儘管他們已離我而去十多年，身體早已灰飛煙沒、靈魂早已投胎而去，但這份肌膚相濡以沫的記憶，卻仍留在心中，不想忘棄。

死別是苦的一種根源，生離何嘗不是？今日我在印尼多峇湖、明日在棉蘭、後天回到馬來西亞去了。今日在吉隆坡，轉個變化，調職到北方檳城；明日你辭工，又回到南邊的麻坡小鎮上朗朗的當起教書郎了。有時候，真的不知明天醒來會在哪座城市裡。

一路走來，親人、朋友來來去去，不同的時間不同的人出現、消失，分分合合也總要帶來痛苦；分離固然痛苦，聚合也不見得快樂，因為生活中依然會出現各種磨合問題，人生，還真是一部「苦的聚會」啊！

但人生也不乏美好的甜，春日繁花盛開、夏日池畔戲水、秋高氣爽楓紅、冬天火鍋正濃……端看生活欲望的高低標準，就能決定你的甜度感受。就試以今日眼前的溫柔月光湖，我極愛這湖水的清吟、微風的輕誦，我能如魚得水的涵泳在無邊無際的輕安自在中，感受這一切帶給我的無限歡喜……但同伴就不愛這簡單的境界，選擇沉睡而去。

生命中深層的快樂與痛苦，往往只有孤寂的自己感受最清晰；沉默品味著這些快樂與痛苦，因為只有自己內心深切的瞭解，這一刻，為什麼我快樂？為什麼我痛苦？對我來說，我清晰的知道，要「苦」到怎樣的程度，才叫做「苦」；要「樂」到怎樣的程度，才叫做「樂」？

經歷苦的種種深淺滋味，從過去的逃避，到坦然擁抱面對，間中的學習應對、付出的生命代價，是無法也無從計算的；但活到現今，我仍感到滿意、充實，而無憾；即便今日讓我逝去，已可以說是沒有什麼遺憾、也沒有什麼不捨的了。

陳浩源

行程和金羊毛

　　這是現代，但是很多人卻停留在某一個時代。坐在候機室的椅子上，帶著耳機，用手機掩護，端詳著路過的人群。春，夏，秋，冬不同的著裝，浸淫在各個語系的呱噪之中。把聲音和氣味的認知感降到最低，就不用意識流似的，掉入時間和回憶的黑洞而出竅。旅人，經過訓練，可以做到視，而不見，聽，而不聞，看著一些完全沒有聚焦，空洞的眼神，就知道對方的道行和自己相去不遠。旅人，尤其是經常獨自在旅程中徘徊的那種，終點通常是另一個起點。大部分人的時間是順時針，而我卻經常活在倒計時的節奏裡—還有半小時就關艙門，還有半小時就著陸，還有半小時就該起床……

　　衣著和服裝，是大部分旅人不太在意卻最能暴露身份特徵的符號，衣櫥和行李箱之間，空間小的比空間大的使用率還高。每次還得猶豫著那幾件該放進去，那幾件該拿出來，最終除了換洗就真的懶得替換了；polo衫替換polo衫，牛仔褲替換牛仔褲，生鏽的刮鬍刀，十二年前到現在都是買同樣牌子的運動香水，破損的盥洗包，和假裝不太需要的老花眼鏡……反正我的衣服，停留在去年洛杉磯沙漠附近，黑色星期五outlet商場中的換季產品。全部都是新的，但全部也是舊的，過季的。

　　登機口附近總有些急性子的人，拉著箱子，焦躁的看著門口，和工作人員對望，直到工作人員用誇張的嘴型說：還、沒、開始、登機……，徘徊，踱步，側目看看那些跑單幫的職

業買手，在討論待會入關的策略。千篇一律的登機順序廣播，握著數字和英文字母排列組合的座位登機牌，誰坐在你邊上，已經不重要了。無論多吵的機艙空間，帶上耳機（最好是抗噪音的那種），就擁有空靈的自我世界。幾乎可以數著自己呼吸的節奏，在參與和疏離之間遊離，這些年我就是這樣，一不留神的步入中年。

最近，為了振奮自己，總想把路程看作史詩般的征途，不斷地尋覓著生命中的金羊毛。手上不再握著給海倫的金蘋果，看著護照上密密麻麻各國海關的出入境章，雖不西遊，也遇到過不同的妖魔魍魎，形形色色的生活章節，身份，職位，口音，酒精……用工作和生活的時間軸，咀嚼自己的年齡，從生澀到油條，可以確認的是：沒有頓悟，只有一口一口咬緊的過，生老病死，悲歡離合，自己即是悲劇演員，亦是喜劇的導演。

另一個目的地，風景在倒退

　　每次搭火車都會有刺客進入「阿房宮」，戰戰兢兢的感覺。步伐會自動加快，深怕看錯數字和英文字組合的檢票口，錯過自己的班車，也錯過那一整天的繁華。中國各地高鐵站不但建築宏偉，每天吞吐十來萬人，也很正常。中國的高鐵站放棄了地緣文化為主題，多半以實用主義為設計原則，車站的動線以及設計，是採用：快去快回為原則。無論早到或遲到，旅客都需要經過和機場類似的安檢環節。在中國，安檢員使用的金屬探測器是需要「接觸式」的檢查，探測器不會放過身體任何一個旮旯。「可以了！」就是你可以走下安檢臺的提示。像進入皇宮前，身體和行李都需要淨身，行李從安檢「隧道」探頭出來，就可以鬆口氣，繼續在取票口，排隊取票。

　　本地人比較簡單，可以到印有「二代身份證」到取票機器取票，二代？感覺是在提醒「富不過三代」嗎？手握外籍護照，要到「當日購票」處，排隊取票。「今天，最近一班到長沙⋯」，前面帶著金錶的大叔示意要買兩張票；「一等座沒啦？那商務座呢？」「都沒啦？」「那買到廣州」「下一位！」。透過玻璃牆的音箱傳出毫無感情的聲音，我還在納悶大叔前後兩個目的地的差別，頓時再次被提醒「下一位」！在這個地方，你若不爭先，其他人可會恐後，你幾乎無法停頓，也無法逆時針思考。距離就是電腦熒幕上白色光點之間顯示的票價，數字生活，讓原來熟悉的地圖變成幾何圖形，人和人之間的交流，隔著玻璃，隔著各種

銀幕。有朋友投訴，跟自己孩子說話，哪怕是他在同一屋裡，樓上樓下也得用微信互通訊息。城市的距離因為交通工具的革新，穿梭的時間短了，人和人的關係；在數字化的過程中無論實際物理距離，都濃縮到手機熒幕和眼睛的距離。

　　高鐵的座位寬大，隨時都會飄著各種餐點菜餚、小吃的味道，很多時候，幾乎可以用各類小吃判斷現在到了什麼地方或剛上車的乘客是哪裡人。家鄉，只是一碟小吃的距離，每個旅人的味蕾、胃口，都是用家鄉小吃來填補鄉愁的裂縫。湖北的鴨脖子、四川的榨菜、天津的煎餅果子、山東的韭菜盒子、廣東的叉燒包……說也奇怪，一旦在一個地方待得夠久，你的胃就會騰出空間，腦子裡的饞嘴鬧鐘也會開始啟動，到了一個城市，甚至在城市和城市穿梭中，只要有一絲的飢餓感或某個剛打開的小吃味道啟動了對食物瞄準的扳機，感覺各類菜單就會自動在心裡有各種排列組合，肚子就會開始敲著鼓，鼓動自己拉住賣小吃的推車，付了錢，然後後悔為什麼買那麼多。

　　除了吃，快速補眠也是旅程中的重要環節，火車停靠的站數越少，車裡的吵雜聲通常也比較少，原因有很多其中有抽煙的煙客在每個站點都搶在車門口準備下車吞吐兩口，還有風塵僕僕拉著行李找位子的旅客。還別說，每個車廂，在火車關門啟動後，大概需要廿分鐘時間讓所有人都安頓好，車內的氣味、聲音、灰塵度數（自己發明的說法）都會settle down（落定）直到下次車廂開啟。通常，我都要搶在下一個站點前，小睡片刻，戴上防噪耳機，整個宇宙都是你的。剛上車會被查票一次，查票員會做記錄，之後就不會被打擾。不過，還是會遇到，有開聲音很響，不帶耳機看電影的、讓小孩隨意在車廂奔跑的、一直踢你座位的、還有打呼嚕比我大聲的，這時候就只能自求多福，希望多點瞌睡

蟲把你吞噬了才能如夢。

　　總喜歡把旅途當作「修行」，不斷在每個終點「涅槃」，在另一個起點重生。在中國生活的旅途，更有在各城市各朝代不斷反復輪迴的感覺，來不及熟悉的鄉音、權威的廣播和必須服從的安全檢查指示、擠在車廂裡的各種氣味，在車廂開門和關門之間以重播和直播的方式，上車下車。行程還是要繼續；快到目的地的時候才恍然明白，那個帶金錶的大叔買了提早兩個站的車票，就能舒適的坐上一等座車廂。

　　不是每個站都有票，買不到票的時候買前面幾站試試，說不定有驚喜……

當一個漫遊的陌生人

　　當旅人久了，逐漸將眼球轉成「快門」，腦袋裡會找個地方當「記憶卡」，以photo memory mode「影像記憶」模式；烙印旅途與旅程中的一味道、光線和情感。每個空間都瀰漫著獨有的味道；在機場不通風的擺渡車上、機艙門打開後吸入的第一口氣、江口或戈壁灘混雜著老煙槍二手煙的水汽和沙塵。估計大部分人都不會喜歡香水和尼古丁，混著腋下和頭髮散發出來的「人氣」。

　　四季對每個地貌和城市是偏心的，冬天在零下幾十度的哈爾濱，吐著白霧同情著晶瑩的冰雕，擦肩而過的孤獨感，汽車輪胎碾壓過髒髒的雪，相較於晚餐那碗餃子湯一樣，如帶著濃濃的土味的，像極了沒攪拌融化的好立克麥芽飲料的顏色。夏天梅雨來襲前的上海，一不小心就等到法國梧桐上的第一聲蟬鳴，整條新華路綠園道鋪著虹橋機場到市區的快速「中國夢」，相較於西郊賓館裡古木參天，我住在旁邊，隔著虹許路地下道喧嘩的二樓半，等著快放學的女兒。紐約的秋天到得比較早，如果驅車去Woodbury Outlets，也可以欣賞到兩旁變色中的樹木，車速揚起的葉子，和一間間試衣室的穿脫，袋子裡裝著美鈔和購物慾的繽紛。春天的東京和北京竟然有雷同的地方，楊樹和柳樹開花後，白絲絲的飛絮，在鼻孔和身上竟有黏糊糊的感覺。兩個京城在古代和現代穿越，日本用少量的漢字拼湊出現代版大唐文明，打躬依舊作揖則改良為點頭。「哥兒們聽歌嗎？」，北京三里屯擁擠的路邊，Beyond和汪峰的歌在較勁，走在路上分不出誰是老

外，應該都和我一樣；用自己的工作證把青春all in進去了。

旅途中，旅人相互之間都會避免眼神的接觸，維持陌生，幾小時的相處，然後各奔東西。如果打開情感雷達，接收機艙上耳朵不適的嬰兒的求救哭鬧、剛學步的孩子在高鐵上每個車廂拓荒的興奮、初入情場大學生在座位上卿卿我我的纏綿、農民工人挑著家當步履蹣跚的想著家鄉的孩子、老人家閒話如何為未婚的子女找對象……浮世掠影，幾小時內體驗了好幾個世代的人生，如多個平行宇宙同時重疊。腦袋裡的記憶卡很容易就空間不足，所以用冷漠、太陽眼鏡、耳塞、詐睡，圍起一道圍牆，不聽、不看、不聞、不問，演一個冷漠的靈魂，視其他魍魎而不見，心虛伴著心涼，從一個站到另一個站。

不同的交通工具直射或反射進來的光線也不盡相同，緯度和時區交疊出各種光譜，經常忍不住幼稚得用手錶去反射各種形狀的光影。國際航程各種長途飛行，往東飛，跨國國際換日線，會多賺一天，返程則少一天，曾經多次因為日期計算錯誤，而錯過航班。對照銀幕上的飛航圖，在時速八九百公里之下，幻想愛因斯坦理論中，在宇宙中運行速度夠快就可以降緩衰老（比較像自己穿鑿附會後一廂情願的看法），一年超過三分之一的時間在高速旅程中度過，是不是就比同齡人看起來更年輕？

中午日正當中，散步在直布羅陀海峽西面的里斯本老城區，很多房子都砌上略有東方色彩的瓷磚。茶和瓷器，應該很早就傳入葡萄牙，無論地面或店鋪都裝飾了各類碎石或精緻的瓷磚，藍色瓷器更是葡萄牙人的最愛，看得出本地工匠模仿中國瓷器的形狀與顏色，勾勒出獨有的南歐紋路，陽光反射下，港口邊隱約看到哥倫布當年從這裡出發探索大西洋的身影，我在葡式茶餐廳吃著糕點，掛起墨鏡，小心翼翼的繼續當一個漫遊的陌生人。

陳明發

不曾

　　話說在前頭。我確實經歷過這件事；就像有人去過桃花源，有人去過小人國。但幾經翻查，我找不到任何文獻說明有這麼一段歷史，這麼一個地理位置。大概是還不曾發生吧？

　　聆聽者當然忍無可忍了：「不曾發生，算歷史嗎？」我大可和他要弄相對概念的把戲：「歷史，什麼是歷史？」但我不願意拋一堆詩學、修辭學、生命史諸如此類的名詞，和他來一場思維乒乓賽。我的用意反正是想找個人說一說我的經歷而已。

　　故事是從我乘對船上錯碼頭開始的。在海關鬧了足足三十分鐘，我才弄清楚，那口岸叫葛伯里爾，而不是我所要去的克埔立。在這樣的國家，換總統是很尋常的事。但是我卻一點也不知道，早在三個星期前，在軍火商投資下，這兒的兩大種族分裂成西北與東南兩個國家。網上居然一個字也沒提。

　　世界畢竟忙碌，誰有興趣知道這地方發生了什麼事？不是美國總統的性醜聞；不是什麼人有膽量招惹中國生氣；不是南北韓銀彈與核子炸彈的探戈，怎麼上得了國際媒體？

　　一位舊西裝洗得很乾淨的中年男子，走過來向我打招呼：「我叫穆希。我是導遊。要房間嗎？想上那兒玩？」

　　他的英語說得像是小學生在造句。可是，對於我來說夠好了。至少我不必像剛才上岸時，與那些官員拉拉扯扯了半天。我告訴他，我是要上克埔立去的。下一班船一到，我就走。「下一班船？」他狂笑起來說：「你就在這兒等？」「有什麼問題

嗎？」「下一班船，一個星期後才到。」「一個星期！？」「一個星期。」「七天？」「那可不一定。」「你們的一個星期，不是七天嗎？」「要看情況。」

我越來越覺得自己愚蠢，千山萬水跑到這地方來；連一個星期是幾天，也搞糊塗了。這男子還挺有耐性地解釋說：「在這裡，我們只有太陽升起，曬在頭上，和落下。其他的，叫著：以後。」我突然覺得，他是一位哲學家：「他們說，船，一個星期一次。可能是這個星期，也可能是下個星期。」

就衝著梭敏納特的一本《狼繼續在曠野裡奔走》（好像是企鵝出版社，1954年修訂版），我才發現到在這個世界上，有一個千年古蹟群叫撒杉多悲。結束全書的那一句「月亮也只好為他伴奏」（第327頁），像是一句神祕的口訣，總叫我在有意無意間想起。也許是作者對於那原始宗教的描敘，喚醒我中年危機的幻想吧。

我從所羅門群島坐了十個小時的船，一心一意去撒杉多悲朝聖。誰知道，它已經被劃進另一邊新成立的國家。陸路交通全切斷了，更沒有航機，就只剩下船隻。可是，船？唉，別說了。

穆希說：「先生，太陽下山了，我給你找間旅館吧。」我嘆了口氣說：「看來，我也得請月亮為我伴奏了。」他好奇地問道：「你說什麼呢？」「你聽過《狼繼續在曠野裡奔走》嗎？」「噢，在葛伯里爾可是一部禁書！」

我們正好走過街區的一座雕塑，穆希指了指它對我說：「看見嗎？一根長矛，上頭是頭顱，一位洋人的。」我知道那是阿瑞德。梭敏納特提到過，他是第一位到葛伯里爾的西方人，是熱情又天真的野心家，與《狼繼續在曠野裡奔走》一拍即合。他以為穿著軍裝，口袋裡有美鈔，背後有炮彈，再唸一本有關當地族群

關係的書，就可能煽旺當地人民之間的仇恨，進而分而治之。結果，落得身軀不知何去，頭顱掛在市集中心的一根長矛上，倒讓一位攝影記者贏得了當年的新聞照片獎。

後來的領導覺得，斬首行為有點野蠻。為向世界表示和解與警戒混雜的那種統治元素，就在原地豎起一座公共藝術，複製原來的頭顱長矛意象，但全面封殺了《狼繼續在曠野裡奔走》。我抬頭看長矛頂的那顆頭顱，發現阿瑞德竟對我眨眼睛。很可能是那個傍晚的不寒而慄，嚇得我撤銷原來的遊覽計劃，同時消滅一切有關到過葛伯里爾的不祥證據，包括那部1954年的珍本、船票、旅館收據和穆希的名片等。現在想起有點不甘心，很想和人討論這事；可是，沒憑沒據，連網上都找不到一個字，誰有興趣？

投影

　　遇過妳幾次。投影到我雙眼比較久的，一次是妳身穿水綠長裙，側臉燦爛；一次是皮革小背心、短裙子，身姿窈窕。我猜想妳是從一首名詩走出來的，如約走過我眼前。我要先交代好這背景，因為我想也沒想就用了「投影」一詞；害怕大家想也不想就往名詩作者那一次海上的交會滑過去，反而削弱了我想說的刻意安排，無涉偶然。

　　非偶遇的說法，指的其實是「拒絕投影」、「瓦解投影」，所以，妳可以不只是一個妳，而是複數的、不同人的妳。這樣，我就可能心安理得地，把燦爛的側臉和窈窕的身姿，組織進水綠長裙搭配皮革小背心。這是我為了把妳留下，而所做的最大努力。

　　但是我不願意這樣就心滿意足。誰知道，有一天我們真的重逢，我怎麼逃過面目可憎、語言無趣的命運，不至於只懂得即興賣弄隨口而來的外來投影？再古老、再迴腸蕩氣的言敘，也無法說明我看見妳的那一刻何其雋永。一直沒流逝，一直沒暗淡。

　　為了寫俳句我傍晚去散步，去看季節的逐漸演化，氣溫的微妙轉換，圖的是一份小寫的、自我的鍛煉。同樣的，為了心緒上的「去投影」、「本土化」，我一直刻意地匿名寫作。隱藏的，不是我自己；而是寫作中的人物。在所有的爭議裡，最常聽到這麼一句套話：「對事，不對人。」雖說不對人，很多時候卻熱衷於「搬人」。談不了幾句道理，即來一大段「子曰夫云亞伯特有

言凱瑟琳曾說」之類的，好像黑社會請輩份高、有資格講話的人來主持公道似的。我接觸有限，一聽艾氏凱氏之輩搞不清是誰，立即上網去查，順便看看他們的照片，別人對他們的評價，不慎誤入同名者的緋聞糗事……，反而不留意原來篇章接下去的內容「對事」對得對不對。再回頭，眼睛疲累得只想去喝杯咖啡。

不是說「人言可畏」嗎？還是盡量排除外人話語的好。有道理的話，何必旁人來幫腔？又不是搞大型演出，需要其他男的女的來和聲、伴舞，甚至來一大段饒舌歌增添氣氛。何況，我最終期待靜靜遇上的，是妳。

空難早逝的詩人的投影早已長成一棵概念樹，一節節枝幹開始從這樹軀上長出，然後是葉子、花蕾、花朵、果子……；為一則則關於這位詩人的話語部署好了填充的格子，而習慣背誦與反芻的一般讀者，唸唸有詞的在空格上寫了「五四」、「波心」、「光芒」、「四月天」、「妳最好忘掉」、「許妳一個未來」……也就這麼多了。「投影」似乎姜身已定，不能再作他想。一步步深陷泥潭，沒有回頭與掙扎的絲毫意念。我對妳的一切眷戀，居然變成了一場考試似的。

電影「卡司」是大家熟悉的概念；我們的邂逅也需要卡司：那個字詞與那個字詞搭檔，什麼節拍跟什麼節拍配合，彼此合作無間把敘事、論說或詮釋一步步推向一個高潮，層次高清、質地豐富，鋪好一條路讓妳如約現身；而不是將妳帶向一個致命的歧義，從此回不來。

許多人都羨慕那位永遠年輕的詩人，已成功把「投影」一詞佔為私有。當然，這不關他的事；是一般讀者的閱讀習慣賦予他這個權力。但從另一位寫詩者的立場來說，想從一般讀者腦子裡追討回那個「投影」的使用權，有必要告訴他們「投影」一詞是

沒有範疇、邊界的，無需天長地久、生死與共。慎防每一回提到這詞，都回到那株概念樹，以及樹軀上五十年又五十年不變的概念框框。一直不更新，更不成長。

　　過度保護的習慣，終會結繭成塑膠樹。被禁錮的不是那棵樹、那不幸的詩人；真正被犧牲的，是我們還沒誕生出來的那一部分生命。被捆綁的心靈日益面對陰暗、不安甚至恐懼的投影要挾，給一些別有殖民企圖的「必然論」騰出越來越大的空間；子曰夫云亞伯特有言凱瑟琳曾說的就是聖旨，多數人的意願就是主流歷史，不可逆反的規律。甚至是「真相」。

　　待會兒，我將刻意逆反慣常的路徑去散步，採集沿路如蘑菇般冒出的鮮嫩句子，晚餐後給妳造一襲新衣裳。水綠與皮革之後，其實還有許多很好看的布料與設計。

畫廊

　　有謙卑的觀畫人，也有自大的。從語氣到舉動，前者對畫家亦趨亦步，每兩分鐘就躬背問一次：「大師，您想表達什麼？」「大師，您這裡的用色何其綠，有何特別警示？」而後者，專挑畫家不在場但觀賞者眾多時出現，然後畫也沒多瞄兩眼就對身邊的陌生人說道：「這畫境界很高，勾勒出畫家崇高的內心掙扎與割捨」，或：「這畫家眼高手低，抵達不了他想挑釁世界的笑謔」，若有人禮貌回答他一聲：「哦？」他會越說越興奮，直到守衛善意地到來提醒他：「講話小聲點！」

　　而更多的人根據展覽畫冊，從第一張展品有條不紊地看到最後一個編號，然後對夥伴說：「喝咖啡去。」也有人攪著糖匙，忽然想起不知道放了還是沒放糖，居然哭了起來。眼前是一團團油墨線條構不成圖的幻影。

　　有人說，這才是全畫展最後一個編號。從咖啡座到畫廊到整棟大樓的每塊磚每面牆，都靜默無音，算是接納了此話。一種略帶宗教般謙卑的首肯。

　　但謙卑給自己帶來了麻煩，美德造成本身的擁擠。很快，又有人提議咖啡座玻璃牆外小園裡的古井，才是整幅景觀裡的最後一個作品。許多人開始有意見，說這要先問過井本身的意願才行，然後便紛紛傲慢地隔著玻璃牆對井喊話。懂得禮貌者則走出去探個頭對井底問道：「卿同意否？」結果，把那空洞的回音當是豎拇指。

不久，大家忘記了那是一個什麼畫展。如果問起那天畫家說了什麼，謙卑的觀畫者會答道：「他的話我不知道記在哪一本記事簿了。」自大的觀畫人也忘記了，那天他都引述了那家子的理論，說了些什麼話。大家只熱衷於來觀賞會豎拇指的老井，當然沒忘記自拍、直播的儀式。

早晨來看的，說老井給他們展示了一幅藍天白雲；傍晚來的，說老井給他們聆聽一段蛙鳴魚音。他們某日在街道角相遇，起初說是互相分享本身的老井體驗，說著說著就吵了起來，一點也接受不了彼此的見聞。「就僅僅是一口地球表面的井嘛，怎麼出現藍天白雲？」「蛙鳴？那地方有井底蛙？魚音？荒不荒唐，魚居然還發聲音呢！」在真實不真實、可能不可能、可笑不可笑……等數十種「可不可」中間，鬧到下班的人潮回到家吃飽飯，又出來喝茶夜宵。

一次偶遇的寒暄帶來一場激辯，好像他們身上那一處有個傷口，蒼蠅嗡嗡作響在附近盤旋，一有機會便降落其上，帶來莫名的、令人煩躁不安的酥癢。與血腥有關，但常人嗅不到，只有多事的蟲蟻擾人心神，弄得彼此下頷與嘴角都繃緊，雙手想同時去搔鼠蹊。

直至飢餓像粗野霸權的雙手將他們狠狠扯開，讓他們瞬間發現自己疲倦了，同意暫時鳴金收兵，就近找個餐廳一起吃頓飯。剛踏進玻璃門，就聽到哭聲。又有人拿糖匙攪著攪著，忽然想起不知道放了糖還是沒放糖而哭了起來。兩人相視而笑，眼前一團團油墨線條構不成圖的幻影，不言而喻地團結了他們。夜深了，藍天白雲與蛙鳴魚叫也團結了起來。

整個晚餐不僅吃得非常融洽，有說有笑，而且信誓旦旦要一起努力把各種人為的、偽善的編號，從這城裡的各個景觀撤

除。從措辭、語調到眼神，兩人惺惺相惜得似乎有點相逢恨晚。連提到「廉價」、「惡俗」、「隱議程」、「假惺惺」、「矯揉造作」、「意識作祟」等極度主觀又敵視的形容詞，兩人也輕而易舉就認同了，絲毫不覺得誰冒犯了誰。後來有人提到藝術的神奇，常常引申這例子說：油墨線條構不成圖的幻影，要比構成圖的實相，更可能療癒人與人之間的偏見。

人們還是記不起那次的畫展，大師繼續被遺忘在謙卑者的某本筆記本裡，自大者自大到改行做時事評論人去了，他覺得評畫和評世間的人人事事反正都一樣，響亮的名堂與飄渺的理論永遠比事實更吸引人。城中各景觀的編號要不要廢除，大家說了一陣子也沒下文了。人們最後樂此不疲的，還是咖啡下了糖否和油墨線條之間的隱喻關係。

人們一直都很需要救贖；需要別人滑稽的暗示，去洞察油墨線條構成了什麼虛空。或實在。

牆皮

　　沒人發現，建築物是會說話的。我說的不是隱喻，而是耳朵真實能聽見的聲音。不久前，就有一幢大樓告訴我，自從它前面的大街發生了一場械鬥，其主人就交上了厄運。有人建議在它兩側的巨牆上繪上向日葵，大大小小無數的向日葵，讓金黃色取消曾有的血跡。

　　我說，這不就是現在很時尚的壁畫嗎？大樓卻露出很淒愴的表情答道：「那場械鬥的原由一日不說清楚，這條街還是要遭殃的。一層皮那麼薄的向日葵，越俏皮燦爛，人們離開血寫的課文就越遠。」

　　我後來就想到「牆皮」這詞。牆皮？很多人又要慣性地聯結到「畫皮」那兒去。事實是，有些人確實活生生把街市建築的牆皮，推向別有用心的倩女狀態，讓它們打扮成極度不適合其個性的模樣，陪不解風情的遊客拍照。然後，無聊地在社媒上串門子，卻沒幾個人真正懂得她的身世。

　　人們對牆皮暴力以待的結果，是遺忘了自己此刻活在一個地方的繁複意義，遠遠超過謀生與消費；遠遠超過滿足或倒楣的聯想界線。他們一輩子都住在鎮上，隨意問問誰家冰淇淋最好吃，老老少少會一致地說是騎三輪腳車的某某老伯，但我們不會在壁畫上看見他；有深度一點地問，大街路名的主角是誰啊？大家恐怕就就面面相覷了，更不會在街牆巷壁看見他。一位普通攤販和一位開埠先賢，結果命運都一樣，被排除在公共視野外。

　　範疇內的事事物物，一般都極其有限。馬來男童身穿傳統服飾，左手牽著華裔旗袍女孩，右手牽著印籍紗麗女孩，叫「民族團結」，背後有一朵大紅花，取名「愛國」。以此類推，榴槤、魚蝦、咖啡和肉骨茶全都列隊迎客來了，還是看不見人。曾住在和還住在這裡的人。大家謙遜得很，沒想過以鎮裡的人來定義牆皮壁畫。只期待外人來為這裡的物產花錢。

　　經濟讓心靈地貌變成漁網，越收越緊；海洋雖遼闊，目光卻只集中在網中的捕獲物。鄉人最後也遺忘了，關鍵詞其實是：粗體大寫的生活；不能把家園改造成全是市集。——走過街頭，看見壁上那榴槤，雖說多數是外來人為外來人繪畫的，每一家人不可能對榴槤沒有私己記憶；對母親河的魚蝦，也不可能沒有集體事跡。可是，誰來協助他們發聲呢？

　　一個地方的歷史被人們的熱情給謀殺掉。他們越不明究理地拍攝、傳播與分享，離開真正精彩的實地紀事越遠，而對著影子手牽手唱歌跳舞。因為，拿壁畫當背景拍照的外來人，要嘛「一圖勝千言」只發照片，要嘛附加從網路上剽竊來的幾行說明。而那些文字很可能也是道聽途說來的，與在地情懷無關。此時，在當地人與外來者之間的心頭，有另一道牆慢慢豎起；當地人在聆聽著好像和他們無關的事物。牆皮最終變得像有些人，拼了命濃妝豔抹也還是面目模糊。

　　壁畫總是出現於旅人最先進入一個城鎮處。人們出遊都希望帶回紀念品，最方便的，是和壁畫合照。然而，面對壁畫去欣賞跟背向壁畫去拍照，情況真的很不一樣。

　　一般人對畫牆其實去不了多遠，就只去到它前面站著、跳躍或作古怪開心狀，拍幾張照片，然後查看拍得還行不行。不行？再拍幾張，全身或半身的；全景或部分景觀的，想像力不會去得

太遠。被期待繞著整個地球流轉又流轉的，卻偏偏是這些照片。智能手機或數位相機結合上網速，給了影中人超出那些照片那地方的幻想，以為這一次的經驗能讓他們更受關注。問他們在當下的環境看見什麼？牆上的畫說些什麼？心中體驗到什麼？渺然；不在現場的接收者又能看見、聽到、體驗到什麼呢？旅人走遠一點將發現，有的壁畫是迎接的牆，有的則是拒絕的牆。面對迎接的牆，我們不只是走向這面牆，站在它前面；而像是奔向久未見面的戀人，渴盼的腳步此時讓我們成了短跑家，直線衝前，剎那穿牆而過，進入了桃花源似的另一個世界。故事的世界。而拒絕的牆，任誰拍完照都急不及待移步到下一個景點。故事？空白。

當向日葵一直堅持取消曾有的血跡，壁畫也一直會是拒絕的牆。

陳鐘銘

午後寂寥

　　父親和母親都是馬來西亞土生土長的第一代華人。當年曾祖父飄洋過海下南洋，就舉家定居霹靂河畔的安順埠，繁衍生息。家族中的前輩大抵都在大巴剎（菜市場）經商。記憶中只有祖父隻身北上檳島經營五金生意，父親跟隨三叔公謀生；小姑嫁給本地眼鏡店少東；姑姑則遠赴新加坡學車衣手藝。

　　後來，父親喜歡上了同樣在大巴剎內協助舅公賣魚的母親。在物資匱乏的年代，兩個同是以微薄薪水協助家族中長輩經營魚蝦生意的年輕人很自然就走在一起。然而，母親祖籍廣東梅縣，為此，雙方家族皆有激烈的反對聲音，只是父母力排眾議，父親甚至揚言若娶不到母親，就要回唐山當兵……

　　在最困難的時刻，父親收到祖父的家書：「福兒：商場女子未必不適合你，婚姻大事由你自己作主！」獲得祖父的祝福，兩人最終排除萬難的結婚了。在那個祖母還是童養媳的封建社會裡追求自由戀愛，父母親此驚人之舉在家族中可謂首開先河。後來，三叔公轉行從事生產塑膠袋，父母親於是接手魚檔生意，全面開創屬於他們的事業。

　　自小就別無選擇，小學開始就得在上學前到魚檔幫忙。從凌晨四點開始，套起兩件長袖衣，自攝氏零下的冰房（冷凍庫），用車仔（井字型木架鐵輪車）把急凍魚蝦或裝滿海鮮的沉重鐵桶推出檔口，再把魚蝦螃蟹八爪魚等解凍後分類、擺放在檔口上批售，手指常凍到麻木，而且售後服務如清理魚鱗內臟、送貨等手

尾確是繁雜不堪，工作永遠做不完，時間永遠不夠，手腳慢些總是挨罵！

在大巴剎工作，手腳必須勤快。手指被魚鰭刺傷、手掌被蝦蟹割破刀鋒劃破，擠乾污血沖沖清水，甚至倒些青草油，痛徹心扉一陣子就好了，總是要最快最有效的恢復狀態再拼搏；嚴重的傷勢如發炎灌膿扭到手腳傷到筋骨等才會上診所尋求醫療。每天都像上戰場，與時間賽跑與同業競爭，彷彿沒有生病休假的權利。

除了在魚檔批發和零售魚蝦水產，父親也爭取時間開源，每日忙完早市後，中午開始就到霹靂河畔向馬來同胞收購活蝦，分類後供貨予怡保市數家大酒樓，全年無休。全盛時期，兩老每日載上百多公斤的活蝦同日往返怡保市。同業也為他們冠上安順蝦王、鐵人等雅號。數十年的任勞任怨胼手胝足，父母親手腳都長了老繭，粗糙硬實，甚至一些指紋都磨光了。

父母親的一生都耗在安順大巴剎裡。他們對河鮮海產事業一輩子敬業樂業。以往未能瞭解他們為何甘願一生屈就在這樣魚腥味重的環境，後來步入社會才懂得生活逼人，學歷不高錢不夠用，要成家立業要養兒育女，確實是沒有什麼選擇。兩個弟弟中學畢業後也自願接手，更看到他們的不容易。

父親九年前洗腎以來，兩老依然每天風雨無阻的到大巴剎賣魚、與老朋友聊聊天打發時間。終於明白，當年可能礙於有限的選擇而開始入行，但長年累月下來，已對這個行業全面欣然的接受。每到午後，偌大的大巴剎只剩寥寥幾個檔口猶在營業。每每看著父母親午後才收檔，把未售完的魚兒珍而重之的一隻一隻的排好、再用冰屑一層一層的將之妥善雪藏、再把檔口沖洗乾淨，我想那是一種他們對魚兒的尊重，一種對水產事業的珍惜。

　　一個從沒說出口卻守了一輩子的承諾，兩個小小的檔口，帶起了三代人，出了幾個品學兼優的孩子，不落人後不輸人前。

　　面對午後寂寥的大巴剎和守到最後的兩老背影，我滿心感動⋯⋯

2017年8月15日，安順

短歌卷

· 卷一

> 常常忘了有個家,在山外
> 靜候著我
> 寄不出的家書有寫不盡的
> 歉意

年少時離家南下都門念書,家總在山外靜靜等候,論文和得獎文學作品都寫了十數篇,家書就是怎麼也寫不出。

年輕時初入社會第一份工作是當編輯,幫出版公司編了幾十套教育叢書和兒童讀物,家書就是一直寄不出。

青年時轉戰壽險理財事業,中年以後略有小成,受邀擔任公司特約講師、企業經理和新兵培訓課程編寫專員,保險理財與團隊管理論文也寫了不少,就是鮮少寫家書。

其實,一直都沒忘記這個溫暖的名字,濱河的安順老家一直都佔據在心的最底層,像老樹的根一般的縈在心裡最深層的土壤裡,像鄉愁一般的深植在異鄉的土地上。

而我,常常內疚……

· 卷二

　　常常忘了有個人，在城外
　　冷化為雨
　　順著窗前彎彎的飛簷
　　點滴到天明

　　我一直都知道，有一個名字，一直在城外江海的那一端遙遙相望，兩岸鮮通的魚雁是時間的考驗。

　　我一直相信愛情的宿命。邂逅之後，妳我總相隔在半島最遠的兩端，我彷彿是圓規的一腳，恆是立足於中馬的吉隆坡，妳總遊走於這個半島上離我最遠的城市：東海岸的關丹海邊，我們相信一個可以在圖書館內流傳的傳奇；北海檳威渡輪上，我們都迷信兩岸的距離最美；在南馬新柔邊界，我們錯估了迴光反照的神話。

　　當星光飛墜成凡塵中的霓虹，當城外的名字已經點滴成我只能以熱淚笑對的冷雨，相愛不能相守已經不需要任何答案。

· 卷三

　　常常在夜裡溫一壺茶
　　翻一些泛黃的文字
　　那些最初的愛和傷害
　　標本般珍藏著弱冠以前的跫音

常常在子夜時分，當寒意漸重，當四下俱靜，當心情都沉澱下來，我偶爾會重翻那些早年在安順荷里美以美中學與拉曼學院時期寫的文字出版的書，那些稚氣的筆法、青澀的情懷，還有那再也無從回首的激情與豪興，都一再的告訴我青春是一程倉促的山水。

　　進入社會迄今，從少年弱冠至三十而立，從四十不惑到五十知天命，歷經無數打擊與衝激，關愛與背叛。年少輕狂到稜角磨圓的歲月裡，這些文字始終一再給我重新出發的力量。對方塊字的堅持在中學昇華為對文學的摯愛後，縱然這些最初的愛和傷害不只一度構成生命中無可言喻的鑿痕，卻也是我一直珍而藏之的記憶。

　　四十年的文字相戀，你後不後悔？一再的愛和傷害，你疲不疲倦？不負初衷一直是我最虔誠的答案！

　　雖然我不是常常有機會在子夜裡溫一壺茶，然後在茶溫漸涼時讓心情從長嘯的濤聲化為撫岸的浪……

‧卷四

　　　常常在夜裡聽一卷錄音帶
　　　噪音清晰容顏依稀
　　　像陽光三疊，已唱到了最後的餘韻
　　　無言聆聽至愛的跫音
　　　漸行漸遠漸無息

　　三十年了。
　　三十年前，許多單純的夢在拉曼學院的紅磚牆角以及在大紅

花園的嘛嘛檔桌子上昇華為理想，再付諸行動以實現。因為許多有心人不讓年輕留白，堅持讓赤誠的聲音轉化為踏實的跫音，那些都是聚星閣、拉曼星城文友會、拉曼學院華文學會、紅磚工作坊、拉曼學院下鄉服務團、大專青年系列等的好朋友。

十年前，意外在舊物箱裡找到一盒錄音帶，磁帶完好，歌聲嗓音依然清晰，當時大喜過望，立刻將我的賓士車的音響系統加入有卡帶與光碟（CD）功能的唱機。直至兩年前，車子在清明節的義山上意外焚毀，磁帶方隨即壽終正寢。

三十年人事變遷如流雲聚散，風雨來了又去，星子起了又落，三十年時光化為一支歌，唱一季又一季的盛夏易逝呵秋水易涼！

縱然當年摯友的容顏已經模糊，但聲音依然清晰如昨夜夢裡淅瀝的雨聲。縱然當年的跫音已愈漸遠去，夢和理想卻依然像清亮的歌聲在歲月裡迴蕩。

三十年來，這支清遠的歌猶在我的記憶裡，醒著。

2018年6月22日，吉隆坡

因為有風

0430

摸黑坐起，黝暗的房內，夢依然在流浪，和著細微的鼻鼾聲起伏飄蕩。藉窗外的月光悄悄起身，拉開玻璃門，晨風湧入如初春的歌，因為有風，思緒翻湧……

歲月倥傯，這些年為生活與旅行奔忙，佇立中庭仰望故鄉的星空似乎成了很久遠的事情。三十年了，眾星依然在守望。幾番月移星轉，幾度日升月落，曾經鋒芒畢露的星子已經沉默，曾經璀璨閃耀的星光也將漸淡漸隱，在漸漸亮起的晨光裡。

星穹上，曾經我是最初亮起最後隱去的星子！

0530

時候不早了，我們得趕兩個小時的車程回吉隆坡，侄兒上大學早課，我們則須開培訓早會。

輕聲喚醒睡眼惺忪的妻子和侄兒，不意還是驚醒了母親。洗刷沐浴焚香默禱後準備出發，母親與二弟站在門口依依相送。二弟對侄兒的切切叮嚀，一如三十年前初次背井離鄉南下都門念書時的場景。

0615

在回教堂晨禱的誦經聲中，車子駛出了城。在限速六十公里的鄉區公路上奔馳，兩盞車頭燈嚴密的盯緊兩邊的分界線，確保車子在暗夜裡不出軌。

坐在左側的妻子閉目假寐，鼻息均勻。她總讓我感覺溫暖，十年北上南下的相伴，奔波勞碌而無怨無悔，想到這裡，把著方向盤的手握得更緊了！

在黑暗中行駛，不禁想起那年的金馬崙高原文學之旅。那夜，我們驅車往岳陽樓赴元德兄的茶約。寒意和黑暗統制著天地，只有兩盞車頭燈睜著微弱的光和熱，與前撲後繼的黑暗爭寸土，此時此刻，情境如此雷同，感覺竟也如此神似。

0645

遠山與近樹隱約可辨，山影與樹色依然模糊。天際開始露出魚肚白，四周的景物漸漸清晰！

車子開始駛入南北大道。天亮了，車子也愈發多了，大卡車與所有車子都在高速行駛，我也打醒十二分精神加快車速跟上大道節奏。

清晨風雨突然來訪，細訴了天空的心事，大道流了滿臉的淚，車子的擋風鏡亦泫然而泣，淚水隨雨刷子左右擺動而飛散。車子駛過丹絨馬林，天卻放晴了。和煦的陽光欣然的接替了風雨的班，每個識趣的車輪皆有默契的悄然抹掉大道臉上的一點淚……

0715

　　車子一路向南，左側是馬來半島的中央山脈，層層疊翠；右邊則是平疇綠野山丘樹林，翠綠延綿。兩邊山霧輕凝，結集林梢，車子居中而過，仿若駛入一幅人間仙境的圖畫。

　　想起當年南下念書，為省車資，總是騎電單車沿著濱海公路往返安順與吉隆坡。凌晨五點啟程，上午八點抵達家門。途中常常遇到晨霧瀰漫，公路只有兩條車道，晨霧易聚難散。霧濃時，根本看不清前路，只有緊貼分界線，期待太陽早點驅散濃霧。那些年，車頭燈是唯一的光亮，總和我一起奮戰。當時老覺得濃霧中有惑人的巫術抑或異次元空間，所以往往單騎突圍時，總有絕處逢生的悸動與感動，一如當年在都城工讀時，經濟拮據，只能與電單車相依為命，到處售賣雜誌、接校對與手工排版工作等來賺取微薄的工資，或撰寫文學獎得獎作品來贏取豐厚的獎金。現在想來，不禁莞薾。

0800

　　車子終於進入聯邦直轄區。吉隆坡大使路的十多個收費站一字排開，氣勢懾人。車子從高速道轉入二號中環公路。大選雖過，路旁政黨旗幟尚未清理，大部分是統治馬來西亞一甲子的國陣旗幟：有者在竹竿上垂頭喪氣，有者萎靡在地……

0830

　　車子折進通往家的小路，後山薄霧匍匐……風起了，因為有風，豎立在交通圈上執政的希望聯盟的旗幟，正獵獵的拍打著自己的胸膛。我樂觀的迎向一片晨光熹微，迎向一片鑲著金光的祖國河山。

　　我忍住累，忍不住欣慰的眼淚。

2018年5月14日，吉隆坡

輪轉天下

　　這個邊埵小鎮，離馬泰邊界很近，遊客終年絡繹不絕。每一回的泰南跨國探索車隊路線的設計，我們總是把它列為終站的首選！

　　鎮上有一家酒館，裡頭禁煙，空氣清新。這回，我如常的在協助車隊進駐酒店後，一個人信步走入這間酒館，找個角落坐下，暫別熱鬧喧囂，享受片刻寧和靜謐。酒館裡燈光昏黃柔和，戴著墨鏡的歌手以不插電方式唱著抒情的西洋歌曲。不期然的想起朋友說的愛爾蘭的無煙酒館，和一個我們未竟的諾言。

　　點了泰國冰啤，侍者端來一高杯冷冽的雙象牌清啤。一口氣飲了大半杯，冰涼的感覺如瀑布傾瀉而下，一舉就把整個旅程中如林火般的煩躁焦慮和火氣給滅了大半。撥弄智能手機的熒幕，瀏灠三千多張高清照片，讓記憶一路循時光隧道翻飛回去……

　　這一回，我們的車隊主辦了刷新馬來西亞記錄的匯和理財泰國華欣驅車跨國探索慈善之旅，同時也籌獲五萬馬幣善款與一百件百家被，捐助全馬各地的孤兒寡老、單親媽媽、智障兒童以及慈善基金會。

　　我們把結集的車子分成八小隊，再編成四個中隊後整合成兩個大隊。每個小隊皆由具車隊經驗的夥伴當隊長與殿後車手，中間則安插副隊長，小隊之間首尾相銜，確保沒有一輛車失聯、走失、落單或遇到意外。

　　在泰南的國道上，有奔馳在高速大道的快樂，沒有過收費站

繳過路費的痛苦！八天來，從首站的北海出發，過黑木山關卡，經宋卡、春蓬、恰安到華欣，再往南折回蘇叻達尼，最後回到終站合艾，全程三千公里。八十六部車子浩浩蕩蕩的穿省越縣，大夥兒乘興而來盡興而歸。

泰國民風淳樸，雖然語言和文字是不易突破的隔閡，但人民謙卑好客，對於重機車隊、四輪驅動4×4或我們的跨國車隊等，皆給予歡迎與方便，讓我們可以三星級的價格換取五星級的待遇。車隊之旅貼緊泰國人民的生活脈搏，可近距離觀察泰國民生文化。泰國民間創意無限，勇於創新敢於抄襲西方特色，輔之以泰國餐飲文化風情等，因此贏取了全世界的歡心。濱海重鎮華欣便是一例，除了古色古香的火車站，近年更興建希臘愛琴海、紐西蘭綿羊等主題公園，也另闢創意公園夜市等，令遊客趨之若鶩。

泰國大型油站多有主題，外有變形金剛、牛仔、大象、公雞等站崗迎賓；油站內則有策略夥伴如亞馬遜咖啡館、7-11便利店等，甚至有小店小檔專賣價廉物美的衣物，或水果小食等，因此泰國油站一直都是我們車隊夥伴充滿期待的必到景點。

超載的載客督督車和載貨卡車，美麗的泰南風景與風情，都一一走入手機與相機的照片匣中；特色的小食和美食，尤其是鬆軟美味的滷豬腳飯、甜甜黏黏的芒果飯、彈牙的烤肉串炒大板、新鮮的煮烤海鮮等都一再挑戰我們的味蕾，誘惑我們的五臟廟。

歌手唱起了《加州旅館》，我關上手機，細細聆聽，歌聲迴蕩著這些年來和夥伴們一起輪轉天下的片段，不禁再點了杯啤酒，沈緬在這邊境酒館的浪漫氛圍。隨著《加州旅館》唱到尾音嬝嬝，幾位隊友適時的推門而入，打了一個招呼就坐了下來，大夥兒交換車隊旅遊心得，言談甚歡。

歌手進入換班時段，拉闊樂隊開始演唱，也是時候該離開了。拉開酒館玻璃門，門外是熙來攘往的人間；門內是時光停駐的空間。我在微醺中回望，恍惚間竟感覺這酒館就是小小的驛站，有人在緬懷舊時光，有人在交換流浪的訊息，有人在酩酊之中忘了身份忘了年份……

2018年5月31日，吉隆坡

遷徙・北海道

　　今年五月，我們決定自駕遊北海道，那個春有浮冰夏有百花秋有涼風冬有白雪四季分明的國度。

　　每次到札幌，總會想起九年前初次邂逅小鮭魚的千歲川鮭魚館。對鮭魚大遷徙的震撼與感動，在此地第一次從國家地理錄制的節目走進真實的場景。與大自然和諧共生的鮭魚館緊靠千歲川，隔著一片玻璃，我的掌心傳來千歲川上游萬頭攢動的生命脈動。我看著一尾尾的小鮭魚著一身青澀斑點，快樂的隨大隊順流而下，開始史詩般的經典生命旅程。

　　此去經年，這些少年鮭魚也許不知道，等在前頭的是嚴峻的萬里遷徙，在浩瀚的太平洋歷練之後，還得原路返回，逆流飛躍肉食動物爪牙的殘酷考驗，在生命最後的時段回到最初的源頭：繁衍，重啟生命之旅，然後死亡。想到小鮭魚今生無可逃避、不許回首的成長宿命，我竟悲傷得不能自己。那年，千歲川在淚光中依舊陽光和熙波光瀲艷歲月不驚……

　　在札幌悠遊了兩天，我們來到小樽。這裡曾是繁華的國際貿易港，如今雖洗淨鉛華回歸寧靜的小漁港，依然不失其雍容優雅。遠眺入海口，我一度相信小鮭魚群是從這兒打道出海的。

　　小樽運河不長，但勝在水碧瓦綠，加上弧形水道，四季景色優美，是全市最搶眼的亮點！周遭的倉庫和建築大都改建成海鮮食堂。我們在其中一家餐館用午餐，餐館甬道的左側是一桶桶北海道的名蟹，帝王蟹、毛蟹與柳葉蟹皆在清澈的水中散發誘人的

風采；甬道右側擺滿北海道特產馬油、薰衣草等護膚品，以及昆布、哈密瓜等土產，北海道味道十足。我們享用了海鮮大餐，外加鮮烤鮑魚，特別開胃。

小樽是充滿歐洲浪漫氣息的日本海港。飯後在滿是歐風建築的老街閒逛，特別舒心！老街沿途都是商店或各種博物館，售賣手工藝品、葡萄酒、日本酒、烤餅蛋糕泡芙、現磨咖啡、鮮烤扇貝、鮮榨果汁等，小樽著名的北一硝子（玻璃）工房和音樂鐘樓就在路的尾端。逛累了，坐在路邊木凳上歇歇腳打個盹，曬曬東瀛北地初夏的太陽，吹吹猶帶春寒清爽的風，享受一個難得的悠閒午後時光……

過後我們入宿四面環山一溪綠水圍繞的定山溪酒店。喜歡這裡，因為可以在子夜的天臺泡著溫泉仰望星空；亦可在三層樓高的落地玻璃的餐廳用餐，尤其是在清晨，在三面環山被蒼翠包圍的松柏森林中用餐，特別令人感到舒暢開胃，日本人將環保與大自然綜合為一的設計，維護文化傳承的精神，讓我蕭然起敬。

翌日，八輪翻飛，我們逕往花田璞瑛町與富良野而去。璞瑛町的青池依舊以碧水綠樹藍天白雲相迎。青池的水色，青碧翠綠，足以媲美中國九寨溝與克羅地亞十六湖。初夏的富良野風和日麗，我們梭行於針葉林間與平疇綠野，遠處雪山含笑，我們彷彿置身於賞心悅目的風景圖畫中。

來到富良野，才發現我們來早了，花未開齊，像一塊剛開始要縫製的針織錦布。憶起那年仲夏，偕新婚妻子初到富良野，薰衣草的紫氣鋪天蓋地，各種顏色的花開成一地針腳細密的五彩毛毯，空氣瀰漫著芬芳幸福的味道，這一方花田是我們最驚艷的邂逅。

午後，我們用高速道往洞爺湖。北海道野生動物資源豐富，沿途有狐狸、公鹿與熊出沒的警示標誌。車子不多，一路上還是

有點在荒山野嶺奔馳的蒼涼感覺。

　　入暮時分，我們住進洞爺湖酒店，恰好趕上湖中煙火表演。我們駐足湖畔，欣賞各類煙火爭相競放，從一個光點急速升空爆出千百亮光，到貼近湖面爆成巨扇的煙花，千點競秀，煞是壯觀。

　　觀賞了煙火，我們沿著湖邊人行道蹓步，路的盡頭有家小小的日式居酒屋。我們信步而入，映入眼簾的是古舊的日式海報、廚具、桌椅以及小小的榻榻米隔間，擠擠迫迫坐了十多位客人，大家喝小酒吃小食，笑著聊天。屋內酒香與肉香四溢、日本歌聲與煙霧繚繞，一對眉髮俱白的日本傳統夫婦在忙著燒烤雞翼、肉串與熏魚、燙日本米酒、倒冰啤酒等手邊工作。語言不通的我們圍坐在長櫃臺前，靠食譜上參雜在日文之間的漢字，也點了日本米酒、肉串、雞翼與秋刀魚，外加兩大杯冰凍只限北海道的札幌啤酒。

　　老夫婦謹慎仔細耐性十足的專注工作，燒魚烤肉的手勢純熟；倒啤燙酒的雙手篤定，不急不徐不慌不忙。埋單的客人都笑臉盈盈的向他倆問安致謝；新來的客人也親切的向他們問好才點餐，似乎都是熟客的模樣。瞧兩老一副淡定從容的樣子，我甚至懷疑他們是忍者隱士，刻意隱身在這座依山傍水的小城裡。

　　燒烤恰到好處，清酒勁道十足，讓我們不由得再點多兩套雞翼和肉串，幾瓶日本米酒，大家興致高昂，大口吃肉大杯喝酒，暢談旅途中的種種糗事與快事，痛快淋漓……

　　打烊了，我們結帳離開。這座小小的舊日式居酒屋恆是安安靜靜的獨自佇立在眾多時尚高大的酒店與食肆之間，送一身暖熱混身酒氣的我們，腳步蹣跚的走入子夜的寒風中……

2018年5月31日，吉隆坡

陳雯愛

她，一幅美麗的風景

　　日子總在勞勞碌碌中度過。身邊的風景，何等的倉促，畫面急遽地更遞，來不及捕捉，或許這當中根本也沒有什麼值得我眷念的，因為太世俗。你追我逐，爾虞我詐，為了追逐財富與名利，罔顧真善，淡化了情義，沒有了品味。我勤勤懇懇地付諸了所有的時間與精神，僅換來疲憊的身心。

　　她，拿來了一盒子的紫色蘭花朵，讓我擺放碟子。我取了一些花朵，隨意散落碟子裡。她笑我，「不是這樣擺的！我擺給你看。」

　　一朵朵的紫色小蘭花，花梗朝內，花瓣向外，擺放碟子裡，圍成一個圓圈，一朵朵地層層疊上，只見花瓣的紫，還有花心的白，完全不見花梗，碟子完全被覆蓋了。多美麗啊！美麗的不僅僅是那碟蘭花朵，更加美麗的是，那風景。她，不急不燥，緩緩地、柔美地擺放蘭花的神情與深情。

　　再來，黃色的緬梔子（雞蛋花）和紅木槿（大紅花）。同樣的，緬梔子花柄朝碟心，花瓣向外，擺放碟子裡，圍成一個圓，再把紅木槿擺在緬梔子的花柄上，黃色的緬梔子環繞著紅紅的木槿。花一樣的美麗。笑靨亦如花一樣，更加美麗！

　　點燈的油水，因為燈芯燒成灰燼掉到油裡，不再純淨了。她，把油倒出，把雜質過濾了，把純淨的油留著。我問道，這油不比食油便宜嗎？怎麼還要過濾，乾脆全部換新的就好了。她說我浪費，這事不能從經濟效益的角度看。我不解。

她，先把玻璃杯子拿到水龍頭處盛了一半的水。她略顯自恃自喜地說：「你看！那六個杯子的水都一樣高。」沒有刻意的測量，竟然都一樣，專注和凝神真的可以是無形的尺規！把茶壺盛滿油，讓油緩緩地從壺嘴溢入杯中。杯中，油滲入水中，油與水相逢交匯，似大大小小的金黃色的珠子以各自的風姿在水中競相舞動著，多麼婀娜多姿！「看，多美啊！」她嫣然一笑。又是一幅美麗的景象，那怡然的笑靨。一輪激情的交融後，一切靜止了，底下的水被油層完全覆蓋著，形成了一條完美的自然曲線，彼此不再有任何的交流，只是緊貼著。一種坦然的、靜止的美麗。

　　她，拿起了一把小剪刀和鉗子，小心翼翼地夾著燈芯，把已經燒成黑炭的部位剪掉，餘下完好的燈芯部位留著。我說，那燈芯還不值一分錢，幹麼不換新的。她答道，你不懂，這不關經濟效益，這能夠培養一個人的耐心、情操。我真的不懂。就這樣靜靜地，看著她，怡然地剪了六盞燈的燈芯，我多少解了，更是悟得了。她，點上了燈，柔和的點點燈火相輝映，這是一幅亮麗的風景。

　　兩碟鮮花一左一右擺放著，六盞燈火亮著，一尊莊嚴的佛像，佛經蕩漾，她手握一炷檀香燭，跪拜。這風景美麗！這是由許許多多美麗的過程孕育而成的。她，彷彿出淤泥而不染的蓮花，濯清漣而不妖，中通外直，不蔓不枝，香遠益清，亭亭淨植，可遠觀而不可褻玩焉。何等純淨的、美麗的風景，這麼的淡雅飄逸高遠。讓我這麼一個世俗凡人，驚豔不已。

　　我從來沒有見過這麼一幅又一幅那麼美麗的風景。何等的寧靜、祥和、安然，任我也感染了那份怡然自得。飄來檀香的清香，蘭花的淡雅，悠揚的旋律，心緒無比的平靜，似乎好久都找

不到這種感覺了。曾讓我多次忘卻凡塵，感受到一種走進仙界的寧靜和聖潔。我望她，「高山仰止，景行行止；雖不能至，然心嚮往之。」

　　她，愈顯格外的嫣然動人。我用文字攝錄這動情的片段，美麗的畫面，贈予她，我茫茫人海中巧緣邂逅的她。

我是逃兵

那天，我又回到多年前執教的中學。

走過校長室，裡頭傳出校長對學生的斥責。好久沒再聽到這種聲音了，這聲音是我從前熟悉的。何等的刺耳，令人心生厭惡。老師厲聲責問、告誡、阻遏；學生無禮地頂撞、回應，甚至於大嚷；老師用鞭子抽打桌子，甚至於抽打學生……好久沒有聽到、見到這疾言厲色的情景了。

感觸良多，甚感慨！我是這裡的逃兵，逃離了這所有繁雜且令人心悸的聲音。我在這裡長大的，這是孕育我成長的搖籃。當年，我回到母校執教，想著回報母校栽培的恩典吧！但是，我卻無法做好人類靈魂工程師的職責。師者，傳道、授業、解惑也！我始終無法全數勝任。

課業傳授絕對不成問題，讓我懊惱的是學生的態度、脾性。中學生紀律問題日益惡化是事實，人們總說，現代的青少年越來越難管教了。我性子急躁，脾氣也不好，面對頑強、叛逆的中學生，我時不時就與他們起衝突。學生年少無知，我呢？我必須承認，是我衝動，沉不住氣。其實，我也只不過是個大孩子，一個成長中的大孩子，何以為師？

我在這待了幾年，經歷了不少大大小小的事，多番的磨礪，自己是感悟了、成長了。在上司與前輩同事的提點下，教育工作總算漸上軌道。但是，學生紀律問題讓我疲於應對，漸感厭倦，總擔心自己有一天會失去堅持下去的能耐。

　　我終究還是選擇了放棄，我樂意于當個逃兵，離開這裡，到師範學院當講師。面對這群優秀生，這未來的老師，可以讓我少生怒氣，少些煩惱，心平靜些。

　　此時，我回到中學校園，竊聽這打罵聲，卻聽出另一番感受。

　　看著校園內的中學老師，當年的同事，感覺他們的偉大，自己的渺小。頓然，我對老師們感到萬般的敬仰，對這群願意在中學堅守崗位的老師們，我深表欽佩。您對孩子們，是那般的用心、付諸耐心與愛心。貴為一校之長的，校務繁雜，尚得處理學生紀律問題，應對總是護著孩子，且無理取鬧的家長，更教人崇敬。

　　我帶著冠冕堂皇的理由，離開這裡，為更上一層樓，為栽培未來的老師。當我振振有詞地談論著一些教育理論時，不禁感到幾許心虛，其實這些都是我當年執教時尚苦苦追求，依然仍未能達到的目標與理念。惟希望，這批未來的優秀老師聽著我所說的，將之貫徹實踐，教育好孩子們，堅持守護教育的真諦。

　　甚慚怍！其實，我只是這裡的一個逃兵。我逃離了沙場，在隱蔽的安全區，紙上談兵，將希望理想全託付予年輕的新軍兵身上。

用文字攝錄

　　從前，想要留住生活中的一個鏡頭或一個片段，不容易，得到相館去拍照，得帶著一部攝像機或攝錄機。現在，人人一部貼身手機，無時無刻，都可以將瞬間留住。我們可以任意拍下生活中任何一個鏡頭，管他平常或特殊；我們可以攝錄生活中任何一個的片段，管他瑣碎或重要。我們還可以瘋狂地廣傳，根本甭考慮那是否凡俗或珍貴。

　　但是，照片，那始終只是一個平板的畫面，沒有情感，沒有故事。其實，也不全然，情感是有的，故事也有，只是我看不見，我感受不到。視頻，那是一個片段，有畫面、有動感、有聲音，有故事。但是，我感受不到你們所感受，我更感應不到那份感動。

　　我鍾情於用文字攝錄，用優美的文字描繪你的樣子、你的聲音、你的美麗；用細膩的文字敘述我們的互動、我們的感動；再用坦實的文字述說我們的故事、我們的一生。我享受那文字攝錄的過程，讓我重新跟自己的內心來一場坦誠地交流，情感得以盡情地釋放。我要攝錄一幅又一幅美麗的風景與感人的畫面，任誰都能欣賞那曼妙的風景，感受我們的真情動人的故事。

　　我們都會有老去的那天，回憶會褪色，記憶會退化。或許有那麼一天，我們看著照片，但是已經回憶不起那瞬間的情節，那些年的故事；甚至於你在我眼前，我也想不起你叫什麼名字，你到底是誰。唯有仰賴當年用文字攝錄下的真實畫面，能喚起我的

記憶，回憶當年的所有，感受當年所感動。

　　照片再美，也只是斑斕色彩拼湊而成的一個平面圖像。文字，更加不起眼，沒有絢麗的畫面，只有白紙表面上的黑色符號。但是，任我遊走於字裡行間，我看到了你我的樣子，那亮麗可人的笑顏；我聽到了我們的交流，我感受到當年我們的感動，甜酸苦辣各種情感交集；引我回到曾經最初的最美，你我一起走過的那段崢嶸歲月。

　　茫茫人海中，人與人的相逢邂逅，是何等奧妙的緣分。我們有緣成為彼此生命中的過客，攜手同行，我愜意、我感懷。僅僅數張、甚至數百張攝像機或手機拍下的照片，不足以真實地記錄我們的故事；唯有用文字，方能真實地記錄這段故事，鎖緊在我的記憶庫裡，留住。在我白髮蒼蒼，記憶模糊的那一刻，我依然可以回味那段我們曾經牽手走過的往事。

　　我樂於用文字拍照、錄影，一幅又一幅美麗的照片、一段又一段的視頻，將之珍藏，或相贈予你。我相信文字的坦實，迷戀於文字的魅力，更深信文字的雋永不朽。

程可欣

往夢想出發

　　十七年前高中同學配合同學會，設計了一份問卷，其中一個問題是「未來的心願是什麼？」。我填了「出國遊學」，因為沒有留學機會的我，一直希望體驗國外的生活，希望逃離赤道的炎熱，去感受四季的遞變。然而當年老二還在念幼兒園，離家去遊學，像一個縹緲虛無的夢，遙遠得連去想都覺得不可及。

　　這十七年裡換了工作跑道，一面育兒一面經歷職場上艱鉅的挑戰，出國遊學的心願像那些老情書，被鎖在家裡的某個抽屜，珍貴地收藏著。不曾忘記，但卻連翻閱的時間都沒有。終於到了這些年，兒子離巢，我也從職場回歸廚房，那個曾經遙遠的夢，突然變得清晰。我開始敢具體去想遊學這回事，老公更是積極支持。一直覺得這個男人是上天派來造就我的，教會我許多東西，讓我從一個胸無大志的小女人變成人家口中的女強人。這次他讓我單飛，到東京去學日文三個月，實在是把我推向夢想的一大動力。

　　開始著手找學校，安排住宿，計算開銷，那真是一種留學的心情啊！浮現腦海的，是中五那年同學們紛紛填寫出國留學的申請表格，我只能旁觀，也沒有太羨慕，因為瞭解自己的家境，不想讓父母有負擔。那時候連影子都沒有的留學夢，如今突然成真了。

　　出發日子在即，心情卻漸漸忐忑。擔心的不是在東京的生活，而是被我丟下的家。畢竟一個主婦離家那麼久，不是一件簡單的事。生活中的大事小事，都是一種牽絆，需要放開，才能離開。所幸有個可靠的傭人，還有家婆和大姑做後盾；加上老天保

佑媽媽最近健康還不錯，有妹妹們照顧，我才能強作瀟灑地出國圓夢去。

......

飛機越過南中國海往東京邁進，我的心情，卻不像以前去旅行那麼雀躍。因為旅行離家時間短，是那種去玩一玩就回來的興奮感覺。如今要闊別三個月，真的無法完全安心。早上出發前與老公和狗狗Latte告別，撫摸著狗狗蓬鬆柔軟的毛，竟不捨到有點淚盈於睫。

旅行是毫無負擔的玩樂，這次去過日子、去上課，開始感覺有點壓力。此刻的我總算體會到兒子們出國留學前的心情，那種對將來的未知，讓人忐忑，甚至低落。其實我還算幸運，因為對東京已相當熟悉，又有老二陪伴。但一想到必須下苦功把日語會話學好，否則溝通上會有問題，就覺得壓力來了。是不安帶來的負能量嗎？一向勇敢地追求夢想、認為只要努力就能成事的我，突然膽怯起來……

想到每次說話前都得把句子先想好，就覺得有點累。不像說著自己熟悉的語言，不假思索就能出口那麼自在。熟悉、自在與安定，是不是形成歸屬感的要素？在入境卡填上居住地的時候，那麼真切地感覺到，馬來西亞才是我的歸宿。即使最近亂象頻生，讓人對這片土地能否久居擔心起來，但依然眷戀那種熟悉與自在，還有已經習慣的生活方式、人情世故。

高空飛行中，我竟看到了自己扎在土地中的根。也許就是距離，讓一切更清晰。夢在遠方，還是其實在自己的家國中？讓我飛一趟去尋找答案。

2018年5月5日

東京那一季

　　這一年東京氣候有點不尋常，冷得特別早。十月中旬，天氣報告說這是今年最後一天穿短袖衣的日子，果然，從此就全是披披搭搭的秋裝了。日本的服裝潮流與雜誌，都比實際時間超前一個月，所謂秋裝，在夏末就已進駐許多人的衣櫃裡。我像個當地人，每天依天氣預報配搭著衣服、決定帶不帶傘、穿哪雙鞋。正午走出家門上學去，迎著溫暖的陽光與冷冽的空氣，矛盾中竟有美好的感覺。日子是忙碌卻充實的，每天除了上學，放學後還得張羅晚餐、做功課，忙得筋疲力盡但卻十分滿足，是另一種美麗的矛盾。

　　其實一開始獲知日文班被排到下午時是有點懊惱的，因為打亂了我上午上課下午玩樂的如意算盤。下午班啊！感覺時間被卡住，不上不下的很難安排事情。也許離開上次念下午班的日子太久遠了，一時之間還真不知道時間應該如何分配。可是開始上課以後，發現課業繁重，不可能每天去玩樂。除了要做功課，一個人趴趴走多了也會生厭，只好收起玩樂的心情，把遊學的「遊」字暫時刪去，認真當一個留學生。

　　塞翁失馬，下午班不但讓我配合到兒子的上課時間，一起吃了午餐才出門。也把早上和晚上切割，讓我有個精神飽滿的上午，或悠閒地享受咖啡與雜誌、或專心準備當天的小討論內容、背生詞，或一把勁地打掃房子；體力充沛的時刻，總是事半功倍。

東京的整個秋季，日子是一天一天充實地過的。牆上掛著的日曆，滿滿記著每週的活動，上課、學舞、出遊、會友。放下了家的牽絆，不用煩燈壞了狗糧沒了院子的草要找人剪了等瑣事，日子簡單純淨得像單身生活。稍能應付繁重的功課後，開始花更多時間讀日文書、看雜誌、追著跑得飛快的服裝潮流。隨氣候變化，也追著銀杏與楓紅，一個個地方去尋訪，我期待的那種秋色。

之前已經聽朋友說，我不需要跑遠，住處附近的小石川後樂園就有美麗的楓紅，東京大學就有漂亮的銀杏。的確，從住處步行去後樂園或東大，都只需十五分鐘，於是某天先去了賞楓。座落在城市裡的後樂園，卻有著自然園林的風采，從大馬路走入園裡，仿若瞬間穿越時空，走進了美麗的森林。紅紅的楓葉或襯著藍天，或掉落地上，都是一幅秋意盎然的美景。

絲毫不輸陣的銀杏，則在東京大學擺出了最美的姿勢。那天我從有名的東大赤門進去，銀杏沒有想像的漂亮，但風一吹動，落葉像雪飄下那一刻，卻美得叫人感動。從赤門漫步到正門，一路的古老建築跟常春藤大學一樣，散發出濃濃的書卷氣。聽到一個爸爸對只有幾歲大的小孩說：東大很美，對嗎？我在心裡悄悄回答：是啊！很美！轉進正門的銀杏道，啊！原來主角在這裡。陽光下黃得閃亮的銀杏樹，讓人窒息！走在溢滿學術氣氛的美景中，突然有種「活著真好」的感覺。是的，活著、做過想做的事、體驗過人生的甜酸苦辣，真好！

能夠完成遊學的夢想、過過異地的尋常日子，也真好。

熟悉地遊走於所住的社區，去買便當，去書店買雜誌，追趕著電車，不再搞錯月臺上的等車行列，學會了與便利店或超市收銀員的固定對答，像日本主婦們在超市裡徘徊思考要買些什麼

菜；漸漸，莫名地建立了一種新的歸宿感。每週一次去學舞，步行搭車轉車一小時，慢慢習慣了東京人覺得很平常的趕路。有時夜裡參加了活動回家，路燈下自己的影子，分不出種族，或國籍，彷彿已經成為那裡的一部分。

　　當社區路旁一列列的銀杏樹散落滿地黃葉，人們的衣服越穿越厚，聖誕和新年的跫音慢慢靠近，商店和郵局開始擺賣賀年卡；我知道，即將要離開這城市了。腦子裡開始盤算如何把東西帶回家，整理出來的，竟是許多的不捨。要帶回去的行李與不捨的感覺同樣超重，只好把一部分留下。比如三個月來穿得鞋頭都踢損了的靴子、已經讀完的課本、下一個秋冬以前還穿不著的大衣，伴隨著不捨暫時寄居兒子處，等我下次再去，一一領回。

2018年5月31日

走一路秋色

　　選擇秋天去東京遊學，是因為貪圖那涼爽的天氣。想像從初秋到深秋，衣服一層一層地加上，隨寒意遞進，從薄外套、風衣到毛呢大衣，那種在馬來西亞無法實現的配搭，光想著就覺得興奮。除了衣著，秋高氣爽的時節，彷彿做什麼都會心情愉悅，連步行一小時來回學校，也變成了美麗的散步。

　　我所住的文京區，因為有很多大學和中小學而被稱為學區，同時也是東京都內文化氣息濃郁的一區。它沒有都心城市那麼繁華，卻又不像下町那麼古舊，以居住來說是極好的選擇。這一區以前還出了不少名作家，每次散步，總有轉角遇到作家故居的驚喜。而夏目漱石和魯迅的故居，離開我的住處，只需八分鐘步行。

　　每天走路去上學，成了我的樂趣之一。開始時只顧用心記住上學的路線，沒特別留意周邊景色。後來熟路了，有閒情瀏覽一下，發現其實每天都經過神社、寺院和墓地，就在一條叫善光寺坂的路上。

　　文京區有很多坂，坂的意思就是斜坡。有名的坂都會有牌匾特別介紹，有些還是日本有名的作家、歌者居住過的地方。我每天經過的善光寺坂，就是其中之一。善光寺坂因為坂上的善光寺而得其名，據說寺院創建於1602年，看那古樸的大門和建築，真能感受到四百多年的悠久歲月，留痕在一磚一瓦上。某天進去院裡探看，還見著一隻肥貓，毛髮厚得有如活了千年的貓精。

　　善光寺旁邊是慈眼院，院裡種了楓樹和櫻花樹，秋天的紅和春天的白，交替著美麗，互不搶風頭。當楓紅幾乎遮了半邊天時，櫻花樹只剩枝丫，低調地等待自己登場的時刻。相反的當櫻花盛放，楓樹彷彿隱身起來，把春天的舞臺讓給對方。那麼不落痕跡的交替，讓朋友驚嘆道：我還以為日本人可以把樹換來換去！除了楓與櫻，慈眼院門右前方還有棵老樹，傳說寄居著一個修行僧的靈魂。樹太老了，主幹已經有點腐壞，院方用支架把它撐著，用麻包袋包著。如此細心的呵護，與我們國家隨意把老樹砍掉的態度相比，讓人感動之餘也肅然起敬。

　　再往上走就是有名的伝通院，是個淨土宗寺院和墓地。院內有許多德川氏淵源的女性的墳墓，同時也常看到有人在辦喪事或掃墓。也許是不被傳統概念影響吧？總覺得日本人的墳墓不像中國人的墳墓，讓人覺得恐怖。反之，日本墓園因為都種了櫻花樹，墓碑打理得很乾淨，營造出來的，是安靜安寧的感覺。英語的rest in peace，彷彿再也沒有更好的詮釋。墓園沒有刻意被關在城市外圍，反而散落在住宅區的各個角落，轉角遇到墓園，也是日本的步行經驗之一。每天經過這些地方，尤其是放學時，雖然只是下午五點多，但天已全暗，有時靜謐中一個人行走，竟不覺半點害怕。不懂是什麼神奇的力量在庇佑著我？

　　說到走路，一開始上下學時，我的步伐是相對緩慢的。常常遇到從身後越過的日本人，不久就把我拋離很遠。然而自己還是不急不趕、不疾不徐地走著，一面觀察路人的打扮，一面留意哪棵楓樹轉紅了。靜心感受天氣的變化、觀察景色的轉換，是我一整個秋天步行的餘興節目。遇到日本人遠遠看見交通燈的小紅人轉綠就奔跑著過馬路，心裡總是吐槽「有需要那麼趕嗎？」可是時間久了，步伐也漸漸快起來。甚至不知不覺地，學起日本人

「衝行人綠燈」，因為不衝的話，就要停下許久等下一個綠燈。東京人的急性子是出名的，只是旅居東京的我，卻不知何時，染上了如此習性。

　　走著走著，當新奇變成平常，當不小心碰到別人時口中自然冒出的是日語的「對不起」，我感覺自己已融入這個都市，跟路上的行人同樣的打扮，同樣的步伐，同樣地過著尋常的生活。不同的也許是，我沒有日本人的壓力與壓抑。從初秋到深秋，由慢到快，銀杏散落一地金黃，楓葉一日比一日艷紅，一路走來拾掇到的，是一季的美麗，與歡愉。

2018年5月6日

與梵谷的東京偶遇

　　某天放學經過飯田橋車站，看到梵谷畫展的廣告，就決定有一天要去看看。雖然很多畫已在阿姆斯特丹梵谷博物館看過，但難得在東京偶遇，就當著學習，去拜見一下日本的畫展。

　　說起看畫，我大概像個門外漢，在藝術殿堂門前徘徊、窺探，卻沒有認真踏進去的打算。從小就沒有美術天分，初中考試，每次讓我擔心不及格的，就只有美術這一科。長大後擺脫考試的牽絆，終於可以把它拋得遠遠去，從此不關我的事。重新與畫接觸，是因為幾位大學學兄學姐懂畫愛畫，一起去旅遊時總會去參觀美術館、看畫展、聽學長談畫。我把它當成不用考試的旁聽課，從梵蒂岡、義大利、法國到荷蘭，參觀一個又一個的博物館美術館，毫無壓力地慢慢吸收、學習，最後也從一竅不通變得略懂一二，為生命添了一道意想不到的色彩。

　　也許更多時候是為了湊熱鬧跟著去玩，曾經隨學兄學姐特地飛到香港去看名畫拍賣，見識那種手起手落之間畫價就翻了幾倍的驚人速度。當然拍賣會的畫展也是重頭戲，可以免費賞畫。因為並不是要競投名畫，看畫變成一場隨性的遊戲。那一次我決定不參考印刷精美、資料豐富的場刊，讓腦袋放空，只用眼睛和直覺去尋找自己喜歡的畫。

　　啊，我喜歡這個構圖和色彩！走近一看，原來是張大千的作品！也算自己有點眼光吧？啊，這幅意境如此乾淨，我知道，是吳冠中的傑作。我總愛那種淡淡的色彩、或乾淨或夢幻，都有

著寧靜致遠的氛圍。也因為如此，某次旅行在日本箱根成川美術館，對日本畫家齊正機的畫一見鍾情。

日本美術館非常多，幾乎長期主辦畫展。這回遇到熟悉的梵谷，也算緣分吧？多年前去荷蘭阿姆斯特丹梵谷博物館看畫前，大家努力猛啃梵谷傳，還有梵谷和弟弟的書信，對這位一生際遇如一齣悲劇的大師特別熟悉。以至後來讀到余光中的詩《梵谷百年祭》時，感觸特別深。那麼努力、那麼執著的畫家，絕望地離開這個世界，在自己什麼也不知道之後才出名，我在自己的一首詩裡把它形容為白忙一場的人生。

梵谷留下的一幅幅充滿故事的畫作，我趁著某天天晴，抱著探險的心情，一個人搭了巴士去東京都美術館重溫一次。谷歌地圖教我在上野公園前一站下車，然後穿過公園去美術館。其實我在東京最怕的不是搭車，而是走路，因為走著走著總會迷路。那天也不例外的迷路了，走到上野公園另一端，意外看到明媚的陽光與粼粼的湖光。人們悠閒地在湖畔散步或曬太陽，好一個美好假日的感覺。向公園的工作人員問路後，我決定放慢腳步，一面看風景一面往美術館走去。途中經過一個神社，看到了熱鬧的攤販，還順便吃了小食，再繼續尋找美術館。

沒有時間限制，不用配合任何人，一個人走走停停一面找路一面拍照，竟也十分愜意。如此磨蹭了大半個小時，終於看到我熟悉的上野公園，也順利找到在附近的美術館。畫展還蠻多人的，要很靠近地看畫和文本介紹還要排隊，我索性租了個日語有聲導覽機，即使未必能完全聽懂，至少也理解七成，就當聽力練習。畫展內容非常豐富，主要展示的是梵谷有著日本淵源的畫作，以及對梵谷有一定影響的日本畫家的作品；還有一些與梵谷有關的書籍、書信等。

在那略顯昏暗的展場裡，我隨著安靜的人龍，一幅一幅畫細看，聽著有聲導覽機裡常盤貴子的聲音，說著梵谷的故事，彷彿把畫家的一生又重溫了一次。除了與高更的糾纏，割下左耳的極端，精神病院的孤寂，這次較多的是他的東方夢。

看完畫展已是兩個多小時過去，離開美術館往上野御徒町走，又看到了熟悉的阿美橫町商店街。嗯，得轉換一下心情，走出悲哀的氛圍，到熱鬧的人間煙火去感受繁華的東京。那裡有著梵谷所嚮往的，多彩與亮麗。

2018年6月11日

黄俊智

夜未央

　　為了更能專致地翻閱文獻，以準備撰寫讀碩入學前的研究計劃書，我把成堆的專著和散亂的資料從書桌上移到床上去。由於這些「移民」和床具爭地盤，床面變得擁擠，相對的，書桌卻因此變得空蕩蕩。

　　過去的一個星期，我一直或坐或躺地賴在床上，在一本一本的書上劃線、畫圈，更甚地是在其不同的頁面的上邊折了不少大大小小的三角形，為的是撰寫計劃書時，方便索引之用。本來緊實和白淨的書給我翻得蓬鬆，亦沾了污垢斑駁，書桌卻依然空蕩蕩。

　　我是個極沒耐性的人，居然能撐了那麼久來處理繁縟的入學手續，但理所當然總有到極限的時候——是在今晚，書桌比平常來得亮眼，我不由自主地從床頭起身，一屁股坐在那，把頭埋進雙臂裡，大有閉眼睡到天明，暫且不理俗事之態。畢竟還是個俗人，不消三分鐘，我突然驚醒，耳畔傳來的只有一波波風扇轉動的聲音。

　　只好左顧右盼，觀房裡之靜物，以解我心裡的百無聊賴之感。書桌所向的三堵牆，左隅擺放的是我健身所用的木劍和啞鈴，右角落是一臺藍色四格衣櫃，而正中就是塊遮住窗景的簾布。我相信房間和我的心同等鬱悶，是該揭開簾布的，讓夜光灑進房裡、心裡。

　　偶爾耳聞的狗吠聲和貓叫聲俱滅，今夜實在靜謐。窗外的夜

景，我至今望之不下十回，但就愛此道，沒有比這更能放鬆身心的了。外面漆黑，卻不是那種宛似合眼後所見的黑，因為幾戶人家還亮著燈火，仍能依稀瞧見後巷的輪廓。

對面家家戶戶，各別配有垃圾桶和一塊長磚，蓋在水溝之上。這些屋子的主人「對待」長磚的方式不一，當中有些玄機奧妙——長磚空無一物的，看得出家裡的主人無暇巧思，沒把家佈置得美觀點。他們早出晚歸，簡直把家當作宿舍看待；有些則把長磚和水溝間的隙縫，添上了水泥漿以加固作用，在它的上面立了個水槽或爐灶。安娣會取出各種食材搬到後巷，烹煮魚肉，滷香滿溢，惹得我飢腸轆轆，禁不住引頸張望她們所做的佳餚；最後一些人如我奶奶的，會在長磚上擺上大小不一的盆栽，種了各類花草，招引狂蜂浪蝶翩然舞於花間。我愛看花，雖不似蘇東坡「故燒高燭照紅妝」那般對花癡迷如斯，於早晨之際，我愛佇立花卉之側，欣賞彩蝶輕吻花仙子。每逢清晨，奶奶會打開家的後門澆花，接著和準備早點的安娣們打招呼，或是話家長，有時甚而互贈桃李。熱鬧的另一廂，不知姓甚名誰的鄰居匆匆趕著上班，駕著轎車揚土而去。

我的臥室坐落第二樓，正對面的房子有扇視窗，裡頭總亮著橙黃色的燈，把家裡映得清晰，僅見一座附把手的樓梯而已。有些夜裡，我會窺見一位印尼女傭，及肩的長髮，長得甚是可愛，卻顯倦容，徐徐地走上三樓去，也許是到那個雕鏤著朵朵百合的玻璃窗牖，透著白光的房間裡，聽主人差遣吧。

那對面屋子遙遠的左處，有三個小紅光掛於空中，將它們連在一塊，就會構成一個不對等的三角形，三角形之上的最高端，亦見一點紅光，閃爍著，那都是由電訊塔發出的光芒。若干年前，一家人初搬到這，發現這電訊塔離我們家甚近，以為一直傳

播輻射的它會對人體健康造成威脅。從擔心憂慮，到後來久住於此，不見身體發生任何異狀，就對這電訊塔的存在不如從前那樣感覺「芒刺在背」了。

　　眺望今晚的天空，不見月亮高掛，也不見繁星點綴。記得我上中學的時候，我會在這書桌上玩電腦遊戲，玩累了，就會像現在拉開窗簾，顧盼四下。多數時候，我能見到月娘，星星如她膝下的孩子靜靜聆聽母親輕語床邊故事。當是弦月時，我會「假文藝」一番，低吟一段「月有陰晴圓缺」，抑或「舉杯邀明月，對影成三人」，都是中學中文課本裡所學的名句，不過總是吟一句，就接不下去了，只因我斷章背下詩的「精華」罷了；當是圓月時，我興致盎然，腦裡冒出餘光中的《小褐斑》，幻想有個神祕的，對他人而言不完美，卻於我而言完美的女郎，伴著我看和她一樣美麗的圓月。

　　我不知望了虛空究竟有多久，很想望穿虛空的內核，然而虛空不曾向我展示它的一二。是該如此的，虛空不許給我回應，倘若有，即對我有偏愛，則失去了祂那「視萬物為芻狗」的本來面目，祂一旦淪為有情，亦會變老，就容不得我們這些萬事萬物得以活在祂永恆的夢裡。

　　下午的時候，我偶然搜到了一首由龜娘所翻唱的「南山南」，重播了無數回，迴盪在我的房裡，就用以當作為萬籟俱寂的夜晚播放一首適合的它的歌。

　　　　　　　　寫於2016年1月6日，修改於2018年6月6日星期三

普寧尋親

　　背包裡裝著的是爺爺留下十多年前和親人聯繫書信，我悻悻然坐在長椅上，僅憑失聯已久的地址，真能找到我不曾與之照面的親戚嗎？

　　「阿俊，如果你到唐山讀書，為我找親人住在哪裡，問好。」「我很好奇的是，現在的普寧啊，唐山強大了，它發展會是如何……」雙掌狠狠地拍打臉頰好幾回，令自己清醒和堅定起來，我大步走向售票處，給售票員交出了我的護照。

　　九月廿六日，終於等到今天。乘搭地鐵到天河客運站，我暗自發誓務必在中國國慶日之前找到他們。客運站裡人潮洶湧，喧嘩聲沒一刻消停，我從錢包掏出看了好多次的車票，上面寫著上午十一點啟程，可現在已經是十二點半了，大巴怎麼還沒來啊？再等上一個來鐘頭，姍姍來遲的大巴終於抵達。又累又昏的我，剛坐下就立即睡著。夢裡，我蹣跚走在一條筆直的道路上，夾道的樹林著火，熱氣熏烤著被夾在中間的車龍，走了好久，看見不遠處有一道柔和的光，我循著它的方向往前走，來到跟前才發現它原來是間酒店的簷下燈。到目的地了吧？現在夜深人靜，想想這時尋親並不太合適，於是我提起背包和行李，登記入住手續，決定明早行動。

　　「我家窮鄉僻壤的，房子四壁蕭然，出到門外但見荒草一片，絕不是你所能想像的。要不是窮到這副田地，你以為我會下南洋來？」也許清晨的風有掃除黑夜與塵埃的作用，眼前的景物

顯得格外清晰，只見當地的每個建築物拔地凌空，路上的車輛川流不息，跟我爺爺所形容的大相逕庭。我在陷於驚訝、疑惑之際，蹦蹦車師傅問：「喂！去哪兒？」「尋親。」他不明所以，我掏出一疊書信，道出我的目的，就示意他我要去那。話音甫落，師傅大笑三聲，擺了擺手說：「照你這尋法，肯定白費功夫。走，搭我車，我帶你找去！」

　　一開始，我和師傅用潮汕話溝通，到後來我們發現彼此的「家鄉話」有些出入，繼而改用普通話。「完了！隔了六十年語言都有些不通，親人是否會相信我是他們親人啊？」我內心十分焦慮的時候，師傅就佩服和讚賞我的決心和勇氣，同時也感慨他住在泰國有錢的親人怎麼不曾見他。擦身的強風好吵，我們聊天聊得好吃力，不知不覺就抵達了派出所。

　　翹著二郎腿的員警邊沏著茶，邊漫不經心地聽著報案人對他的請求。他大概聽煩了，以極具不屑的眼光盯著一位呆若木雞，臉上有幾分慌張卻插不上嘴的青年與另一位非常著急地替青年說明原委的中老年人。「找人是吧？報上姓名、年齡和地址。」「黃映生，是我堂叔，應該有五十歲左右，住的地方……噠！」我趕緊遞上那一疊信，員警接過之後轉身，拋下一句話：「等下。」我們坐著等，直到已煮沸的水壺的水蒸氣消散，他才緩緩地交還給我那一疊信和一張村民個人信息表。紙上印著的那張臉，過去我在爺爺的鐵皮箱裡的老照片見過。

　　「既然知道他住哪兒，最後就是到保安大隊那裡問就好了！」因為得繼續接客，師傅送我到一間偌大的寫字樓前後揚塵而去，臨走前還祝福我務必找到他們。這時保安大隊的組長委派手下到那棟樓裡去聯繫我堂叔，查詢他安在與否，我與組長則在亭子裡靜候消息。又是新一輪的等待，我等到一場雨停、電視機

前播放一齣戲曲唱完和組長把一盤炒粿條吃完，卻等不到那位手下從樓裡出來。我實在按捺不住怒火，正想責問組長的時候，有位中年男子搶先和組長打招呼，他發現我的存在而問組長怎麼回事。聽罷原委，喃喃「映生」好幾回，中年男子大呼：「他不就是菜市場裡的豬肉佬嗎？這巷子裡往前走大約五百米，望向左側，你就會看到他了！」

　　組長用摩托車載我到那販子處，他對那位豬肉販子以戲謔的口吻說：「喂，看我給你帶來個朋友！」「朋友？我哪有這般年輕的朋友……」「叔叔，你是否記得你有住在南洋的親人？」豬肉販子一雙眯眼頓時瞪大。「馬來西亞？」「不錯，我阿公……」「阿公？哦，猜想你是他的孫！黃根佔？」我眼眶裡的淚水開始打滾，很用力地點頭。為了確保彼此說的同一個人，我們在豬肉案上用食指比劃他的名字，一橫一豎，無不相同。兩人怔怔相望。

　　當時被雨洗過的太陽很溫煦，兩人含淚而笑，端詳著眼前這素未謀面的親人。

　　　　　　　　　　　　回憶去年往事，寫於2018年6月6日星期三

粿條湯與雞絲河粉

　　通過大馬華人的小吃，我們是可以追溯當地華人的祖籍有哪些。「潮州粿條福建麵」，阿嬤曾在Kopitiam裡對我說這話，教會我識別但凡以前者為主食材的美食，如粿條湯、炒粿條、粿汁等，皆源自潮汕地區，而黃麵如蝦麵和炒蝦麵則源自福建。用河粉的，是廣府人；做擂茶的，是客家人；煮紅酒麵線的，乃福州人；開西餐廳，泡咖啡者，海南人是也。曾祖父輩和祖父輩下南洋謀生已歷百年左右，那時的華人非常瞭解自我的身世，他們以自己的籍貫為傲，會因彼此祖籍的不同而互相歧視，甚至拒絕通婚，直到今天年輕一輩的，不分彼此，對於華人這一身份認同而團結，但他們已經分不清自己的祖籍，對於美食的源頭瞭解亦然，所以看見潮汕人煮艇仔粥，或廣府人賣曼煎糕，絕非奇事。

　　粿條和河粉因為在米漿上的比例不同而視為不同食材，可對我而言，兩者都是一樣薄而扁條狀的米製品，因此就打算將兩者並立而談。粿條湯和雞絲河粉的代表點分別是高淵粿條湯、太平粿條湯與怡保雞絲河粉。我就先說離我家鄉最近的高淵粿條湯。

　　在我看來，這兒的粿條湯的做法和潮汕地區的最相近。用豬骨熬的一碗湯，粿條配以蔥花、豬油塊、魚丸和豬肉丸。我們這裡的華人因拜神佛而不吃牛肉丸，就用豬肉丸代替。食材當中，當然不能忘了蒜頭油，那是粿條湯的靈魂，可令湯的美味錦上添花。粿條，無論是炒的還是湯的，我爺爺都愛。他前年往生，而我在那不久之後到中國讀研究生，也找到了他日夜掛念住在普寧

的親人。親人帶我到處溜達，吃了一碗粿條湯，看著它，湯的表面如鏡，反映了爺爺的臉。

不久之前因為暑假，我回到了家鄉。我阿嬤說我久居大陸想必是吃膩了中餐的，要不明早到巴剎為我打包椰漿飯？我頻頻搖頭，要的是一包粿條湯。我奶奶聽了笑言，我和我爺爺的口味越來越相似，還戲謔我是「潮州孫」。

接下來就介紹怡保的雞絲河粉。認識這道美食，是由我長期到外坡工作的父親介紹的。我每次小學放長假時，父親會特意向公司請假，帶我由北到南，四處覓食。就在某個假期，我父親決意帶我到怡保找吃。我父親點了兩碗河粉，檔主捧上來，我就被眼前的河粉給驚呆了──紅黃交加的湯色，加上綠蔥花點綴，色彩的搭配，真是美觀。父親就解釋紅者為蝦油，黃者為雞油，綠者為蔥花，才構出如此「美食美景」。我記得我當時看呆良久，遲遲不捨動筷，父親假意威脅我再不吃，就不載我回去。我驚駭到趕緊將之吃完。當我想再點第二碗，父親就阻止了我，叫我別吃，還要到下一家的呢！我小時候是怕極我父親的，就順從他意。離開之際，我才真正體會到作文套詞「依依不捨」的含義。

最後，談及太平粿條湯之前，我想跟大家說明太平的地理位置。福建人和潮州人多匯聚於威省，而廣府人卻多匯聚於怡保，太平地處於威省和怡保之間，它雖和北海一樣是福建人和潮州人的匯聚地，卻因和怡保同是位於霹靂州內的城市，因此那裡多少會被粵文化影響，影響當地的語言，美食亦然。這裡的粿條湯，湯底是由雞骨和豬骨一起熬煮而成，配菜是放豆芽、雞絲和魚丸，從中可以發現閩粵和諧共存於一碗。我以前戲謔我母親這樣的東西哪好吃啊？我媽彷彿聽不見似的，默默為我在粿條湯中加了些參巴醬，示意我吃，別廢話。吃下的那一刻，頓時啞然，安

靜地吃，片刻不停，連渣不剩。

　　我的長輩，用血緣、語言、美食與文化教會了我華人社會的千姿百態，海外華人並非是無根的浮萍。通過這些角度慢慢追溯，它們環環相扣，變得像一條繩索，我循著它走，發現南中國海海水的一部分，混著我們祖先的汗水，越過了海，爬上岸一看，會是廣東，或福建，或廣西，乃至上海、浙江。說著和我們同樣的話，吃著和我們相同的食物。既然大馬和中國的中華小吃相近，有人曾問我，要不在中國謀生？不是不考慮，但最理想的情況，我希望我的每一天的睡夢是被五香滷肉、椰漿飯和咖喱相混的味道香醒。

　　　　　　　　　寫於去年，修改於2018年6月6日星期三

紫金花落

　　紫金花從樹上飄落到地，到底需要多長的時間？

　　冬天，是我去年踏入廣州讀書時才見識的。據我分別來自北方和南方的兩位中國朋友的一致看法是，雖然氣溫來看，北方的冬天是比南方的冷，不過兩者給人的體感溫度是同樣不舒服的冷。有趣的是，他們是這麼形容兩地冬天的不同：「北方的冷啊，就像物理攻擊，雪花是她明顯而突出的象徵，隨著北風嘩嘩地往下墜，正面對著你打過來，讓你又冷又疼；南方的呢，就宛似一陣魔法，外面的景色和夏天所見的無異，但是倘若你一時疏忽，不把自己裹得緊實點，冷風如蛇，無聲無息地鑽進你的身體裡，凍得你無法不直打哆嗦！」我聽了很疑惑，天地變幻多少會影響自然生態系統，廣州的景色哪有可能一丁點變化都沒有？這裡沒有雪花，那有沒有其他象徵？南方朋友聽罷，故弄玄虛地示意我們隨他走，帶我們見個東西。

　　「喏！這是紫金花樹，當它花瓣凋落的時候，就表示冬天到了。」當時十一月初，整株樹夾道都開滿了不純粹的紫，還帶點兒紅的花。由近至遠，連綿就像一片旺盛卻不失溫柔的火海，看得我目眩神迷。我過去一直耳聞櫻花浪漫的美麗，曾暗自思忖有朝一日必須到日本見識一番，但這「人生目標清單」就因為紫金花的出現而就在此刻消弭。我想，那時我的感受就與季箚觀賞《韶箚》後的體驗同出一轍吧。

　　十二月中是廣州最冷，我思鄉的心情最迫切的時候，我這

時就會很想念家鄉那一年四季常年不變的暖，彼方有親朋好友，能日日把酒言歡、觥籌交錯，喧囂浮華不沾惹於心。然而，在這一片土地上，我沒有這些朝夕相共的家人與朋友，一直陪伴我的只有在夜晚才悄然現身的影子，一同被這股寒風凜冽的天氣侵襲而顫抖不已。已是極限，我不能再壓抑我心中滿盈欲洩的難受，當眼淚快要滑落之際，一朵紫金花恰好透過視窗，飄進宿舍裡。我把它撿起來，放在手裡把玩，且細細端詳。它的花瓣分佈得非常均勻，呈寬卵狀，其中花蕾長得又細又長，一支支就像蝴蝶的嘴。整體來看，真像一株火焰，我拿著紫金花感覺自己就像童話裡賣火柴的小女孩一樣，因此有了這個「發熱體」而感到溫暖，令我暫時忘卻寒冷的存在。

之後的每一天，當我用完晚飯時，會特意到旁邊長著紫金花樹的石椅上坐著看景。無論有風還是無風，樹上的花兒會綿綿不斷，一片接著一片地飄落到地上，鋪滿整個空間。當車子行駛而過，連片的葉子會隨著塵囂飛揚，在空中形成一道漩渦飄到天上。她們會到哪流浪呢？我不知道，但我相信她們其中的落腳點會在我家。當我父母出外，看到成堆的花瓣散落在庭院，父母、孩子心有靈犀的話，他們會知道那是我遙寄給他們充滿思念之情的明信片。

紫金花，飄啊飄，何時何地落腳呢？冬末春初，紫金花瓣會循著風的方向，渡過南海，途經越南、寮國、泰國，到一個名叫馬來西亞的土地上落地生根，在那裡生長得比肇始地還要雄壯魁梧的喬木，且一年四季開滿了花。

寫於2018年6月10日

黃素珠

鏡子

　　每次從那間擂茶店的洗手間出來，我會特別想念父親，有時眼眶會泛紅⋯⋯

　　洗盆上有一面鏡子，洗完手很自然的會望望鏡子。可是這一間洗手間的鏡子，無論我把腳跟蹺得多高，就只能看到自己的頭髮和額頭。很顯然地，安裝鏡子的人是個高個子，而我卻是相當嬌小。很快聯想到——為何家裡的鏡子，都像是為我量身而訂做的？

　　從我十五，十六歲開始到結了婚的中年，家裡每一面鏡子，都是我的高度，雖然我是家中最矮的一個。我以前從來沒細心留意過，去想，為什麼？

　　結婚前，家裡有我們三姐弟和父母。結婚後不久，父母循我要求搬來和我們同住。弟弟結婚後，媽媽過去弟弟家，父親大多數時間還是喜歡在我家住，直到孩子長大成人，我還是家中最矮的一個。可是任何時候，我往鏡子前一站，頭就在鏡子中間，是誰為我量身打造這個鏡子的高度？是父親。

　　父親很勤力，家中的釘釘補補都是他自動自發而且很享受的工作。我回想每次他梳頭髮，都是弓著身子的（他是家中個子最高的），可是我以前從來沒有去關心過他，為什麼他會弓著身子梳頭？我的眼淚奪眶而出⋯⋯

　　小時候住檳城。父親是經營出入口貿易的。很忙，晚上常有應酬。父親有時會早回，但家裡靜悄悄，我和姐姐都靜靜做功課。連「爸」都不敢叫一聲，更甭說「撒嬌」了。平日母親管我

們很嚴，不許我們和鄰家孩子嬉戲，家裡也不准吵鬧。她沉默寡言，也從來不串門子。姐姐也有她的性格。

有時父親就會帶我們去「大世界」、「新世界」玩，小孩都騎旋轉木馬，騎小車……場內還有免費歌臺，戲院都設矮牆，伸著頸，就可看免費電影。有時去新、舊關仔角。最喜歡的是在舊關仔角的大草坪上，鋪上草蓆，可以躺著看星星。有時去丹絨武雅海濱，快樂酒店游泳池旁吃三文治……有時我有太多功課，就一個人留在偌大的一個家裡，父親就會打包我愛吃的粿條湯或豬肉粥給我。

有時父親會帶一本《兒童樂園》給我。不知他是否特地去書局買的。我可樂了。追〈愛麗絲夢遊仙境〉，追到一半，小兔子掉入樹洞，不知怎麼了？因為他忘記買了一期，也不敢問他，就這樣有一段沒一段的，追其他故事也是這樣。那時我大概二，三年級。我們連向父親撒嬌都不敢，當然父女間少有擁抱等的肢體接觸。

當我生病時，父親常半夜起身守護我。不知是否潛意識裡渴望這種的親蜜關係，小時候我常生病。三兩個月一次。喉嚨痛就咳得利害，睡眠時，痰塞著，呼吸時發出「希希」聲，父親就會起身替我用風油擦背。記得有一次發燒燒到暈暈，父親抱起我，在客廳走來走去，真不好意思，那時我已九歲了，那感覺到現在還清晰記得。

我們檳城老家的屋子，路口就有一間華小。但父親捨近取遠，把我和姐姐送到中路的檳華小學。（那時是福建華小）。我們在檳小六年及檳華女中三年的時間，打下了很好的學業基礎，這真要感謝父親的遠見，是他對我們姐妹教育的認真，還是他對我這小女兒抱很高的期望？

　　初中三那年，父親的生意面對問題，我們舉家搬遷到首都。從那時開始父親就常蹙著眉頭。我們從大屋搬到小房，上學再沒有司機接送。但對我來說，卻如從籠中放飛的小鳥，我可以和朋友一起搭巴士上學了，放學後可以和朋友去蘇丹街逛街買書。第一次和朋友在中華戲院看戲，坐在第一排覺得很新奇，以前在檳城看戲是坐樓上特別位的。真是少年不識愁滋味，那懂父親為何蹙眉？還好學業還是保持佳績，那是唯一可以安慰父親的吧！

　　這以後，父親的生意就沒有順利過，後來替一位建築發展的朋友作管工。我半工讀完成中六後，成功申請到檳城理科師範學院，是父母都引以為傲的。

　　上一代的父母以孩子作老師為榮，雖然，老師的生活是清苦的。婚後孩子小的日子，我一個人兼顧裡外，我們兩夫婦又醉心政治與青年運動，要不是父母在家撐著，我如何能在教課之餘，把閒暇都放在政治與服務社區工作上？我如何能在課餘去追逐自己的理想？

　　我提早退休之後，選擇了作旅遊的生意，反而比以前更少在家了，常早出晚歸。有時帶團出國，一走就十四天。對我來說，帶團是免費旅行，好享受！有一次回到家，父親說：「亞珠啊！為什麼你這麼辛苦，要飛來飛去。」，我回答：「哈哈！不懂幾爽！免費旅遊又有pocket money拿。」，我在享受旅行時，有沒有想到家裡兩老為我的安危擔心，我究竟又為他們設想多少？

　　我又想到了父親弓著身子梳頭的樣子，我從來沒有想到對他說：爸，你可以把鏡子掛高二、三吋的，我照得到的。

　　唉！我在父親的庇蔭下過了五十多年，直到他逝世，那年他八十二歲，母親比他早喪五年。假如時間能倒流，或有來世，我願再做他的女兒，讓我抱著他說：爸，我愛你！

巴黎記遊

十月二十二日傍晚，我和先生乘飛機由吉隆坡飛往巴黎，準備和由紐約飛過來的大女兒在巴黎會合。由於是背著太陽往西飛，一路都是黑夜。漫漫長夜與在杜拜轉機的慢慢等待，飛了多久？等了多久？又再飛多久？不記得也不理會，總之到了巴黎總算看到曙光，天亮了！

出了關卡，在手機還有十五巴仙電力情況下，連絡上了從紐約往東飛過來的女兒，Amy。

「我們在E6關卡」，「好，我過來」。

異地重逢，在雙方都陌生的巴黎機場成功連系上，那緊張興奮都盡顯在雙方見面時的臉面上。

沒有西方人的熱情擁抱，一如往常，她帶備了一切圍巾，冬裝，長外套，為我們一層層穿上裏上。

巴黎的秋末其實不太冷，裏上她的熱情，頓時更熱了。

「你們什麼都不用帶，我為你們備齊了」，這是她的交待。

事實上，整個五天巴黎行程及過後的五天倫敦行程，由機票、住宿、交通、餚食、景點，都由她一手安排妥當。

酒店就在巴黎市中心，離羅浮宮及塞納河的一端都只有十五分鐘步行路程。入住酒店放下行李後，就往羅浮宮走。途中停下吃brunch，Amy又為我們各買了一雙最好的運動鞋。

多年前隨旅行團來過巴黎，只在羅浮宮外頭拍幾張照，「到此一遊」交待過去。

　　這次從建築物後方進廣場，一路拍照，來到金字塔形玻璃屋（也是羅浮宮入門處）排一個半小時隊，才能進到裡面。羅浮宮珍藏品有三十八萬件，平均每日有二十萬人參觀，可以想像人擠人之情況。鎮宮之寶，蒙娜麗沙的畫像前，人頭鑽動。畫像真的比印象中小很多，可憐還鑲了一層防彈玻璃。能在畫像前拍張照，已心滿意足，那有機會像專家那樣去分析，她的笑容是委婉還是詭異？背景是否隱藏末日審判等等？

　　接下來幾天，都在博物館，教堂間走。Amy高估了父母的文化藝術水準，化了三百多歐元買各博物館的門票。她自己還不是基督徒，卻因為父母是基督徒而為我們安排參觀了好幾間歷史悠久的著名教堂；如聖母院，玻璃屋頂教堂等。她的孝心，我們不能拒絕，只是苦了我們的雙腳。雖然從第二天起，我們多數時間是乘的士而放棄她事先買好的地鐵票。

　　最愜意的是乘小艇遊塞納河，經過喜歡的景點還可下去參觀遊覽。傍晚的塞納河畔，夕陽斜照，河上波濤、一個接一個不同雕刻形狀的橋墩、岸兩旁的建築、法院、博物館，金光閃爍。情侶及帶著小孩的年輕夫妻，在河畔細語及嬉戲，涼風徐吹，塞納河的遊艇之旅還真是整個巴黎行中最愜意難忘的一環。

　　乘開蓬旅巴夜遊巴黎及觀賞歌劇是她知道我喜歡之後臨時加的行程。「埃菲爾鐵塔」，Amy說不上去了，排隊要耗兩個鐘頭，太費時了。其實是她知道我們倆以前上去過。在巴黎的五天，她一切為我們考量，時時望著我臉部表情，看媽媽臉上是否有笑容，是否累了？餓了？然後她會立刻停下找最好吃的。也不容許我掏腰包出一分錢。

　　為我們買鞋子時，令我們感動的不是鞋子的價錢，而是她為我們選款式的熱心，及蹲下來為我們綁鞋帶的孝心（其實我們可

以自己做的）。

　　她平日最喜歡買名牌，美衣，可是五天行程盡是以父母為中心，她完全沒時間去「香榭麗」街shopping。這是她第一次到巴黎，以後，不知何時會再來。

　　巴黎五日，讓我們享受了天倫歡聚的喜悅，也盡享女兒的孝心。

那段服務社群的日子

　　那段極積服務社群的日子，說長不是很長，從我赤手空拳（沒有半點資源），到後來，在吉隆坡市政府裡做一個小小芝麻九品官位，大約十年時間，見到各式各樣的人物，上至最高權威，下至胼手胝足的市井小民，感慨良多。信手拈來，皆是故事。

　　二十年多前的舊巴生路，高樓大廈旁瑟縮著許多待拆未拆的木屋，而巴生河長期氾濫成災。

　　記憶最深刻的是三條石半的十多間木屋，那兒的朋友帶我去看如何協助那邊的居民。

　　所謂木屋其實是破舊的板塊搭成的棲身之所。最震憾的是每間木屋內的牆邊約四呎高的地方都有一片木板，大約可容四，五個小孩坐在上面那麼大。

　　「這是河水浸上來時，小孩女人躲在上面用的。」他們說。

　　「那麼如果水位漲到四呎以上怎麼辦？」我問。「通常不會那麼高。」這事給我的印象太深刻了。那天我回去後，一直在想，假如有一天，孩子們坐在那塊板上避水時，而水位突然上升至六尺，那些可憐的孩子怎麼辦？……

　　隔幾天，在幾位支會領袖協助下，我們自掏腰包，買了些沙包，水泥，沙，為他們築了一個矮堤，暫時改善他們低窪處逢雨成災的憂慮。

　　當然過後這些木屋在都市發展的洪流中都被拆了。而我們

所能做的，只是在申請政府的廉價組屋時，為他們爭取應得的分配。

在搬遷的等待過程中，我們也極積和市政府有關部門共同商討巴生河的加深及加闊工程，以讓河水更通暢無阻，減少氾濫情況。特別是經過巴生路三英哩半至四英哩這一段。

一次一位居民要我去看他和鄰居的屋子，我看到他們的木屋在被河水沖蝕地基情況下，搖搖欲墜。我就這件事找到市政府的負責官員。

誰知道官員比我還清楚，他告訴我：「哦！那兩間搖搖欲墜的木屋，市政府其實已經賠償過兩次，要他們搬，他們不搬，也影響了我們的擴充河道工程。」，我聽了也無話可說。居民是有隱瞞事實，他們也可能根本沒有地方好搬。廉價屋也還沒建好。

唉！我們一心一意想協助這些被城市發展邊緣化的社群，有很多時候卻是愛莫能助。

有一次，突然接到電話訊息：巴生路四英哩在一場傾盆大雨之後，大浸水，大停電，我和兩位朋友連忙趕過去。

看來這場暴風雨真的「大件事」，警車，救火車到齊，保安人員阻止我們進去災區，我有特別「通行證」才能前進。路左右兩旁的災區黑暗一片，所幸馬路旁一些街燈還亮著。走沒多遠，前面馬路已被水浸高至二至三呎。

也許是太過擔心災民情況，我豪不猶豫，涉水進去木屋區。有兩位女性朋友不敢隨行，事後他們告訴我，怕水蛇。過後我回想：在水深兩呎中行走幾個小時，確實是頂危險的事。

我在當地居民陪同下，挨家逐戶去探訪被水浸的木屋。有些家人已撤離去安全區，留下主婦在收拾較貴重的物品及把細軟搬上高處，還有一些走動不方便的老人家，縮起雙腳坐在桌上。濕

了的床褥，再多一張乾的墊高，老人就躺在上面，看了好心酸。

令我感慨萬分的是這些居民安詳，淡定的面對這種天災的態度。我說：「唉呀！墊褥濕完了，怎麼辦？」

她們回答：「不要緊，趁機會換新的啦！

「電視也太舊了，壞了也無所謂。」

「無所謂，水很快就會退的。」

「都有準備臘燭的，停電沒關係⋯⋯」沒有抱怨，沒有大聲漫罵，是什麼原因讓她們這麼從容淡定？

唯一的解釋是他們都是捱過來了的人，什麼苦沒吃過？有地方安身已是不幸中大幸了吧！或者是看到我涉水而來，心中有感動安慰！倒是我深感治水工程真的必須加快速度，不然這種逢大雨必成災的情況，真苦了當地居民。

我還未走完路的左邊木屋，又過馬路到右邊去，一般居民都笑臉相迎。我問起不遠處四里半支會幼兒園的情況，同行友人說：大水一來，彭先生已先到會所把學生的作業簿搬到木櫥頂上去了。我認識這位彭姓朋友，好感動。

那天晚上我浸在水裡，捱到午夜十二點才回家。脫下像爛鹹魚一樣的運動鞋，腳姆指腫痛，想起在水中時曾踢到一塊大石頭。幸好沒被水蛇咬到。

有人說，因為他從小在困苦環境中長大，所以比較瞭解窮苦家庭的需要。是這樣嗎？

印度有一位王子，從小在宮殿中嬌生慣養。有一天，他走出了宮殿，第一次看到了生、老、病、死的痛苦。

這種震憾是刻骨銘心的！

我童年生活在優越環境中，在服務社區時所經歷到的震憾，想起時，自嘲比那位印度王子也差不了多遠吧！

駱俊廷

舊居

　　住在近打冷巷（kinta lane）九號舊家時，從來沒想過有一天會以這種方式回憶起它。說來也是很久遠的事，搬家以後，屋主早將房樓油漆重修，幾經輾轉，最終改租給人賣經濟飯。路經多次，我也沒藉故走進去過。後來，曾幻想要寫一本有關它的小說，圍繞這棟藏滿童年回憶的戰前老房開展出一篇如夢似幻的故事。也許，不再舊居重遊是不想把這美好的幻想、回憶破壞罷？

　　在我們家搬來以前（那是我出生前的事）這裡換了不少房客。小時候，一次有人登門拜訪，自稱是舊房客。記憶中，他停駐在五角基的石階上，盯著房子良久才欣然離去。多年以後，我路經此處，竟同多年前那個陌生男子的目光如此相似。

　　時至今日，回憶裡最先浮現的畫面，總還是那段靜謐的時光。

　　在中廳，獨自一人坐在爺爺單人沙發椅上看書的下午。那張沙發後來不知何故也保留到了新家。在這段時刻裡，彷彿被世界遺忘似的，只有我子然一人，獨與天地往來。這時，我會拿足書本和零食，靠在沙發度過寧靜的下午。

　　陽光從彩光板上照射下來，斜照在斑駁的高牆上。中廳映在一片波光之中。怡靜的午後，如果天氣晴美，上面的天窗會被拉開。上頭垂落下一根用以升降的麻繩，每次拉動，就會轟隆轟隆作響，彷彿打雷似的。窗外望去，只有白雲悠悠和偶然飛過的小鳥。

　　天窗之高，躺在下面觀天，常有一種坐井觀天之感。稍有不

慎，猝不及防的陣雨便如銀針嘩啦從開口直墜。這一片刻，彷彿遠古草原的祖先久旱逢甘露，在雨中歡慶狂舞。乘雨還小，刻意拖緩，讓絲般的細雨，自在地灑落在辦公桌上、木凳，還有家裡擺好要販賣的保麗龍飯盒。像井底的小蛙，我平躺在下方往上看向高空直墜而下的雨水，有種正在升空的錯覺。雨開始只有一兩滴，然後均勻分佈臉和手，冰涼中帶著癢意。直到雨漸大，變得有如彈珠般擊打在傢俱、或滴在飯盒上發出的清脆聲響時，才如夢初醒般意識到後方也傳來了急喚關窗的聲音。此時，我才甘願像升旗禮那樣將它緩緩關上。

轟隆一聲，瞬間，中廳便暗下來。雨聲隔絕在外。陰天陣雨裡，搖曳的光影透過波浪狀的彩光板，室內沉浸在一片昏沈中，彷彿海底中的沉船。明暗之間，沿著木製樓梯往上，其中一階，剛巧是隙縫中透光的光照處。光線下揮舞著塵絮，像群遊於海底的魚。倚立樓梯一旁的高櫥還有鋅板屋頂之間，鋪滿了好幾層蜘蛛網。往下看去，舊物堆中也蒙了薄薄的灰塵。昏沉光線下，家屋像起了霧似的。

這裡是我練習射擊的場所。當時家裡做保麗龍生意，所販賣的包括木筷子。竊取了多根木筷後，我套上橡皮筋，一隻做弓一隻做箭，射擊網中的蜘蛛。樓梯盤踞著悶熱的空氣，散發各種舊物的味道。想像自己是城堞上的弓箭手，一面擦拭滿頭的大汗一面瞄準射擊。沒擊中的木筷、橡皮筋和紙團結果都成了網中之物。

出生以前，這裡曾住過我父輩那代、堂哥堂姐那一代。在他們陸續搬離後，只剩下爺爺、我和四叔一家。屋子角落中堆滿的舊物早也分不清是誰家的。在櫥櫃中、在一箱箱堆在樓梯和走道邊的雜物堆中，封藏著不同年代的記憶。尤其放置在中廳後的高

櫥，頂上還挺立著叔姑們年輕時的各種獎杯。櫥裡掛滿一些早已過時的女性套衣。後來看了《納尼亞傳奇》以後，我一度深信在衣物後面也藏有一冰雪世界。

　　後來，也記不起搬家時到底丟了多少貨車的雜物，又有多少雜物到了新家才忍痛丟棄。幻想中小說，也始於第一章《彷彿吉普賽人的到來》的想像——那是一家印度流浪漢，印度母親帶著老小和家當，不知何故流落於家裡後門的溝渠旁。他們鋪開地毯、擺上各種器具。小孩則嬉戲於對面菩提樹下，像是來露營或擺攤一般。後來，流浪家族不知所終，最後一次看見，他們已遷至外面的商店走道露宿……就此，還未曾落筆的小說也始於幻想終於幻想，就像停滯在那段午後閱讀時光中的寧靜。那時，從未想過，多年之後，我會白日夢一般地神遊於故居。

水蟻

　　漫天紛飛的水蟻是什麼概念？也許，只有住過老房子的人才知道。在舊家，每年也總有那麼幾次，幾乎像是一場可怕的蝗災。在黃昏時或晚餐間，天氣悶了整個下午，像是馬上就要下雨似的。但這雨，遲遲不來，首先來的卻是牠們。

　　屋外的路燈才剛亮，便不知從何處（許是隔壁荒廢已久草木叢生的破屋？）飛來了無數隻水蟻開始環繞著路燈飛行。在這飛交的時節，牠們層層堆疊，圍困著路燈像是要把一盞盞路燈吃掉。

　　這時，飯桌上的白燈上頭開始盤踞的三兩水蟻預告著今晚將會有的一場「災害」。由於舊房子的緣故，家中有許多敞開的透風口，加上後面半露天的廚房，簡單把門窗關上，也只能隔絕一小部分。更何況，牠們望燈而來，早在我們還沒來得及熄燈、閉門、關窗之前，四方已經被蟻軍捷足先登地攻陷。

　　飛入屋裡以後，水蟻大部分棲息在燈管上。不過，牠們一落翅，便會四處爬行。桌上、洗臉盆、矮櫥、地上，還有看不到的狹縫中都會被牠們佔領。在衣服肩膀上有時也得拍落好幾隻。如果慌忙中忘了把書包關好，第二天上課，作業簿中還會夾滿一堆薄薄透明的翅。每次這種時節，都像小學裡老師所要求我們寫那種停電的夜晚之類的作文。在家裡，由於不能開燈也就不能寫作業，為此有時我還得跑到同學家去避難。

　　最簡單的應對方式，自然還是先把燈熄滅。不過，如果時逢

晚餐，就不得不來個調虎離山之計。在這之前，我們會先製作一些簡單的捕蟻工具，將水盆盛滿水，在盆中點燃一根蠟燭，火光吸引牠們前來撲火時便會落入水中。然後，就得合力展開誘敵之術。欲調離這群水蟻大軍，非得有好幾個人配合不可。一開始，先把廚房的燈關上，讓那一大群水蟻頓時失去目標，在莽撞中，牠們會開始尋找新的亮處，然後蟻擁而至。所以，廚房燈一熄之後，水蟻便衝撞地穿過通往中廳的狹長且陰暗的走道，就算躲在一旁，也仍可感受牠們可怕的行軍速度。水蟻聚齊到中廳後，接著，便再迅速熄燈，向前廳轉移陣地，直到把牠們引出屋外，最後只留下門外五角基的一盞小燈。等大部分水蟻奪門飛出，全聚集在五角基，此時便要立即閉緊門窗。

　　那次，出於好奇心，從門縫偷窺，成千上萬的水蟻密密麻麻聚由上到下佔滿了整個空間，幾乎連外邊的街景都看不到了。無數隻透明的翅膀同時撲動著，像是形成一陣詭奇的旋風。那次，有一股衝動，我甚至想要奪門而出，一次衝破蟻陣。不過，最後也只安穩地將木門緊閉，靜待這一夜的大雨沖洗。明晨醒來，滿地透明殘翅、水蟻殘骸，還有即將化為白蟻的幼蟲，在看不到的暗角木隙間，繼續腐朽和啃咬這棟搖搖欲墜的老房子。

記憶深處飄來的一張彩票

　　姑婆老了。當然，如果在某種程度上視她為衰老，就錯了。至少年歲並沒在她身上留下太大的痕跡，步伐穩健，頭髮大部分都還黑黝黝的。然而，關於她老人家的記憶力，卻是讓我們頭疼難耐之事。也許，就像大部分記憶力開始衰退的老人，在往事面前，她總是記憶猶新，像個新生的孩兒。回憶，對她而言，就像呼喚家裡養的小狗一樣容易，有時候只要一聲輕呼、一個揮手小動作，記憶馬上就搖尾而來，吐出舌頭，繞著她轉圈，一幅遭人喜愛的模樣。這時候，她就像撫摸狗背那樣將往事梳理並輕輕撫平。

　　每次，總是讓我想起爺爺晚年時，在我們面前，一有機會就刻意地把往事重溫一遍，像是要把所有記憶抽屜裡的細節抽取出來審查仔細才肯罷休。他用說、用唱，從冗長的南洋遷移史到激昂地唱起單調的紅歌，家鄉口音中夾雜著辛酸的往事，他們都活在記憶之中。

　　然而，過量的回憶總要付出代價，也許，龐大而細膩的回憶，總伴隨著遺忘。

　　記憶力是有限的。衰老之時，記憶存盤所剩無幾，在面對新訊息和舊往事的衝襲之間，就開始產生混淆錯亂，這幾乎是必然的，像CD裡的循環模式自動回到最初第一首，重新開始。自從姑婆搬來我家以後，記憶力就愈加衰退，其實所謂衰退也不過是退潮般倒流回到記憶的深淵，遙遠且混沌，以致失去了昨天和

今天的界限，彷彿雙腳懸在空中，在那記憶的深淵之中，回憶的速度與遺忘的速度成正比，愈發清晰的過去使當下愈來愈模糊難辨。對她而言，就連撲面而來的雨水，也似乎帶著年少時撐傘等人的羞澀，歷經歲月洗滌的一面斑駁破落的牆，在她眼中，也還是幾十年前一個炎熱下午才剛漆好的粉白。

記憶的回潮，使她置身在兩個時空中。她總是重複三分鐘前問過的，似乎是在過去時間中抽身回來時所產生的時差。重複、再重複，就像音樂播放途中忽然出現故障，音聲沙啞個沒完。每每面對她不厭其煩地詢問，就讓我聯想到，為何她會那麼喜愛買彩票？也許這種想法聽來似乎荒謬，但絕非我胡扯。當然，我們可以提出各種反駁，比如她年輕時候就是彩票迷，比如某種投機心理，好賭性格等等。

無論如何，對她而言，彩票的意象，是一種白日夢與夢的重疊，在握著它們的同時，似乎就能把抽象的時間化為一張具體的、實體的東西——用實體去把握飄渺。她每日出門必買的彩票，對她，是一張保平安的符咒，是一張，確保明天會到來的簽證，是一趟今天過度到將來的車票。讓她隨時隨地從口袋中掏出——「哦，這張明天才開獎」。

無論四個幸運號碼，還是隨機抽取的彩票。前者，是她記憶濃縮的質，是混雜了回憶與夢幻，遺忘與現實所迸發的靈感。後者，只是一場意識專注的熱身操，讓她每一次滿懷期待，安心地等待。也許，她隱約知道，永遠不會中獎，這一切只是一個有趣的過程，面對無聊生活中唯一刺激的工作。每一次，眼睛搜索著相對應的數字（緊張、定眼再看、再校一次、失望。），如此的過程，讓她感受到那明確的界限。她目光專注地盯著開獎號碼，像沿著階梯一階階辛苦地退下去。上一行與下一行之間，她清楚

地意識到過去、現在和未來，讓她短暫地逃離，從記憶泥沼中脫身而出。

　　每個數字，一行一行地對下去，彷彿一次過翻出所有的記憶，放在時間的橫線上審查一樣，行與行之間是白日夢迴盪的場所，她用過去兌換現在和未來，在這密密麻麻的記憶蜂巢裡嘗試提取出甜美的蜜，當然更多時候只有無聊單調的嗡嗡聲。然而，這一切都無所謂了，彩票並不會像阿拉丁的飛毯那樣讓她實現願望或超現實地飛上高空。她別無祈求，卻又總是能夠滿懷期待地堅信明天，明天絕對會中獎。

　　「唉，只差一個數字。」

　　下一張。

草山手箚

　　霧裡最先出現是那條老狗。一早起來，草山的天氣已降低至九度。穿上最厚的外套走出宿舍，寒風刺骨，陽光如同表象，全無暖意。在草山我是夜間動物，白天多半還躲在被窩，如果沒課，下午醒來就直奔圖書館，午後夕陽反成了一天的開始。

　　難得的早醒，其實不過是與朋友暢談通宵，喝了一夜的茶。茶和茶具都是家裡帶來的。宿舍空間不大，買一張小矮桌，兩三人坐在地上圍著泡茶還是可以的。寒假開始後，另外兩個臺灣室友早已回家，難得的耳根清淨，擺脫了平時大半夜裡邊打遊戲邊嘶吼的嘈雜聲。在這冬天夜裡，約上兩三個好友，煮水泡茶，暢談文學，亦是人生一樂事。

　　喝完茶，朋友各自回房補眠。拿了本書，步出屋外，一臉睡意卻又醉醺醺似的，在寒風中踉蹌而行，極似一個醉翁。醉翁之意，在乎這山林的大霧之間。從仰德道陡坡走下，許是時間太早，許是寒假開始的緣故，前方毫無人跡，迎來的是一片大霧。在草山，霧是奇妙的存在，無聲無臭，讓事物皆沉浸在朦朧未醒的狀態之中，如蒙了塵似的。行在霧中常是不自覺，想必是這霧，身處其中時，總會感覺它還距離眼前有幾步之遙似的，稍一走近，它又退遠些許。等回過神來，轉頭一看，剛才行步而過的地方，還是一片白茫茫的，此時，方才知曉自己早已走出了霧陣。

　　四周是再熟悉不過的草木，冬天裡的櫻花樹凋零得剩下瘦弱的枯枝，苦撐在寒風中輕曳著。平時低飛於樹木間，氣勢凌人的長尾藍鵲，今天也不見蹤跡。曾聽聞牠們「說大人而藐之」之事

蹟，無故飛來啄了路經賞花校長的頭，想必是因被搶走風采而氣憤。漫步走下斜坡、路過籃球場，場中空無一人，連平日週末，籃球拍打在地上發出哐哐的單調聲音都沒有。

出門的時候，果然忘了帶上耳機，回過頭去拿嗎？恐怕也費時費勁，更破壞了這場散步的雅興。天氣太冷，手機也無故關機。所幸還拿了書，冷天裡最適宜的是閱讀，可能在寒冷中，身體為了減低能量流失而縮緊身軀，減少運動，反而讓精神出奇地專注。在寒冷中，一切事物也彷彿詩意起來。如果是夏天，不止流一身臭汗，就連路過的風景也無心觀看。

持著書本、單手暴露在冷空氣中，凍得發紫。在行走中閱讀是危險的，不過在這裡，我也培養出了無時無刻、任何地點都能看書的習慣。平時圖書館夜裡九點閉館，我便無處可去、徬徨地在漆黑的山林繞了一圈後，又得回到狹隘的宿舍。那裡早充斥著那倆傢夥打遊戲的吼叫、還有如同機關槍般敲打鍵盤時發出噠噠聲。除了，在行步中閱讀，我還嘗試在洗浴中閱讀，這一瘋狂行為絕非易事，一手得持書遠離水花，另一手則負責梳洗。在淋浴中，如果閱讀哲學書籍更有一種灌頂之感。

籃球場再拐個彎，就到了圖書館前的廣場。廣場中央也瀰漫著一層濃霧，寒假週末的圖書館也沒開。不期然而然地，那條黃毛老狗在霧裡出現。牠的行跡橫跨校園，還時常到文學院課室中串門子聽課。我來以前，牠在此生活了十年，算是「老學長」、「延畢大哥」了。立於廣場中，老狗一身的毛髮被寒風吹動著，眼神專注凝視著前方的白霧，若有所思似的，彷彿在等候什麼，毫不理會我的靠近和撫摸。站在牠身邊，看向同樣的方向。過了好一陣子，牠似乎想通了什麼、轉眼間，已輕快地離去了，只留下白霧中還一臉茫然的我。

藍啟元

又是豔陽天

　　蹲伏在沙發上的樣子真不好看。自覺地坐直了身子，挪動時卻感到好疲倦。整個小時了，就那麼坐著，有一段沒一段地閱著報紙，卻什麼也沒讀進大腦。昨晚太遲睡，醒來有些微慵懶，眼簾比平日沉重，思緒任意地在牽扯，就是什麼都不想動。

　　靠牆矮桌上的瓶瓶罐罐尚未收拾，其中一個杯子還盛著金黃色的液體，上面一層白泡沫看起來迷迷濛濛的，瓜子花生殼撒了一地。說是杯盤狼藉嗎？看著竟有點神傷。歡樂盡興都是昨夜的事了。壁鐘剛敲了九響，誰都還沒醒來，大概誰都不願醒來吧！就這麼樣睡著忘憂。偏是自己不爭氣，清早就睜開了眼，躺著再也睡不回去。這麼坐著一人想許多心事，卻又暗喜這一刻的自己能清靜地回味二十年來的落寞和激情。有一些畫面是足以記取的，一筆一畫盡是色彩。喜看弧虹，愛大聲叫喊要與人共享，而虹外細雨無聲，慨嘆美麗，連默然都有點不經意。

　　記起昨夜哭訴的康，一下子又心熱了。誰能瞭解美麗女孩的身世？誰來編織她的牽掛，靜聆她的細訴？問著問著不禁有些黯然。想康不醒來多好，一睜眼又是現實了，怎像在睡夢裡恬靜適然。又自覺不醒來之外還要不做惡夢。但想終歸想，人怎能如此長眠不醒，除非是離開人世吧！而漂亮的女孩不該這時候長眠。不禁又想起了昨夜，很多類似的昨夜。

　　多年來上班下班，週末最情緒了。有時攀上公車來回市中心在大街小巷穿插，看夜裡遠近一排排一列列燈火、吹冷冽的風，

也不是耍浪漫，不是蹉跎，恣意的吶喊都是無聲的。瀟灑過後回來時說一聲：我回來了！淡然抬眼卻難掩眼角那一抹惆悵。

這是週末，週末的心情，連失望都美麗。而現在是不同的天地不同的心境。像詹哪，從前她最歇斯底里，現在卻乖得像隻小綿羊。每次細聲說「明晚要出去」時總聲音帶苦，也許是怕屋裡的人聽了刺耳。其實誰都高興她劈里啪啦地報告著出去，怎好待在家裡憤憤緒緒地過週末。當然誰都沒說出口，都不必說了。自己的未來該由自己塗上色彩，而一想到這便聯想到她。她那滿足的笑聲常叫人憧憬。

總有一天，大家都會是頭小綿羊唄。真像個旅客，都是在徒步而行的人。車子一輛緊接一輛，來來往往，偶爾哪一個過客煞車停下，說要載妳一程，驚愕間搖首，回道謝謝，一切便又平靜。走著走著，無星無月無雲，沒去注意來往的車輛，沒有想到要截一輛車。相遇是要驚喜的，大家都是等在季節裡的容顏吧！

自茶几上移開目光，緩緩合上雙眼，正休息間又聞鐘聲響了一下。抬眼一望：九時三十分。嘿！這是週末的早晨。撥了撥垂在額前的短髮，正想起身梳洗，乍見欄外射進紅光，不覺放快腳步衝向窗臺，同時禁不住喊了聲：「紅太陽！」是的，通紅的大太陽掛在高空，它周圍的雲層都是暗紅色的，更遠處是一大團的黑煙。小時候看過這樣的景色，通紅的天空，變色的太陽，高喊著叫媽媽，還以為世界變了，後來聽媽說是人家在燒芭。哦，燒芭。那時還不知道燒芭是什麼，現在可擔心是什麼地方失火了。

望著一輪紅日怔怔出神，思緒萬千，連鐘聲噹噹噹噹……地敲了十響，也沒有聽見。

那一夜被黃潮淹沒

　　最終還是上了捷運朝向默迪卡廣場。手拎背包，內裡裝了鹽巴、口罩、面巾、雨衣……所攜帶的是前淨選行二及三的經驗。路上遇到同路人，車上更多。大家保持靜默，讀不出彼此的心情或心事。但至少有一樣相同，人人都專注瀏覽手機傳遞的訊息，而屏幕展現的是一片黃潮。淨選行四，進入第二天了。要說的說了，用吶喊的喊了，該聽的人有聽入耳嗎？車聲軋軋隆隆，不時打斷思緒。耳邊響起了卜狄倫的歌：那答案啊我的朋友，就吹在風裡，那答案就吹在風裡。

　　是的，首日一切順利，出乎意料的平靜，所有預料擔心會發生的都沒有發生。執法單位和淨選行者都克制自律，集會者自由進行各種活動，宛如街頭嘉年華；警隊只在路障後駐守防範沒有出位舉動，有異於以往的雙方對抗。但這也讓人隱隱感覺不安，似乎危機四伏，山雨欲來無風更生驚嚇。無論如何，第一天安全度過，夜裡眾多淨選行者仰臥街頭，成了另一類風景。一個你，人微言輕是真不足道，但千個萬個你同時發聲，肯定撼動人心。

　　在占美清真寺下站，未踏出車廂就已聽見「淨選！淨選！淨選！」口號，間中夾雜嗚嗚祖拉吹奏聲，非常刺耳。然後觸目黃潮一片，陣容比昨天更大更震撼。置身人潮中，悶熱窒息的感覺襲臉而來，一擂一擂擊向腦門，力道更勝昨日。應有很多是昨日見過的臉孔，既熟悉又陌生，下站後都朝聖似的要先踱向獨立廣場致敬。那是五十八年前，我國脫離殖民統治宣佈

獨立自治的地方。

　　不知為何覺得空氣中彌漫著淡淡的悲情，前後左右激昂的手勢、口號掩抑不住。寫在臉上的，分不清是憤怒還是失望。曾幾何時，制度生病了，發號施令的人抓狂發心瘋了！很多事態被扭曲，多元社會皮層下脆弱的神經受不了刺激，一有風吹草動就小火燎原。「淨選！淨選！」……又一陣口號響起。

　　年少時經歷的畫面，跟成長過程舞臺上看到的拙劣示演，差距太大。昔日甘榜小鎮，老字號小店裡同桌坐著三大民族，彼此寒暄品嘗濃郁的海南咖啡，不問宗教、沒有語言隔閡，大家近距離交融，展現真正的一家精神。而長大後，制度洗腦，缺乏包容，多了膚色分野，少了異中求同。有人得加倍努力尋找出口，奮力求生，而另一邊廂卻有人可以輕輕鬆鬆，不費氣力，坐享其成。

　　很多戴著V怪客面具的黃衣人，手舉大字報擦身而過，路肩站立者也不少，全都一副憨笑鄙視尊容，不露真面目。大家為何而來？背後有操縱勢力隱議程？不是被警告了嗎？那麼多年輕人，來自那一所大專院校？不遠處，七情上臉的演說者高喊：「醒覺！醒覺！人民醒覺！」引來群眾的熱烈反應，回聲不絕。

　　窒息感愈來愈重。看了腕表指向晚餐時間，隨著一小隊人群往後拐出敦霹靂路，朝茨廠街方向走去；舉目所及，食肆、茶餐室裡裡外外都是黃衣客。映照頭上高掛的暗紅燈籠，擺滿小攤檔的整條長街，遊客反倒稀少。原是連接國慶假日的黃金週末，大賺的好時機讓淨選四騎劫了，不知怎的心裡湧上一絲歉意。選了一間在樓上還有空座的茶坊，未坐下女招待就親切地說：「別的餐食都賣完了，只剩包裝素炒飯可以嗎？茶水免費！」看清楚了才發現坐在店裡的黃衣人，吃的都是素炒飯。扒進口的飯粒都已

變冷，且大半未熟，需要用力慢慢咀嚼，也不埋怨，漫漫長夜就靠它補充精力。

　　離開茶坊後選擇繞中央藝術坊回敦霹靂路，前後都有黃衣人。無意間抬頭看見天上一輪圓月，十五剛過耶，因煙霾而致光彩混濁的月亮有一種朦朧美，像列印在高空的一枚印記，俯視和見證首都中心淨選四的高潮迭起。但沒有人停下腳步。近距離經過路障，望見第二重蒺藜鐵絲網後一字排開執勤的警察，有人拍照，寂靜的夜裡聽到手按快門的咔嚓咔嚓聲。而嗚嗚祖拉的聲響在兩百公尺外的另一條街，淨選淨選的嘶喊依然洪亮。跟著群眾的腳步，五分鐘後，瘦削的身影再次被黃潮淹沒。

2015年8月31日

4C病房

　　不穿白袍卻與醫院結緣，是因緣際會，讓我成為巡訪4C病房志願團隊的一員。完成基礎培訓，實習首日我準時到達醫院，與其他組員會合後，直奔4C病房。

　　臨場分配，組長主動帶領我這個新丁，來到第一張病床。蹲伏在床的是一位巫裔病患，我注意到床頭上有標示注明他現年五十四歲，床邊坐著一位頭髮全白的老婦人，應是陪伴病患的家人。組長身子微傾向前同時給他們兩人問安，然後與坐著的老婦人交談，掌握她與患者的關係，進而詢問患者的狀況。我全程靜默，除了專心聆聽組長與病患的談話、還有與病患家人的溝通交流，我的視線沒有離開病人。我注意他的眼神，看他張口說話時臉部的表情，觀察他身體的細微動作，聯想惡疾是如何的折磨著他，想到疼痛，想到吃不完的藥⋯⋯

　　從談話中知悉，他患的是胃癌。「這是上蒼給他的命運，奈何！」老婦人說。

　　年輕時就從鄉下到城市來打拼，當了三十多年貨車司機，腦裡承載的是城中各處上貨、卸貨的大小角落。娶妻、育兒，構建屬於自己的溫暖小窩，以為迎接他的會是幸福生活；誰料病魔來襲，肉身難敵。老婦人一句奈何背後掩藏著悲苦，組長領著我也只能給予短暫的陪伴，讓老婦人知道還有人可以體會、分擔，願意扶持。帶著些許惆悵，我跟著組長走向另一張病床。

　　第二張病床仰躺著一位七十八歲的病人，臉龐瘦削，雙頰凹

陷，兩眼渾濁微翻，張著嘴一口氣一口氣粗重的扯呼著。組長站在病床邊，先是觀察良久沒說話，突然他俯身靠向病人的耳邊，唸了一句阿彌陀佛！

我被組長的舉動嚇了一跳。稍停一會兒，他又俯身靠向病人，再唸了一句阿彌陀佛。停一會兒，唸一句，停一會兒，又俯身唸一句，如此反複，我私下計算時間竟超過十分鐘。而他每唸一句佛號，病人的眼皮就會向上翹一下，唸一句翹一下，整個畫面很震撼。他也不只是唸佛號，他間中還附在病人耳邊說：「記得唸阿彌陀佛，可以去到西方極樂世界。」

組長怎麼知道病人是佛教徒呢？他如何確定病人的宗教信仰？他是不是逾規了？我腦袋快速閃過幾個念頭，疑問卻都在剎那間消弭──病人的枕底露出半張畫像，繪的正是阿彌陀佛。我還發現病床邊的小几上放了一個黑色的唸佛機，它沒有播誦佛號，可能是關機了，也可能，是乾電池的電力耗完了。

對著眼前所見，心裡繃緊著。組長沒有解說，但我清楚知道，床上的病人已日薄西山。當生命已來到盡頭，微弱的燭火雖還燃著，但可能就在明天、後天，或是接下來的一天，只要風力稍稍加勁一刮，火就滅了。奇怪這當兒竟沒有親人隨侍在側，聽說人在生命將要結束時，會特別覺得孤獨無助，會覺得冷。我寧可相信，是親人有事暫時離開了。病人已無法交流，但佛號入耳他心有感應，知道身邊有人相伴，雖然短暫，也足堪告慰吧！緊接著，我們轉去另一張病床。

很多人以為病人進入安寧療護病房後，就沒有機會再走出去，其實當中有好一些病人，是能出院返家的。一位七十二歲的女病人就是類似例子。她進出醫院好像已成了例行公事，有時是疼痛，有時是細菌感染，有時血壓過高……在醫院住個三幾天，

情況好轉就回家。她是癌症病患，但看起來不像，因為她開朗，笑臉迎人。她能隨意哼唱，不管是華語、廣東、客家、英語或馬來歌曲，都能隨哼隨唱，常給4C病房帶來歡樂，護士、志工都喜歡她。

面對惡疾來襲，每個病人每個階段都有不同的心態。從開始時的懷疑、恐懼，進而否定、逃避、憤怒、拒絕接受，再進入絕望、退縮，到後期的整合、接納，是仿若乘坐過山車，三百六十度急速旋轉的心潮起伏。我願意相信，眼前的這位長者，她選擇陽光面對。

我就那樣跟著組長，一張床、一張床地，總共巡了五張病床。不多，但內心五味雜陳，感覺沉重。醫院是病痛聚集的地方，當健康遠離，惶恐爬滿臉頰，兩眼焦灼失神，進入苦難期的人們就會湧向醫院，尋求救贖。每一張病床，都有故事。，

各組員巡訪完畢後，沒有馬上散隊，大夥兒齊到醫院的咖啡廳集合，逐個匯報和分享探視病人的具體情況。對我而言，那是一場腦力、身心激盪。

醫院的床榻、被褥、燈光、空調……都過於冰涼，而我們願意奉上，隨手一握的溫暖。

2018年6月12日

一路走好

　　很多人會對醫院產生異樣感覺，我從小就是。

　　我第一次走進醫院年方十三，那時父親病重入院，母親帶我到醫院去看他。醫院在大城鎮，從小鎮到大城鎮要輾轉換三趟公車，再轉乘計程車才能到達。我默默跟著母親，嗅著醫院特有的氣味，穿過一個又一個廊道，最後來到父親的病榻前，只記得臉無血色的父親嘆道：「這兒住不下去了，回家吧！」低沉的聲音在病房的低空迴旋，在耳邊縈繞，竟有幽森的感覺。

　　過後，父親果真回家了。但沒多久，他就離開了我們，靜悄悄地，沒有道別。從那時起，醫院就在小心靈裡留下了陰影。

　　多年以後，因為發生交通意外，我被送進醫院。吊水、打針、吃藥、照X光……標準的住院診治流程，依序輪候。白天，走道上忙碌著進進出出的人們，有的伴隨病患住院、出院，也有扶老攜幼來探病的，雜聲四起，氣氛猶如市集。我被逼嗅著醫院裡有些嗆鼻的氣味，味道與十三歲時的記憶相連，它不同於市集食肆裡煎炸燒烤炙炒混雜一塊兒的味道，它直擊嗅覺、挑動神經。

　　到了晚上，那股味兒愈加濃烈。窗外是漆黑的夜，觸目可見三幾盞路燈散發著光暈。人聲漸稀，房內清冷的白光燈一盞一盞被按熄，最後連護士的談話聲都沉寂了。也許是藥效已過，撫著微痛的胸口，合起雙眼準備歇息；而不知不覺間循著那股味兒的牽引，來到一處田園小區，附近一所燈火通明的屋子大門洞開，

我像是特邀而至的賓客，長驅直入。

　　沒想到才踏進屋子，迎面而來的是第一眼驚嚇：木桌、木凳、藤製靠椅、淺綠色的帆布床，還有大掛鐘、明星日曆……都是兒時家居擺設。怎麼會呢？我心頭一緊，衝向最靠近的房門口，抓起門簾一掀：是爸媽的房！心裡暗哼一聲，又快步衝到另一個房門口，用力拉開門簾：沒有狐疑，熟悉得不能再熟悉了，那正是自己的房間！

　　我打了一個寒顫，竭力保持清醒，心裡有話要問，有話要說，但搜遍整間屋子，找不到人跡。更奇怪的是，四周很靜，沒有蟲鳴蛙啼，整個小區幾乎完全沒有發出任何聲響。像一幅靜止的畫面，某個人生的剪輯片段，輕柔柔地橫空而出。我的呼吸變得粗重，雖然一再提醒自己要冷靜。

　　情境變得詭異，那完全是科幻小說、驚悚電影的情節，卻如真似幻地發生。我開始猜想是自己誤闖異域，踏進了四度空間。原有的點、線、面被擠壓，在時間隧道裡流轉；猜想自己身在虛空，一切所見皆是幻影。

　　我無法停止想像，一幕幕的童年往事如網絡視頻自動開啟，情節快進、斷落、跳接、倒敘……不受控制。我把自己和《惡魔呼喚》（A Monster Calls）裡的康納串聯在一起：樹魔夜夜降臨，惡夢連連；我可以切身體會他內心的焦灼、迷茫，矛盾和恐懼。惟此時此刻，沒有樹人為我引路。

　　想得越多越覺虛脫。我頹坐在藤椅上，面對著前方一張大鏡，與鏡裡的另一個我無言對視；良久，鏡內的我，容貌開始模糊，五官驟變，一幅熟悉的臉容在眼前出現！

　　我全身血脈僨張，喊了聲：爸！

　　多少個日夜星辰，早已聽不到了的隱逝的聲音；多長遠的悲

歡歲月，久已消散了的熟悉的味道。我濕了雙頰，看他在鏡裡，愛憐地笑著，頷首揮別……

我戚然驚醒。手觸所及，發現枕套濕了。自己還是躺在病床，竄進鼻腔的依然是醫院獨有的氣味。

我側臉望向窗口：一路走好。

2018年6月16日

李宗舜

她沒有假期

　　五月的第二個星期，大家都在慶祝母親節。母親遠在天邊，又近在咫尺。

　　她是孩子最想輕吻的媽媽，緊緊擁抱的體溫，父親永遠不離不棄的情人。

　　打開公寓的家門，大清早，母親看著子女趕往上班的途中，招手後遠遠送走孩子的背影，過後她才放心轉身回房。

　　入夜，她在廚房準備晚餐，烹調孩子最想吃的拿手菜餚。這夜晚，又是房裡最舒適的燈光，最不想流浪的螢火蟲。

　　她常常叮嚀孩子，偶而發脾氣，因她要看著這個家，家是她的城堡，家是溫柔鄉。

　　好聽是賢內助，不好聽是黃臉婆。

　　孩子在她口中的嘮叨和粗大臂膀的扶持學習長大，她是大嗓門，孩子懂事後才發現她沉默寡言。

　　她沒有假期，沒有酬勞，孩子的風雨就是她的風雨。

　　她是公寓的管理員，狂風暴雨來襲，家中哪個角落漏水，是她第一個發現，偌大一條乾布，抹啊抹，扭啊扭，生怕房子成了水鄉澤國。

2018年5月10日

湛藍的東海岸

（一）海岸相連

　　凌晨從關丹出發，車子從彎曲的海岸線公路行駛至瓜拉登嘉樓途中，微暗的天色漸亮，漸漸看到海浪，看見早晨招手的曙光。

　　海岸相連初訪的海岸，雲霧相連邂逅的城鎮，朝陽遍灑金光，落在朝東的窗戶上，路人的光影中。

　　銜接另一個旅程，四個半小時，光線從車窗外穿梭。明亮的早晨。抵甘馬挽，入市鎮叉路轉彎，近八十年老店「海濱茶店」在望。

　　一杯道地咖啡撲鼻，兩片咖央烤麵包相窺成一張畫面。那是特別的早餐，兩粒生熟蛋是水晶的溫泉，灑些楜椒粉和醬油，潤口順滑。這一天好像在咀嚼老店的歷史，一些黑白照片，光線從偌大的窗戶悄悄溜進來，特別的東海岸，特別的早餐，更特別的途中掃描奇景，閃爍在疲倦的眼皮上，朦朧之中的海岸風光。

（二）水晶宮回教堂

　　很長的海岸線，海龜孕育繁殖的沙灘，油田的煙窗冒出雲霧，蔚藍的海洋。

　　結束一天的頻密活動後，已經到了日落西山，彩帶掛在黃昏的長橋上。向晚，一輪暖陽，照著水晶宮回教堂，光和影，人和故事。

　　步履輕快地要走完僅有璀璨夕日的光芒，途經市場、唐人街、海龜巷、各國典型迷你回教堂林立。

　　移動的車子移動的速度，令初訪者驚嘆。

　　來到水晶宮回教堂，遙對國內第三長橋觀落日。早臨的夜景，可以盡收眼前。我準備把眼前景象拍攝下來。

　　在黃昏和臨夜的界線，卸下活動的心情，靜觀大地，靜觀東海岸吉蘭丹一些驚豔的圖景：染布上奇特的畫面，順著風向正要起飛。

　　東海岸七彩風箏在晴空飄揚，留下不捨的身影，在一張過客的彩照上。

2018年5月12日梅多公寓

逝者如斯

（一）母校

回到美羅，相約唯一留守山城的美羅七君子吳超然，在品珍酒樓用餐敘舊，到母校中華國民型中學走一趟，留下兩個不屈的長影。

那些曾經在班上喧嘩的聲浪，覆蓋了讀書聲，而今流落天涯海角，能記起文章舊事者，但看天邊雲層風貌，美羅河畔獨照彩霞，一聲長嘆：逝者如橋頭細水，長流斯文。

（二）各奔前程

昔日七十年代天狼星詩社綠洲分社美羅七君子，年少帶劍江湖，山城吞雲吐霧，瀟灑走過美羅大街，有聽雨樓的落葉，振眉閣的詩句朗讀聲。

多年以後，黑白照裡的周清嘯，二零零五年唱著一曲「榕樹下」到了詩的天國，獨唱他那首永遠沒有結尾的詩賦。二零一四年二月甲午年初十，罹患肝癌的余雲天掙扎向蒼天感歎無奈，留下我們在美羅年少的結義情懷，離開人間不想帶走太多牽掛，要我們記住他在人世時的憂患歲月。

然後，大家各奔前程，為詩國再度揮毫，像舊照像潑墨，都

是黑白。

（三）涼風細語

　　法國的南部小鎮，遠離巴黎一千公里，此時午夜近十二點，而我這裡是凌晨五點半。

　　一通致給風客的清晨電話，牽動了一長串話題，聽筒傳來的聲音即熟悉又遙遠。

　　清晨發出的訊息，好似繞過多少深遠海域和空氣，輕飄飄的，躲在另一個星球的深夜，互通有無。和風對話，把深夜的話題凝鑄成涼風和細雨，搭上十九度溫和氣流的火車，數千里路，把苦澀的話題轉身變成了一頁飄泊的日記，談著談著，壁鐘上的時針輕輕移動兩個數字，窗外一片晴空，曙光搖晃，一路延伸進入廳堂。

　　我們談再出發，激動地想擁抱流浪於天涯海角，那個還在談寫詩不容易的日子，以及穿越時光的你。

　　重點是要繼續保溫，持續經營那一段只有記憶不能抹去的回憶，要緊緊捉住當下的每一刻的良好時機，因為大家心中有股能量和志氣。

　　能量和志氣提升氣溫的涼風細雨，轉身思念的鑄造文字，在聽筒那一端，額外清脆，耐讀，有韻緻。

2018年5月16日梅多公寓

尋找出口

　　那些在記憶背後的隱密，好像氣球漏了氣，一發不可收拾的流逝，飛得夠高夠遠，然後乍然爆破。

　　日子好像每天在重疊和重複自己的身影，掩飾已經夭折的昨天。漂釀的酒精已蒸發無味，流入溝渠，和污染的城市的水衝向黑河的暗流，奔向大海。

　　很想走出去，拿了背包跨出門檻，離開家，總要走得更遠，到處去旅行。

　　這樣子就可以堂而皇之的說：流浪可以遨遊世界，流浪也是一種幸福。潛藏在腦海裡的意念，無所適從的語境，無力感……因此尋找風的出口，恰好給自己堅定的，可以尋找另外一個居住的星球，向遠方移動，在遙不可及的距離，許多人向你招手，說著夢語：

　　「歡迎來到我們這片沃土，這裡沒有戰亂，沒有恐襲，沒有空氣污染，我們的星空蔚藍，當你深深地吸了一口氣，你會覺得幸福，會感覺全身舒暢，這裡是天堂，每天都是正能量。」

　　這樣的星球是否真的存在？或是只是個夢想？城市模糊的地段，下游河的海口，循線找到時間的鐘聲，鬧市響起叮噹的十二點，子夜的鐘樓，沈寂如一尊坐佛，「這個都市一直嚴重生病」，停止敲打的鐘聲喃喃自語的說。

　　你敲開記憶的銅鎖，向忘記了密碼的數字說：請給我能量，給我堅忍不拔的毅力，我要從生病的都市那個缺口走出去，明天

就是陽光，明天我將在另一星球等你，等我愛的人和被愛。我會
寫信給你，朗讀羅青〈祕密旅行〉的詩句給你聽：

> 來時
> 我是從天心往地腳
> 飄落而來
> 有人說我是一顆
> 雨點般的流星
> 有人叫我做一朵
> 流星似的落花
> 更有人稱我為一片
> 落花一樣的　白雪
> 而我卻暗暗希望
> 希望我不只是一滴雪白透明的淚
> 滴落在洶湧難測的人海之中

已經越走越遠，越走越荒蕪了，還想轉身折返嗎？

2018年6月1日梅多公寓

征服

（一）征服那座山

> 一路往上，不作樂不歇腳
> 終於登上頂峰
> 環顧，天堂且尚遠
> 而四野儘是下坡
>
> ——劉金雄〈登頂〉

喜歡爬山的人，曾經在若干年前許下諾言，希望登上沙巴神山的峰頂，一覽無邊無盡的浩瀚和藍天白雲，結果因為準備工夫不夠充足，爬到半途山腰就倉促折返，失落而歸。

吸取那些失敗的經驗和教訓，登山者這回萬事俱足，整裝待發，信心滿滿，終於排除萬難登上了峰頂。三十歲之前完成了心中要實踐的壯舉，給自己加分：「我征服了神山，我的心就是山巒起伏，溪谷的流水」。

從未有過如此清澈明淨的心境，從未有過發自內心微笑的聲音。斜影從樹叢中折射一道金光，追隨山路的脈絡，送登者一程平安的歸途。

艱辛的沿途攀越和歷險才是重點，登上峰頂只是剎那的喜悅，是驗收歷程的成果，是擴大視野和胸懷面對嚴峻的人生。這

一望無邊的遼闊山川，在心中流動，在生命中串連成長河。

（二）征服初心──狗來福

　　雖然是近四十年前的事蹟，但形影還是那麼清晰。一隻小狗的命運，把我們環抱在一起，人事和歲月可以更迭，我們疼愛牠如親人。

　　牠以堅忍的毅力，用嗅覺和肯定的眼神，在最寒冷的冬天依憑此生僅存的氣力，從街頭穿過陋巷，搖晃的走到四層樓的公寓。

　　不知道餓了多少天，流浪了多久，兀自從底層一直爬到四樓，認定了這個溫馨的家，搖曳著尾巴，向眾人走來，眼神充滿了期待。

　　西門阿狗，我們這樣認定的一聲一聲的叫喊著牠，呼喚著牠；見到牠好像見到自己的親人。為迎接小生命並準備好豐盛的午餐，牠似乎也感覺這是冬陽的暖氣，窩在床角的棉被上，舒適的歇息。

　　西門阿狗的眼神，給這群窮書生帶來光澤、歡樂，與我們合照，一起去郊遊，聚會，一起經歷生命的苦澀，氣候的陰晴。

（三）征服荒蕪──老店

　　　　凡是喧囂都輕浮

　　　　菩薩低眉

　　　　越是低到塵土最深處

　　　　越是紮實

　　　　　　　　　　　　──風客〈低眉深處〉

沿著北上的小鎮州際公路，穿越毫無新意的市容，兩排店屋迎接川行的車輛和人潮，從美羅街上歇腳，到品珍酒樓品嚐鴨腿麵，回味那種古早的感覺，喝了幾口湯水，卻好像是時光竊取祕方，讓招牌的麵食變了味道。

　　尋訪老友，在母校拍照留影，然後繼續北上。經過打巴，三叉路口右轉金馬崙高原指示牌，那是天狼星詩社當年聚會的重要地點，那兒留下許多足跡的從前。

　　此行是直達金寶作短暫停歇，先抵地摩，兩排近百年老店，有的已經棄置多時，屋頂長出綠樹，日夜聽著轟隆轟隆的車聲，留下斑駁。

　　是時間的長短針頭挪動光陰的機械，還是不老的心被斑駁的店面板塊所征服？店家屋頂破漏的浮出水印，一一印證小鎮孕育開採錫礦的繁華，而今夕陽西下，好景不在。

　　剎車停在路旁，稍稍停駐，觀看四周，作片刻的逗留。再看幾眼這小鎮市容，四十年前初訪時的景象，而今紅漆脫落，屋板腐朽，感覺時間鋒利的削磨。

2018年6月4日梅多公寓

舊鐘，時間的發條

　　品相完美的木身，歲月雕琢的痕跡，古物伴隨人事跌宕走過的滄桑，目睹遷徙，目睹日夜循環，陰陽互換——都鑲嵌在時間的長短針上。

　　時間如流水，時間在計算功過，時間在那發條飽和的節奏感，滴和搭，一分一秒的流失。

　　舊鐘掛在牆壁，舊鐘遇到疼惜它的主人。他偶爾從露天大停車場不起眼的攤位，發現它橫躺在空地上。珍惜這初遇，捧在手上，回家洗油，讓機械操作順利，定時保養木身和機件，一個星期上一次發條，生怕時日遷移，無法回到當初。

　　何謂當初？跳蚤市場那不起眼的舊物堆中，向小販議價，忍痛高價購得，回家的路上，小心翼翼的設法讓丟棄的廢物重生，因為時間，因為珍惜，哪怕是瞬間。

　　讓百年的美國艾森尼亞（Ansonia）八卦舊鐘伴隨花花世界的彩筆，走到路口，走入一八八二年就有專利的歷史。

　　那些巧思的刀功，雕花的木紋，配飾層次感的鏡片，留下時光的影子在閃耀，留下一幅斑駁的牆面和懸掛的舊鐘，在那裡揮別青春年華，在分針和時針交會的剎那，寫下一本時間編碼的詩書，歌詠過去，此刻停留在疼惜者的懷抱，一首生命的詩於焉誕生，沒有將來。

　　卡繆說過：「荒謬只是起點，而非終點」，那時間的機器呢？它已經走過了一個世紀。

從上個世紀一路崎嶇歷險來到這個世紀，有韻律的心弦，彈奏流水漫步的舞曲，為翻開的日曆首頁叩響昨晚遺留的嗓音，一張結伴同行黑白照片上，往昔一幕幕蒼白的記憶，在落日的長影變短。如果時間肯為這一切背書，用一張變黃的稿子抒寫往事，不知能否補償多少遺憾。它留下齒輪攀升的痕跡上，一分一秒的兀自走著，不曾在意，哪些是過客，哪些是知音！當鐘聲響起，落荒逃逸的光線，跳躍著不堪回首，就此打住……的大大小小事件，攬住那兩支移動的針頭，就是不肯鬆手。

2018年6月15日柔佛新山

廖雁平

稻田話語

　　臺北市舟山路風景很好，尤其是黃昏的時候，吃過晚飯到那邊去散步，瀏覽著兩旁青黃交接將快要成熟的稻穗，心裡油然升起期望好運來臨的感覺。晚風迎面吹來，絲絲聲如人在私語，彼此交換心事。

　　路旁的燈光已亮起，你緊貼著自己的影子走著。影子有時走在前面，有時又落在後頭；瞬間在左邊，偶爾又出現三個分歧的影子，仿似在為某些事爭吵。

　　清風吹過了稻穗香氣，你望著一片稻田，田裡千千萬萬隻綠手高舉著一串串天工雕琢的金穗，好像興高采烈地在歡歌，經歷無數滄桑總算有了成果。清風吹拂，無數的綠手執著自己黃金時代的金穗在空中快意招搖。

　　「無──謂──無──謂──」，悠長的喊聲，你曾一度對著稻禾，向著飛躍而起的麻雀喊叫著。白天喊著，夜晚夢著，自己竟化成一隻蒼鷹，在空中盤旋守護著每一寸的稻田，瞰視那隻敢冒死前來啄食稻穗的鳥兒，那已是很久以前的事了。

　　此刻眼前是一片平坦的水稻，瀝青的路上不時有車輛馳過，周圍一眼看去都是屋宇林立，還有電線上成陣的麻雀。稻田中有一位稻草人在守衛，斷了手臂的衣袖在搖擺著，如一個忠誠的啞僕，日日夜夜守望著。你也曾像他那般守望著稻田，所不同的是你站立的是山巒而不是平地，種植的不是水稻而是旱稻。

　　仍很清晰記得，你曾與兩個親弟弟在一座山；另一座山由

叔叔的三個兒子守望著。人數湊滿就一齊玩遊戲，堂弟他們那座山號稱是「臥龍山莊」，我們以「黑龍山寨」的旗幟飄揚。每天輪流一人屹立於山頭呼叫，兩個人四處搜索；一旦有飛鳥從稻禾裡竄起，便敲打鐵罐大喊：「無──謂──無──謂──」，響徹群山。小鳥很精靈，飛不多遠牠們又落回到稻田裡，如果仍落在我們的視線範圍，又要勞動兩位高手，施展輕功，疾馳過去驅逐。萬一鳥兒落入「臥龍山莊」可就要勞駕他們的劍俠，揮動手中的木劍飛奔過去追殺。

夜晚的時候，我們睡在離稻田處不遠的一間茅屋裡，每晚都會聽到喊「無謂」的叫聲。

清晨起來，父親與叔叔會在早餐上談笑：「這班傻仔啦！昨晚發夢囈講個不完；近日來天氣炎熱，大概心肝燥熱，要飲涼茶了。」

我們追問誰發夢囈，「每個都有，不用爭。」父親接著又說：「不曉得你們其中那一個喊下山……什麼的模糊不清。」。我們大家不約而同指著堂弟雲清大笑起來：「一定是他。」六弟志光說：「昨天雲清說學藝已三年了，可以下山闖蕩江湖，還說此次下山非玩個痛快不可。」

叔叔道：「呵，想要回家。好吧！明天是星期六，讓你們回家吧。」話一說完，歡笑聲盈耳。「我可以去看電影了。」堂弟雲和道。

此時六弟志光拉著父親的手說：「爸爸，我們呢？」「當然你們也一起回去。」大家歡悅的雀躍。那些事你還記得不記得，你問自己。

每次你從鳥店經過，看見各種各色的鳥類，在籠裡飛撲著竹籠，似怨恨自己的那嘴啄為何不是一把鋸子呢？是鋸子多好，晚

上趁主人睡熟，可以鋸斷竹籠，解救同類。然後再團結起來。你在想：牠們那一天才能從籠裡飛出來，回復自由之身。籠裡有得吃，不必勞碌奔波四處覓食，住久了牠們會否仍捨得出來？若能出來，當年的雄風幹勁仍在否？你茫然。

「無──謂──無──謂──」，七弟在山崗喊著，你躺在小寮子裡，看著書。天氣很悶熱，看不進去。蓋上書合攏著眼，正欲入睡蒼蠅嗡嗡舐粘著臉龐好難受，醒過來，好熱，怎麼會這樣熱呢？熱得使人吃不消，你自言自語。

志光從山上走過來，提起水壺便往嘴裡猛飲，飲了數大口才放下水壺道：「哥哥，該輪到你了，讓我納涼舒服一下。」你緩緩舒伸懶腰，穿上布鞋，又喊著同樣老調「無──謂──」上山去了。

天空歸鴉劃過，天色昏暗一片，你望著稻田，稻禾們看著你，招著手：臺北市舟山路風景很好，黃昏的時候，有車笛、鳥語及稻香，歡迎你常來。

七粒紅豆

　　往事恰似電影院放映的膠卷，劇終時急速倒退回到原點。

　　記憶中七粒紅豆，就像鋼刀般深刻在鉛板上難以磨滅，更何況當時出版社突遭巨變。高層二人遭人密告，召來臺灣有關單位嚴查偵訊，大家都被扣押起來。

　　當年忽遭巨變，猶如一場暴風雨，樹倒猢猻散，留下大批存書與債務待解決。

　　一天，正在清理雜物中，赫然發現一個毫不起眼的小玻璃瓶，瓶內正裝著這七粒紅豆。細看紅豆色澤光亮像思念過度吐出仍如鮮血，紅彤彤的，見者猶憐。

　　其實那只不過是相思樹下垂手可得的所謂「相思豆」。

　　雖然是稀鬆平常之物，背後卻隱藏著一段淒美的愛情故事。

　　這時耳際傳來你的聲音：「這是我與她的信物……」那聲音聽起來彷如曠野中既蒼老且苦澀，令聞者悸動。

　　隨後你不禁發出一聲嘆息：「每年都會收到她由馬來西亞寄過來的一粒紅豆，整整七年了。」

　　我望著你迷茫的眼神，心裡知道你話中的她是誰？不僅如此，我還知道你與她是一對異地苦戀情侶，間中發生誤會而中斷音訊。

　　我兀自沉默了很久，彷彿空氣一下子凝結成冰般寂靜。看來你一直保存著這份信物，相信你對她仍餘情未了。

　　浪漫歸浪漫，眼前仍有許多重大問題待處理，商議結果，不忘

初衷，先對共患難者有個交侍，然後一起返回校園上課完成學業。

豈知天意弄人，你因休學逾期不獲准復學；我較為幸運，休學期限未滿可准復學。

過後，你為了不願拖累印刷廠老闆的信任，先出資印刷書本，待售後才清還，只有忍痛清倉出售，將所有欠下債務悉數結清，受臺商之託，毅然決定由臺返馬開拓市場。

你還告訴過我，剛回馬就業的日子很苦，在工作一段時日後，巧遇一位心儀女孩。每次見面情投意合，交往順利，彼此都有意進一步發展。有一天，女友問起你的生肖屬什麼，你則坦然相告，豈知對方一聽之下，朱顏驟變，自此斷絕來往。

你在愛情跑道上再次摔跤，但瞭解你的人，對你天生俱有的不羈性格，即使受過多少次傷害，你都會報以狂笑，若欲安慰，也頂多借酒相陪。

皇天不負有心人，直到一次朋友餐敘時，彼此調侃中談起她的下落。原來你們兩人都在吉隆坡謀生，再續前緣，只欠媒人一線牽。

當知道她在某家書局當店員，於是，在哥兒們的慫恿之下，你終於動心了，趁一次休閒日，在哥兒們的陪同下，踏足她工作的地點，碰碰紅鸞天喜。

孰料兩人出其不意的重逢，卻恍若隔世，一時不知如何啟口，最後相視而笑才解開心鎖。

如此雙方來往一段日子，很快就邁入談婚論嫁，有情人終成眷屬，共結連理。

婚後夫妻恩愛，幸福美滿，膝下一男二女，目前已是祖父外祖父級人物。

廖燕燕

不能老去

　　你我相識在風和日麗的豔陽下，還有一池清香的粉蓮陪襯，在一群朋友的嬉鬧調侃之下，我們開始了交往，一切如此美好。青蔥年華靚麗得沒有一點瑕疵，你的穩重成熟和我的調皮活潑互映生輝，天造地和，焚煞許多旁人的羨慕眼光。

　　當然，童話故事的開始總是甜蜜幸福加上離奇得不吃人間煙火的自我封閉式的高雅，然而，我確實清晰地活在這種如夢如幻、如歌如詩的日子裡，那絕對不是幻想！我一直都認為自己是個快樂的公主，遇到了敦厚耿直又善良的王子。

　　我純樸潔淨的心簾第一次徹底被掀開，你以繽紛的五彩筆使勁地揮毫，留下點點的渲染水墨和流星劃過的餘輝，興起漣漪汎汎。從此，我活在你的金鐘罩下，安穩無憂，瀟灑自如；我可以昂首闊步，偶爾也會清高無比，這都是被你寵壞的效應。你簡直就是我心中無所不能的守護神啊！

　　根據一般劇情的安排，如果情節如此完美的發展下去，就不會有「問世間情為何物，直叫人生死相許」這句流芳百世的名言了。觀眾會帶著失望離席，再把故事的結局留給蒼白無言的螢幕。

　　故事情節波濤洶湧起伏的那一節，是你告訴我你要結婚了，新娘不是我的那一幕。接獲你的喜訊的那一天，是我的生日，你送我一份大禮，害我百般滋味在心頭。我永遠都忘不了，畢生第一回感覺心如刀割的劇痛，那麼徹底瓦解！那一夜，我把自己關

在每一天給你殷勤寫信的臥房裡，重頭細讀這麼多年你寫來的信箋，從第一封到最後一封，字字句句竟是觸目驚心。我安靜的按據日期整齊疊好，然後把這沉甸甸的回憶擠進箱子裡，封口告別！那一晚還好，我有我的淚水陪伴，不至於孤獨一人。

其實，對你沒有絲毫的怨恨不滿，我非常理解你的不得已以及無法扭轉的困境，我甚至可以體諒你的難處而選擇原諒，同時也非常自責於自己的無知與單純。我知道我錯過了你，我錯過了最令我感動的那一道風景。生活頓時變得遲鈍麻木鬱悶，金鐘罩揭破了，取代的是緊箍圈，只要想起你，緊箍圈環越是緊縮，越是天旋地轉腦門皆裂。

就這樣，在同樣的一片天空下，我們彼此活在不同的世界裡。匆匆又過了十多年，雖然我一直留意路透社和媒體的訊息，可是得到關於你的消息是化整為零，沒有手機與互聯網的年代，我們的距離彷彿隔世。也許日夜盼望的只是希望你過得比我好，那我就無憾了。

故事的轉折往往令我們措手不及，我們竟然在不恰當的時段重逢，欣喜若狂的擁抱，沉默語塞的四目凝望，一時間無法把二十年的空白填充，我更是無法把時空調至當年年少，再把劇情銜接。再多激動的淚水也無法填補二十年來缺口的堤，我只能感謝老天慈悲，在茫茫人海中還能見到你。

如今，你已是身子佝僂，雙鬢斑白的男人。這幾十年來，你過得並不如意，歷盡滄桑，生活的擔子一定不小吧，背上都長駝峰了，可是這並不減弱我對你的眷念，我更加珍惜你，因為不願意再一次的錯過。因此，我隨時後備等待，等待你的呼喚，品茗商討處事放縱作伴，我一一奉陪到底，那怕天涯海角，我肯定盛裝赴約。

　　春花秋月還未了，你卻對我說你老了，回不到從前，昔日種種恰似一江春水向東流。也許是浸泡在生活的熱湯裡吧，把你對生命的感知給煮糊了。我確實很心痛也有點頹喪，因為潛意識自我催眠的蒼老會比身體感官的老態更龍鍾。其實，為何錯過的就一定是回不到從前而不是往前看呢？前方的路多開闊晴朗嫵媚好風光，處處聞啼鳥，風來百花香，驚喜連連，為何就非要把自己困在一個「老」字而白髮蒼顏萎靡不振呢？

　　也罷，只要把心放在那個點，那個點就亮了！我不再浪費大好時光來糾結你的衰老，我只想海闊天空帶你翱翔，漫步小橋流水花叢中，感知活著的意義非凡，因此我必須要活得比你年輕，比你更有沖勁！你累了，我陪你歇歇；你悶了，就下下棋吧！你想發表，我是洗耳恭聽；你怒了，吃碗紅豆冰吧！生命的豐厚多彩，是需要珍惜與欣賞的。

　　生命是不斷的消耗的火把，我願意是那火焰，解開你蒼老的詛咒，不管前方的路還有多長，因為珍惜你，所以我堅持不能老去！

傘下的歲月

　　凌晨下了一場大雨，今早的陽臺上、走廊上都是斑斑雨痕。迎向寒風，我撐著色澤黯淡的紅碎花傘，走進紛飛細雨裡，像無數個昨日一樣，重複著相同的步伐。

　　踏上每日領著我來回的小徑，熟悉的畫面一幕接一幕消失在我背影裡。小徑積滿了來自非法屋區的污水混雜著褐灰色的泥漿，所謂的房子是橫直交叉，凌凌亂亂砌成的小廂子，每當路過這裡，都不禁幻想廂子裡頭到底有著怎樣的故事。突然，所有的平淡都被路旁的一件血腥事件擾亂了，只見四隻黑黝黝的烏鴉正在替昨晚做了虧心事的老鼠進行肢解手術，塊塊鮮紅的血肉似乎在我的胸口裡翻滾，體內的五臟欲奪口而出。眼前不知何時橫擺了一條由血匯成的河，不斷吞噬我，在這一個細雨紛飛的晨曦裡。

　　我常常打傘踽踽獨行，趕過了多少風景，已經無法辨識。儘管在清晨、在響午、在雨季或是旱季，傘外永遠是一座迷宮，布下天羅地網等待我入冊；而傘下則是另一種心跳，興奮狂亂卻又戰戰兢兢要窺探傘外花花世界的好奇，往往故事也就這樣開始流傳起來……

　　童年徒步上學放學，總要邁過一簇簇長得高高的蘆葦，羽絨般的蘆葦在火球的提煉下更顯得金光閃閃，耀眼極了！穿過蘆葦叢就會來到人煙稀少且光禿禿的馬路，當頭的炎熱哪裡是小小年紀的我可抵擋？幸好，我一直都在媽媽的庇佑下茁壯成長。小小的手撐著媽媽買給我的小小紅碎花傘，傘外所有的烈日雷雨再

也不能成為阻擋了，我是踏著輕快活潑的節奏趕上最後一道朝陽。蓮花池裡的青蛙，蘆葦頭上頂立著的蜻蜓，草叢中爭豔的無名野花，原野上奔跑的牧童與群群牛羊，都一一地映印在我們眼簾，震撼了六七顆天真無邪的心靈。那時的我們不愛規規矩矩地走路，只愛打著五顏六色的碎花傘，在微風中追趕，在浩雨裡奔跑，一面期待著碎花傘能乘風起飛，讓我們把童話裡的小飛俠閃亮演活，讓笑聲追逐聲以及朗朗的歌聲飛揚於陽光底下，飄向遙遠，遙遠……

　　傘下走過的歲月是我成長的足跡，還記得那段多愁善感的織夢年少，在雨中打傘也會無緣無故的發愁，驚歎晶瑩雨珠隨傘滑落的輕盈，卻又憂傷於雨珠落地破滅的淒美；也常在悶熱的午後撐傘候車，換了一站又一站，青春也隨著腳跟的起起落落而流逝。人生的成長是由許多驛站組成，每到一個站，我會格外細心拾取窗外掠過的片段畫面，上鎖在我小小的心扉裡。那怕在陽光普照的清晨裡，在星月綴空的深夜裡，車廂奔駛地展向風雨搖曳之路，下了車，我依然撐著傘走向風塵，走向未來。

　　我最愛與媽媽躲進傘內，並肩牽手地漫遊夕陽晚霞裡。偶爾我會憐憫地攬著媽媽的腰，把頭挨著她的肩膀，重溫兒時媽媽牽我到店裡買糖果的情懷，我倆緊倚著對方，多希望時間永遠停頓在傘下的美好。我還會告訴媽媽好多班上的趣事與少女的祕密，與她分享我的哀與樂，不管傘外是晴天或是雨天，傘內的溫馨卻是依舊的。

　　記得好多個細雨的夜裡，我總是撐著傘來到你家輕叩你門。往往我們都在一盞燈、一壺茶、一張唱片的佈局下，細訴當年的豪情壯志及未來的抱負理想，濃濃友誼經星月的見證化作了永恆。走出你的屋簷，我又撐起了碎花傘，向你揚揚手，在你親切

關懷的目光底下走向黑暗，但我一點也不畏懼，只因心底早已燃起了一把火炬，照亮彼此單純無瑕的心靈。

　　經過無數個陽光底下的日子，我第一次在滂沱大雨裡撐著傘守候你的步履，猶如守著一個生死盟約。熬過了幾許焦慮與顧盼，你終於出現在煙雨濛濛裡，那按耐不住的興奮在你臉上逐漸擴展，冰涼的雨水並沒有把你澆醒，你傻傻地佇立街頭不知所措，我羞澀的把傘護著你瘦長的身影，讓你鑽進我傘內的天地。水珠自你耳際的髮根、雙頰滑落，你漫不經心地撥撥沾滿雨水的髮梢，然後掏出手帕抹掉頸項的雨痕，而我耐心地靜靜注視你的一舉一動，在你不留神之際。此刻，傘外是白茫茫一片朦朧，傘下的你卻令我波動不已。待你抬頭驚覺自己的失態，你帶著歉意的微笑替我拭去額上點點雨跡，頓時我心裡是熱烘烘的，甜蜜蜜的，雖然是在這麼一個雨季裡。

　　童年愛撐傘，我相信以後的時光也會如斯度過。曾經是年少輕狂的孩子，如今已是奔波於生活的成人了，歲月可以帶走很多東西，但是傘下依然永遠隱藏著一顆熾熱閃爍的心，殷勤切切地探討傘外的奧秘。傘，有著太多的人與事，太多的期待，太多的回憶。往後，我依舊風雨無阻的撐著傘，走過歲月，走向璀璨人生，所不同的是，我的傘不再只容納自己，我期待著一些我摯愛的人，一起進入傘內和我一同觀賞傘外美麗的世界。

佛光山——心的旅程

　　距離開往吉隆坡國際機場的巴士還有四個小時啟動，我望著攤在地上空無一物的行李箱發呆，只聽到自己呼吸節拍的回蕩，恍惚而不安，最後草率把自己連同衣物隨意的塞進行李箱，沒有憧憬，只有茫然，出發了……

　　飛機在雲端上跨過湖泊海洋、山脈與森林，我的心依然找不到可以停泊的港灣，思緒是一片片撕碎的空白……

　　走出檢視關卡，看到慧性法師一抹笑意的臉坐在出口處等候，竟然有一種回鄉的熟悉感。經過樸實的小鎮，沿著海邊平行，轉個彎，聽聞許久的佛光山建築物宏偉地聳立在我們眼前。

　　穿過大牌坊，天色灰藍，依然可感覺春末氣息中的一絲微寒。是的，正是轉換季節的時候了……回眸一望，牌坊的內區大大的標明「回　頭　是　岸」，四個金閃閃的字。內心的浪潮一陣陣的拍岸回湧，屬於我的季節該是落在哪一個轉念裡呢？春末還是初冬，蛻變還是冬眠？

　　慧性法師領著大夥走進處在蓮花池邊的小食館，盛著芬芳撲鼻且熱騰騰的冬瓜茶具已經熱情的在飯桌上列隊迎接我們的光臨，還有一小碟一小碟清純羞澀的小菜對著我們展顏歡笑，我們能夠不動容麼？長途跋涉的不安與煩躁都融化在一室的寧靜與溫馨裡。店裡的師姐們慈祥的目光，為我們端上香濃順滑的湯麵，一切盡在不言中！

　　步入蘇竹園四樓的房間，映入眼簾的是一口明鏡的窗，窗外

綠意盎然，鳥語花香。師父們安然淡定地操作日常作息，交談或行走，都井井有條，按部有序，生活的態度也是一種修行。塵世滾滾中能夠清晰地自覺自悟觀自在，又何嘗不是一件好事呢？

早晨，清脆活潑的鳥啼樂章傳遍山頭，我連忙跳下床打開窗戶，迎接早晨的第一道暖洋洋的曙光和第一聲親切的問候。我忘記了昨天那灰暗的背影，興奮得像個小女孩！

隨著慧性法師沉穩的步伐，我們順著山勢曲折蜿蜒的小徑中行走，猶如雀躍的小精靈。步入結構精緻、富麗堂皇的大雄寶殿時，我只能屏住呼吸行走，深怕笨拙的謦音破壞了這裡的寧靜。而莊嚴肅穆富有藝術氣息的藏經樓，更是讓我一度迷失於莊嚴與虛無之間。四面圍牆浮動的書法，君子般的淡雅訴說著一個朝代又一個朝代的神話，盤腿靜坐冥想中，我早已忘記自己屬於哪一個年代，風華絕代的故人嗎？還是風塵僕僕的歸人？而這些都已經不重要，因為我知道，今晚您們就等著我現身其中，與您們對上一席話。

白晝，佛光山標榜著佛、法、僧的導航，方向明確，佛化無處不在。夜裡，佛光山是一塊遊動的萬頃琉璃，盡在夜幕下奪目絢麗，每一盞燈是一個行者的化身，燈光閃閃，修煉處處在。

攀過了重重的山環，可望見隱藏在雲深不知處的普賢寺。居高臨下眺望，除了山重山，就是空曠與遼闊。普賢寺裡住著慧是法師，一位脫俗高雅的行者，以行走看天下，以豁達記載步履。慧是法師的眼睛都長在筆下，閱歷都融化在淡淡的墨汁裡。在風高氣涼的雲端上，普賢寺的空中茶座蕩漾著我們歡愉的笑聲，還有慧是法師洪亮的話語翩翩。那是一個懸掛空中的仙境，而時間是凝固的浪花，綻放在最燦爛的春季。

每一天，來自世界各國的僧侶或遊客熙熙攘攘聚集於佛陀紀

念館，朝聖觀光參學交流探討等等，其實都為了圓滿心中的一個願。為世界最高的銅鑄莊嚴慈悲坐佛，猶如巨人穩坐泰山，俯視與聆聽每一位許願者心底的低吟，並告訴我們眾生皆是未來佛，只要不忘初心，佛陀就在我們心中。文明先進與文化藝術渾然一體的佛陀紀念館，圓滿的結合了生活理念與心態修煉，讓兩千年的佛法走在科技前端，生活就在修行中！

　　身處佛光山常有時空交叉的錯覺，當我素顏長袍穿行茶馬古道時，暮然回首，絢麗多彩的燈飾不甘示弱地互映生輝；當我流連科技特效的電影院及文教中心時，我看見菩提叢林中行雲流水的自己，手執粉蓮，消失薄暮裡。

　　心的旅程，借此希望找到一本初衷。身為教育者，我們有幸在普門中學和南華大學得以參學。兩所學府都是秉持著星雲大師的辦學理念，極力推廣生命教育，為校園精心營造充滿文化藝術與生命教育氛圍的教學舞臺，老師以正念和慈悲之心引導孩子「自覺覺他」的學習。在這裡，我見證了因材施教，有教無類的教育措施，也領悟到如何以生命影響生命，讓學生能發揮個人所長，尋找人生的價值與定位。當下無法言語的感動與期盼，如果時光倒流，我能在此度過學習歲月，無憾也！

　　投身教育無數年，看到自己國家的教育政策的變動，看到被流放在大學制度以外及被種種教育評估壓迫而失去童真的孩子，最後……他們到底飄落在哪個交叉口？是同樣重複著父母的沉沉甸甸的步履，還是盲目的跟隨他人視為楷模的生活模式？自己人生的價值也許就成了可以淘汰或談判的物件了。為此，我是多麼的內疚與無力感。

　　六天的心靈洗滌與衝擊，我和自己簽下了約定，假如前半段的教學生涯是令自己微不足道的，接下來的路向必定是堅定穩健

無比的。不只是對教育的實施，對自己生命的價值與肯定更是勇敢果斷的！我知道，從此我的人生將會大放異彩，綻放光芒，照亮自己也照亮孩子。

　　感恩這一路走來遇到的有緣人，感恩此生浮浮沉沉的波折坎坷，感恩讓自己找到初心的機緣。

2018年3月17日，高雄佛光山參學隨筆

感恩的路

「我已經等你六年了，我的心意一直都沒有改變過，我什麼
條件都可以答應你，難道你就不考慮考慮我嗎？你還要我等多久
呢？」電話那頭傳來他急促的哀求。

「很抱歉，我明白你的苦心，可是，你真的不必等我過去，
我們可以換另一種方式……」我心裡有點掙扎地回應。

「你告訴我還欠缺什麼，讓我再好好準備，好嗎？」他窮追
不捨地問。

這樣的對話幾乎每年都會發生一次，從六年前開始吧，對方
的真誠意往往使我難以拒絕，可是俯首自問，我確實不想離開目
前堅守的崗位。雖然對方不斷提供非常雄厚的待遇與自由空間，
雖然對方的領域一直是我夢寐以求的一個平臺，可是，望著那髒
兮兮、黑黑皮膚白白眼珠，咧開嘴巴沒剩幾顆牙的小臉蛋，我是
無法從那張淳樸的臉蛋轉移我的視線。

最近手機上的通訊錄增加了許多不認識或剛認識的名字，從
某某廠商到某某學院創辦人、從某某拿督到某某專業人士，包羅
萬象，應有盡有。這些素未謀面或只有片面之緣的人士，在我人
生的舞臺上，更在我無助徬徨的時段紛紛登場。他們捎來了莫大
的資助和關懷，在迫切的空間裡，有些還獻上自己寶貴的時間與
精力。

打從我第一天來到這窮鄉僻壤、人氣單薄物質匱乏的微型華
小，我就知道這一條路並不好走，何況從記錄顯示，幾乎沒有一

位校長的任職年資是超過一年，我就知道自己所面對的是一個極有挑戰的任務。看來，我只有兩個選擇，一是默默的等待時機離開這裡，二是突破改變，扭轉乾坤！當然，以我的性格，我選擇了後者。

起初，我花了一個月冬眠期來應變適應，後來又花了兩個月靜觀其變，接著我花了三個月取經構思策劃改革大藍圖。首先，我把所有的衝擊死角逐一列出，再找出謀略對策，最後符合校園的天時地利人和之條件終於整理出來了。有了方向，跑道就不會偏遠了。

每每和他人分享我的改革大藍圖時都會出現兩種現象，一是他人笑我癡狂，竟然把學校改成可經營賺取盈利的大樂園，二是他人露出無限敬佩服從的眼神而對我五體投地。當然，能夠接納我那無度的天馬行空的人自然都成了我的貴人、我強大的後盾。人的意念確實無窮無盡，無事不成！短短的一個月內，我從身無分文，變成了千萬富翁；我的一人團隊逐漸形成了百人團隊，這一切是那麼的不可思議，匪夷所思的突然轉變。這是佛陀菩薩賜給我的力量，我得要謹慎的善用這無邊法力，造福這所被邊緣化的華小。

改革的步伐是千辛萬苦的，必須要得到兩大機構和同事們及家長們的認同讚許，方可邁開第一步。其實是挺冒險的一個過程，每走一步，心裡是完全沒有譜，也沒有任何的依尋，更不知道出現的會是何人何難題。曾經，在回家的路上獨自駕駛，一手握盤一手扶頭，千絲萬縷般迷茫地望著前路，到家時刻才驚覺臉上滿是淚痕。

發願已成為了對內心起伏的一種安撫，每當挫折來臨，動念許願吧，但願佛陀聽到我的祈求。此事不久後被我驗證了，原來

佛陀真的聽到我聲聲求援，派遣了無數天將為我一路護航，資源綿綿不斷湧進學校那扇鏽跡斑斑、破舊不堪的矮閘門，讓藍圖裡的開心樂園循圖立體呈現於大眾眼前，振奮校園內所有大大小小顆的心，圓滿了大家的祈願。

感恩路上給予我滿滿動力的天將們，雖然我們從不相識，從未交往，但是經過了這一段路的風景，我們將成為共同進退的夥伴，我們將歷史改寫，將華小的命運改造，這是何等激昂情操！這一趟的峰迴路轉，收穫最大的是我自己，自己強大的信念與勇氣被激發，我看到屬於自己的價值存在，無所畏懼！

我開始相信奇跡的發生，我相信堅持信念會邁向成功，我相信人性的美好初衷，只要我們的心有多深，孩子的路就有多遠。

天亮了，太陽露餡，光芒無限，感恩每一天。

林迎風

記憶櫥

　　家裡客廳有一臺高約九尺、寬三尺，上半部是框玻璃門的櫥櫃，再也普通不過，國產貨，外貌還算美觀，後部只是薄薄三夾板支撐著，一推即破。這類比水貨略高一級的櫥櫃，到市內任何一家私店都可買到。

　　一般人家裡都有類似框玻璃門的櫥櫃。供放書、擺設或收藏物品。一些是低而寬長，主要可放電視機或其他。有些以設計聞名，或材料取勝、有些是古董造型，或歷史有價。擺放在客廳內儼然就是一幅裝飾品。

　　有錢人除了這些櫥櫃，也特愛在牆上裝玻璃櫥櫃，還精心設計的加了各式燈光，讓一件件收藏品在玻璃內更耀眼生輝。尤其是各款XO名酒傲然林立，不同瓶子的名酒雖有身份，甚至來歷非凡，卻也因此變成只能看不能喝的酒。此外，功在社會、榮膺勛章、熱心種種的牌子琳瑯滿目，甚至是身價不菲的裝飾品，也在玻璃櫥櫃前後上下，華麗又規模的展示其富裕、生平貢獻、畢生收藏。

　　活到那種境界，要如此擺放才有味道，或顯示生活有格調，有品味。就算不知其所以然，也借其名標榜著。

　　我還未到這個階段，老實說，那是遙不可及的階段，生活還真的有點不講究。玻璃櫥櫃內擺設的物品有點亂七八糟的互擠著。那些不值錢，紀念品、獎杯、獎狀，甚至只是某年旅遊為買而買的紀念品，還有一些禮物，精緻的玻璃裝飾品，各有其意義

的定居多年，七十二家房客，各房各精彩。

　　不論擠放或擺設，櫥櫃確實可收藏許多歲月遺物，乾脆，就稱之為「記憶櫥」好了。

　　當初購買時，這臺玻璃櫥也裝有小燈，失靈後為了省電乾脆將電線剪斷。它就這樣靜靜的，看著我出門上班，看著我下班回來，窮其一生的迎送生涯。久而久之，它彷彿已化為牆上立體而出的一幅畫，雖然裡頭有不少圖案，卻已沒有驚喜。進出時偶爾會看它一眼，或它會在餘光內一閃而過。

　　訪客總喜歡瀏覽他人的家居裝飾，於是，小小的陳舊的玻璃櫥成了焦點之一；讓來者談話間多一些話題，讓快樂的記憶被翻閱。

　　家裡這臺玻璃櫥分上下左右四個部分，上面兩個是框著玻璃，一眼就看到裡頭，一件件的記憶（其實有些已模糊）似乎無可炫耀之處。下面兩個是關閉著的黑色木門，已忘了是放著什麼東西，打開時，看到那一件件紀念品時，有些記憶已喚不回來。

　　雖然名為「記憶櫥櫃」，原來也無法將所有記憶永恆收藏。

　　於是，我決定了，不將妳收藏在這個記憶櫥櫃內；而是每一天都想妳，不讓歲月將妳蠶食。

身在此處

　　約莫十乘十五尺空間的小書房，牆壁是淺綠色。忘了是哪年油的漆，淺綠仍如初開的葉子。肉眼大都看不到的灰塵或多或少已沾著牆壁，卻不影響它的本色；淺綠一直溫柔依偎著堅固的牆，如妳和我。

　　人間瑣事多如牆上的塵埃，看不到也就不理它了。看得到的，用心抹一抹，依舊可保留著牆壁與漆的良好關係。

　　倒是小書房內的天花板，因狂風暴雨後，交接處的瓦塊移位而漏雨。水漬幹固後發黃著，再油漆還是會隱約顯露，就當著它是歲月留痕，留著當時屋漏偏逢連夜雨的畫面。多望幾眼，竟也給它找到堂而皇之的理由，提醒自己：在人生路上要未雨綢繆，避免類似窘境。

　　「面壁」時或可再想多一點，底漆不正是粉白色嗎？就好像人性一樣。原本可純潔如白牆，因個人喜好，在一粉一刷之後換了顏色，掛上圖畫、移入家俱、東配西搭，潛意識標記著一個人的性格。

　　室內放著檔案、照片、紀念品，也因為有書而被稱為小書房，進而是我進行創作的地方。因為有詩有歌有詞，深夜未眠時繆斯曾來過，天未亮時李白東坡也偶而造訪。寫到瓶頸時，我會到外頭抽支煙，抬頭看看夜空，天狼星正在遠方閃爍，溫任平老師、張樹林，葉嘯等因此來過。

　　看煙裊裊了時間，望星空浩瀚，頸項的壓力順此獲得紓解，

靈感也就泉湧而來。

踏入這裡，有時會幻想下自己是身處一片樹林內，而進出的那道門，是通往外面世界的出口。相反的，從外面雜思世界進入小書房，就如坐進我內在的冥想王國。

「樹林」內裝有一馬力的冷氣機，總是會避免開動，除非天氣熱得離譜。內人總是提醒我開冷氣，仰泳在思海的我總是漫不經心回應。

另一個原因是在工作時，辦事處冷氣不時會吹到手指冰涼而不自知，下班後解一解凍是需要的。在小書房內打開電腦查查電郵，看看節目，或是打些文字，不開冷氣，讓這裡的空氣保留自然點。偶然飄入的飯菜香味還可提醒自己，黃昏已過，暮色轉深了，正是晚餐時間。

就算是下午，也只讓風扇在2或3度旋轉。在風力還未能驅散熱氣前，埋頭苦幹的我有時會汗流浹背，偶而會在頸部披條薄毛巾，太專心的在螢幕裡催生文字時，額頭汗水會突然侵襲，酸了雙眼，閉目張眼之間常有所得。這段時間，就把它當著是在做桑那浴吧。

這片「樹林」裡沒有鳥語花香，只有惱人的蚊子，以及牆壁小縫隙的小螞蟻不時出沒。

在打稿過程中，低頭打蚊子是必然要做的事，牠們倡狂到三幾只一起停在小腿上，然而，我總無法一「舉」三得。至於螞蟻，只要牠們不太囂張，我是任由牠們從這個縫隙到另一個隙縫。

沿著一塊塊地磚形成的十字線條，來來回回的螞蟻總是不止息的求生著。我偶而掉落的餅屑就成了牠們越界的誘惑，被發現之前，牠們大都化整為零，成功運回小洞內，倒也相安無事，若

是毫無忌憚想擴張領土，終究難逃一劫。

　　小室內經歷著這些生生死死，慈悲與人性交戰著；外面的世界何嘗不是，變化何其多。小室反而能讓人舒服安身，通過網絡略知外界動態，也能和友人保持著聯系。

　　以前工作回來往書房一坐，一壺熱茶或一個晚上的時間就這樣度過。處女座的我要求完美，總覺得時間不夠，憂心著事務還未完成，尤其是今日事今日畢的心態，更是一再擠壓著時間，幻想要它點滴成金。

　　自從決定退休後，小室反而擠滿了時間，到處都是，比書本還要多（其實書籍並不多，大部分讀後就送給學校或友人），一時之間還真的不知如何安置，每天都感覺自己是個「時間暴發戶」。

　　無論如何，決定放下工作，退出面子書，減少外界應酬後，開始學習看花看樹的心情。要一下子完全斷絕數十年來與時間賽跑的方式，確實不容易，於是，我按部就班的減少。就像手中的香煙，一天少抽一支。

　　該感恩我的老闆在我決定引退時，保留了兼職的路，讓我可以無後顧之憂，繼續在熟悉的環境內提煉這些突然多出來的時間，打打蚊子，想想螞蟻，看看牆壁。

　　這些日子一直有這樣的想法：身在此處，就做好此時此刻能做的該做的事。若干年之後，我依然是妳依偎著的牆，妳依舊是溫柔著我的淺淺的綠。

人在旅途看風景

最近和朋友網談時，總有人會問這些話：退休後還習慣嗎？生活如何？是否另闢出路？收入還可以應付嗎？或出自關懷，或在客套的問，我都樂意回復，答案不外如下：

「半退休而已啦，還有東西要兼顧著。」

「一切還好，少了很多煩惱。」

「未來還沒來，不知道哦，難得清閒，歸於當下平淡了。」

「每一個硬幣都在算，應該夠吃夠用吧！」

隨著哈哈，回個笑臉的圖帖，標榜著自己仍是當年的滿滿正能量，又或如山似海，讓人高深莫測一下。有時會被其他話題誘惑而口快說多一兩句，幸好，念起後能及時轉。更多時候是選擇不多加批評，有點話到唇邊留半句的功力了。

其實，一直都想學另一種境界，那就是：風已滿樓，山雨總會來，迎過風雨，寒冷終漸去。至於最高境界，或更乾脆點，享受風雨撲面而來的疼痛，回它一個微笑不語吧。

知道我還在兼職的朋友會附加問題，人家還會賞臉嗎？還行吧！反正已不強求，一切順其自然。

當年在報界享有無冕皇帝稱號，從總社新聞從業員到州記者、區采訪主任，這些身份自然而然的引來特殊待遇。之後「棄文從商」，在報館的行政與業務領域打拼，仍因媒體之名，總能

在不可能的任務中，「勉強」成事。

被「勉強」的人當時都表現得落落大方，值得一提的是，具備領袖素質與內涵的人物，至今還是這種風範，值得給個贊。

無論如何，脫下光環前早已看懂人間冷暖，人走茶涼的現實中，堅持把茶再熱一熱的人畢竟屬少數；脫下光環後，開始確有點不習慣，包括看到那些人的嘴臉轉變得太徹底，但因心裡有個譜，倒也可一笑置之，處之泰然。

心裡的這一面譜，是人生經歷種種考驗之後，留下的各式各樣風景；真善美在其中，貪嗔癡自然不例外。三十六年在報界的江湖地位換來褒貶不一，得失成敗各半，人生旅途豈能盡如人意呢？

幸運的是，我一直堅信風雨後就有機會看到彩虹，熬過黑夜之後，黎明會來。縱然最近這一兩年起伏較多，總算是心裡早有準備，能夠一笑而過；幸好身邊還有好些活在現實裡卻不很現實的人。所以，答案是：還是有人會賞臉的。

人生這條路，各種風景迎面而來，時間、人物、地點都是風景，妳可以繼續向前探索或期盼更美的，也可以選擇佇立，就當它是個驛站稍為休息。抬望眼，前面或許就是南山，不妨采菊幾朵，學陶淵明在東籬下之悠閒。

人生這條路，有些人選擇到國外旅遊看風景，而我，選擇在心裡繼續看風景。

每天都是旅途的其中一段，只不知何時是最後一段；生命只有單程的票，無法預測何時是下車的站。既然如此，繼續看看留在心裡的，以及迎面再來的風景，動人或感觸良多的，也是半退休後賞心悅目的樂事。

忘了說，我也是妳心裡的一道風景，希望它留著的是絢麗溫馨的一面。

風輕雨細時

　　屋外，剛下過一陣雨，輕風細雨。沒有滴答如詩的雨聲，輕微得像躡手躡腳的貓，未驚醒正在專注電視節目的我，從而錯失了觀雨的機會。

　　人過半百後，生命是每天減數中。有人說過一天就賺一天，不過，少了一次機會，也就是少了一次樂趣。

　　聽到雨聲時，喜歡站到屋外看看雨。遠山漸來的雨景最美，先是一層層的將山色朦朧，然後輕巧或瀟灑到屋前，讓人在悶熱天氣裡享受山風帶來陣陣清涼意；偶而轉向的風，不經意得如一場豔遇，夾著雨點任性撲面而來，放肆吻在皮膚上。

　　尤其是赤著胳膊時，有一種君子坦蕩蕩的感覺。那一秒，我會閉目向天，與大自然更貼近。就一兩秒吧，畢竟已非健壯的年少，「雨中漫步」這種情調，是交筆友那種年代才會有的話題。

　　不同時候的雨，給人不同感覺。清晨或午間，雨在眼裡如此清晰，可微細如雪花在飄，讓人欣賞它在空中如清純少女卻阿娜多姿著。

　　如果是夜雨，一般上只能聽到它在呢喃，只有街燈下的雨會呈線條狀，或粗或細，偶有詩意。

　　很久以前寫過一首歌詞，歌名是〈盛雨〉，大意是：下雨時，伸出一雙手，讓掌心朝上去裝雨，去感覺雨的冰冷但因心有所思而升起暖意。

　　因天狼星而寫過一首和雨有關的詩，內容形容著：越過遠山

飄過來的雨聲／是妳從遠方稍來的思念／而漸漸遠去的雨聲／是我深情的回復／妳可曾聽見。

　　不論是歌或詩，輕風細雨總是如此嬌柔多情，當然，不是東海岸帶著雨量過多的東北季候風，更不是熱帶風暴中的狂風暴雨。

　　狂暴風雨對大自然，或日常生活都有不良影響；國內多次豪雨成災，結果是土崩、路斷、帶來種種觸目驚心的破壞，更不必說閃電水災所引發的後果。人在車裡，車在水裡，盡是怨天尤人的雨中即景。

　　所以，要有觀風賞雨的心情，必須是在風輕雨細時。

　　剛下過的雨讓屋外住宅區的街道濕漉漉著，應該是下了好一陣子，唉！竟然就此錯失了。

　　錯過了觀雨，也錯過欣賞雨水擊地後激起的小小水花。自天而來的雨絲，掉落又濺開的剎那更迷人，就像情人回眸，一次又一次心動。

　　雨後，屋簷上會掛著好些水珠，欲滴還留的如某人欲語還休，卻最終是無人在意時悄悄消失。雨後，屋外遠山的顏色更蒼翠了，顯得年輕許多。這是雨水的功能之一，將平時沾在樹葉花朵上的塵埃，一一洗滌，還它最初的青綠。人生歲月若能有如此洗禮常青，多好。

　　我曾說，淚水的功能是要洗清心裡障礙，讓視線能看得更遠；雨水，則是讓我們把人間看得更清楚，迎合很多人一再說的：莫忘初衷。

　　看雨，古代應該是宋末詞人蔣捷的這首詞最具代表性：〈虞美人・聽雨〉。喜歡嗎？一詞道盡人生心境：

　　少年聽雨歌樓上，紅燭昏羅帳。壯年聽雨客舟中，江闊雲

低，斷雁叫西風。

而今聽雨僧廬下，鬢已星星也。悲歡離合總無情，一任階前點滴到天明。

詞裡有年少醉生夢死，不正是我們年少時不羈與輕狂嗎？至於壯年聽雨就如人已來到天涯或海角，若非在名利間繼續勞碌奔波，就是獨坐一室，泡杯咖啡，也不知該品嘗寂寞還是孤獨。細想當年與當初，得失成敗盡在不言中，不正是年過半百者常有的感觸？

而歲月催人老之後，雖說夕陽正紅，或說黃金年齡，在蕭索中想覺悟，淒清裡想放下，因各人不同造化而結局不盡相同。要達到八風吹不動的自在與看破，總是說易行難。

屋外，雨後的雲仍重重厚疊著，仿佛還想醞釀另一次偶遇。雨後，天不一定會晴。看不到一點丁的藍，且不論藍色是憂悒還是優雅，心裡有些失落。雨後看不到彩虹，尤其是那年驚嘆的雙虹，期盼再次成空，人生，不能盡如人意的事何其多。

明天還會下雨嗎？如果來的是一場風輕雨細，記得提醒我，別再學貓步。從遠方飄然而來的雨必有萬種思念，值得慢慢回味和品味。

露
凡

外婆的念珠

　　那串散發美麗光澤的念珠，常常在記憶裡湧現。一聲聲阿彌陀佛，從遙遠的地方傳送過來，在耳際縈繞，句句似乎化為滿池塘的蓮花一朵一朵綻放。

　　小時候，住處靠近外婆家，有事沒事總愛跑過去晃悠。常看見沉默寡言的外婆坐在古老的籐椅上，左手執起念珠撥動珠子，低聲唸佛號，掐一顆珠子唸一句阿彌陀佛。

　　偷偷細數，外婆的串珠共有一百零八顆珠子。圓形的珠子，有些並不是很圓，有少許的缺陷，理應是人工慢慢琢磨而成。珠子有一種似有似無淡淡的香氣，猜測是以檀香木製成。長年累月手指觸摸間，賦予一顆一顆珠子溫潤的光澤。外婆愛聽般若菠蘿蜜多心經和藥師琉璃光如來本願功德經，但不認識字的外婆，不會唸經文，只好重複地唸阿彌陀佛四個字。串珠很長，為了方便，外婆把整串念珠扭作一個8字，細聲唸一句阿彌陀佛，雙手同時朝內輕輕撥轉一顆念珠。沒使用念珠的時候，它被掛在木板牆上。有時，陽光正好從木窗透進來，籠罩在日光中的珠子散出迷人的光澤。

　　外婆輕掐念珠唸佛號的時間可長可短，很隨意，只要有一點空閒的時間，她便拎起串珠唸佛號。當她合上雙目，撚珠輕唸佛號時，眉宇嘴唇發散肅穆虔誠的神情。外婆從沒顯露心裡的悲喜，難以猜測她心裡是否暗藏什麼祕密。轉動珠子唸佛號的過程中，猜不透外婆的思緒飄流到何方。

外婆家在菜園中央，園子裡除了種蔬菜和草藥，另闢了一個鳳梨園和一處香蕉園。我還是小屁孩的時候，常跟在外婆身後。外婆手起手落熟練地操作農務時，我四處蹓躂，在園子裡捉豹虎，追蝴蝶，趕蜜蜂，戲弄蜻蜓。八哥在枝頭聒噪，我揮動竹竿玩耍，驚起一群鳥雀，斜斜飛起來。看我虐待昆蟲動物，外婆嘴裡吐出一句阿彌陀佛，我懵了一下，原來不需要手持念珠也可以唸佛號。有時，青菜被踐踏壞了，外婆假意吆喝，聲音溫柔像唱佛號，我才不怕呢。

菜園的工作完畢後，休息時外婆又拿起念珠唸佛號。過了片刻，她繫上圍裙，燃起爐火做午飯。外婆的工作尚未完成，下午她用一把大刀砍香蕉樹，把樹幹切成一圈圈再細細剁碎，煮熟作為豬只的飼料。我在一旁，用小刀把香蕉葉削下，讓外婆拿去售賣給賣糕餅的小販。外婆餵豬時，我只會模仿豬只進食的聲音。外婆話不多，她從早到晚總是不斷地做家務。雖然工作量大，可是，她粗糙的手始終保持得乾乾淨淨。

瘦削的外婆，把稀疏的銀髮盤結成一個小髻。她的頭髮有一種介乎椰油和薄荷的氣味，我常戲稱她有老人味。她的衣服，只有黑和藍兩種色調，從不作別的選擇，而且每一件的款式都一樣，中國領上衣配寬鬆的長褲。當時年紀小，難以瞭解外婆的情感世界，無從知曉，到底有多少舊日的塵埃泥濘堆積她心裡，鑴刻在記憶深處。心裡疑惑，為何她天天撫摸珠子唸佛號無數次。

外公每天在外做生意，外婆從早到晚在家裡忙碌，兩人交流的時間不多。漸漸地發現，除了空閒時，外婆握住念珠，不開心的時候，她也拎起念珠。偶爾，小舅母臉上覆蓋著一層寒霜，外婆不理會鄙夷的神色，拿起串珠，躲在一個角落，她彷彿能通過捻珠唸佛號紓解人際間糾纏複雜的關係。

外婆十多歲從北方下南洋，高山森林阻擋，一生從未回過故鄉。從母親口中，獲悉她兩個妹妹甫出世，銳利的剪刀把臍帶截斷後，外曾祖母馬上把她們送給別人領養。自此，只看過一眼的女兒，外婆不知道她們在何處。至於大舅父，多年流落在國外。外婆唸佛號時，也同時祝福牽腸掛肚的親生骨肉嗎？有時，又不免揣測，外婆是否早已看透前世的經歷，企圖通過一聲聲的佛號來擺脫今生的無奈，追尋些許安寧。

　　終於有一天，外婆一聲一聲的佛號，戛然而止。我忘了，是否有誰把那串念珠放入棺木裡。

2018年6月5日

蒼莽山林一女孩

　　舉目眺望，遠處層層疊疊、連綿起伏的山巒，卻不知你在何處。你瘦小黝黑的身影不時浮現腦海，對你的牽掛不曾中斷。無數次，在主幹山脈轉折彎曲的路上，我默默思念，在茂密高聳的樹林間，目光不斷尋找原住民的小村落，期待能與你相遇。沒料到，你彷彿匿藏在森林中最遙遠隱祕的深處，我渺茫的希望一直是那麼的不真實。

　　好多年前的一天，你的姑母帶你到學校替你辦理入學手續後，我心裡浮現莫名的哀傷，揮之不去，久久。你的姑母有點急躁，語音盛滿毫不掩飾的不耐。她攜來一張資料不足的破損出生證明書。問及為什麼出生證沒有父親的名字，你的姑母氣憤地說：把她的父親當作已死掉吧。

　　我極度震驚，你姑母的話簡短，但殺傷力切膚而至。她的聲調，迎面撲來駭人的摧殘能量。明顯的，她感到極度不快與無奈。或許，親情和不滿的情緒，在她心裡糾纏，朝不同的方向互相扯拉著，傷口無形，痛楚則撕心裂肺。小女孩，聽了你姑母的話，我心裡激起一股傷感。

　　你的母親來自Pos Jernang，一個原住民聚居的村落。你擁有一個原住民的名字，你的姑母說你不需要一個華文名字。小女孩，你的父親是華裔，在家裡，總該有個容易上口的名字吧？上華語課時，我怎能用另一種語言喚你呢？

　　開學那天，你來到學校，對你周遭的一切不瞅不睬，表情

木然冷漠。我不能分辨你眼裡流露的情緒，是喜悅或悲傷抑或惶恐不安？你的思維和心情，讓我猜不透看不明。對於你，我承認我無能破譯那串解密的數碼。是這個世界棄你不顧，還是你產生隔閡，陷入自我孤立的荒漠，拒不讓我走進你的內心世界？你的魂，是否失落在不聞人語只有樹影的山林裡？

不管我怎樣歇力引導，你一直緊抿著嘴唇，雙眉皺蹙，不發一語。在課堂上你不曾書寫一個字，也從未朗讀任何字詞。曾建議你的姑母帶你去給醫生評估，但一切方法和努力都徒然，我不免為挫折感消沉。正在這個時候，你沒來上學了，我更覺失落。

好不容易，聯絡上你的姑母，得知你那嗜毒的父親已逝世，你和母親從小鎮徒步不回頭的走向金馬崙高原的原住民村落。密林深處，熟悉的原住民文化會遞送你們重獲生命活力嗎？我上網對著谷歌地圖出神，不能確定你們到底沿著哪一條路線抵達村子。從此，你音訊全無。那孤涼的小小背影，除我心中，到底隱身何處？

自你離去，我對你一無所知。對於山林裡的生活，我是茫無頭緒的，根本無法揣測你如何在山林裡度過每一個日子。或許你沒有機會在山林裡閒逛，你必須跟隨大人去採集野菜、捕魚、甚至打獵……。我不忍想像，你把一生交給大自然，和土地緊密相依，再也不能從山林裡走出來。

不曾遇見你，我心裡一問再問：「你真的不回來嗎？」也許有一天，我去爬山時，不經意路過一座樸拙的原住民村子，看見依山靠水而建，亞答葉屋頂、竹片牆的小小高腳屋。更讓我感到驚喜的是見到你笑意盈盈地，雙手奉上招待客人的石灰檳榔。我是否有機會和你採野菜，捉魚，覓食及參與各種祭典和儀式？非常遺憾的，三番四次穿越的風景中，從不見你的身影。上山下

山，來來去去，終究失望而歸。

倘若有一天你能與我相見暢談，你樂意和我分享在翠綠山林裡的經歷嗎？但願有一天，你出其不意地出現在我眼前，輕喚我：「老師！」或像其他的學生一樣對我說：「老師，很久沒聽您講故事了。」

好想聆聽你的聲音，看看你微鬈的頭髮有多長。不知哪一天能和你聊個天，吃頓飯？或者，至少捎來一句：「老師，不用記掛，我一切都好。」

2013年12月27日初稿

2018年6月12日重修

春曉不凋伴蘇堤

　　早就聽識途老馬說過，認認真真繞湖一圈，須花好多時間，所以千萬不可晏起。清晨，把麵包、水果和礦泉水塞進背包裡，全副運動裝備，風風火火的早早出門。步出旅館，細細絲絲的雨正飄著，幸好無論任何時候，雨傘肯定在包包裡頭。冷風流竄，寒意頓生。信步走到柳浪聞鶯^(注)，地上鋪了一大片水漬，路面滑溜。柳樹被雨水清洗過，綠瑩瑩的，真想摩挲一番。垂下來的柳枝，新新青青，愈覺清麗柔婉。樹下草葉潤濕，鋪滿晶晶的大大小小水珠，什麼都亮汪汪，清清爽爽的。植物特有的淡淡綠草味，似有似無，疑幻疑真。

　　柳林幽雅清靜，可能因為下雨，或是時間尚早，路上沒有其他行人。偶爾，傳來零零星星的鳥鳴聲。雖然下著雨，路不好走，心裡卻莫名其妙的輕鬆起來。忽然，幾隻鳥雀冒雨噗噗掠起，互相追逐，在雨中作樂，也許是我的腳步聲驚動牠們。倘若天氣好，找個角落，一卷在手，這裡不失為一個沉醉書香的忘我之境。再不然，撐起畫架，揮毫捕捉稍縱即逝的光和影。這片流動的青青柳色引人注目，然則，卻不是我的嚮往所在。

　　前一個晚上，仔細研讀了摺痕深深的地圖。西湖十景的柳浪聞鶯最靠近下榻的旅館，由柳浪聞鶯往北走可達斷橋殘雪，若南下可抵雷峰夕照。《白蛇傳》幾段重要故事情節就在這兩個地方衍生流傳。白素貞與許仙相識在斷橋殘雪，借傘定情。雷峰塔則是白蛇被法海和尚鎮壓，柔腸寸斷的地方。文學因素產生的移情

作用，不斷湧現，眼前的草木和山水已非一般的草木和山水。

花港觀魚左看右看無甚特點，興趣闕如，但是這裡卻有密密麻麻的人群。紅紅的鯉魚很討喜，魚塘的存在好像純為討好遊客似的。這樣的說法，恐怕會招人責罵。再如平湖秋月、南屏晚鐘、雙峰插雲、三潭印月，走馬看花，腳步不徐不疾，也沒特意逗留。來到曲院風荷，因為喜愛花草，故停步留下，吸吸荷香。意想不到，竟然得見風穿越荷塘，把晶瑩的水珠從一片一片傾斜的荷葉順勢滴落下方的葉面上。沒料到，這時一大群的遊客湧過來，導遊說了些大概每日都必須重複的話，最後丟下一句：「大家要捉緊時間拍照，別耽誤下一個景點。」

我從不請導遊。想知道的資料，網絡上簡繁皆有。膽大心細，通常不會出現問題。有個導遊，固然可以避免走冤枉路，但有時走錯路，反而會誤打誤撞進入一個意想不到的美好境界。每個地方匆匆忙忙瞧一瞧，拍幾張相片就離去，日後回憶，模糊一片。難得出來走走，想在什麼地方逗留，依照自己的心意，那才爽快。至於拍照，也可以很隨性。雨天陰暗，很難拍出好相片，何況我的是功能簡單的相機，只好把美景都收藏在腦海裡。不是有人說過嗎，拍照容易令人遺忘。我抓拍的是永不褪色的 cerebral snapshots.

其實，除了粼粼波光，召喚我來西湖，則是蘇軾構建的堤壩，它激發的文學與歷史的聯想跨越時空，牢不可破。

曾經讀過一些舊文學，特別醉心蘇軾的詩文。從此，開始留意這位北宋文學家。在課堂裡，低吟高頌他的詩詞，讀了他的〈赤壁賦〉、〈後赤壁賦〉、〈念奴嬌·赤壁懷古〉、〈水調歌頭〉……。記憶裡留下「大江東去，浪淘盡，千古風流人物。」，「人生如夢，一樽還酹江月。」「長恨此生非我有，何

時忘卻營營，小舟從此逝，江海寄餘生」等句子。可惜當時年輕，人生經歷淺薄，無從體會蘇軾的感時憂世，也無法感受他對所謂永恆的迷惑和不安。

打從中學迄今，〈水調歌頭〉裡的「明月幾時有，把酒問青天。不知天上宮闕，今夕是何年……」不時在耳邊縈繞。「但願人長久，千里共嬋娟。」成了千古絕響，被後人引用了何止千千萬萬次。鄧麗君錄了這首歌，連不知曉蘇軾的人也深愛唱，除了小鄧柔美的歌聲，當然也因為詩詞所創造直搗人心的深刻意境。

東坡居士在杭州主政時，寫下不少詩詞。任期中，他用葑草湖泥給西湖堆築堤壩，沿堤遍植楊柳、碧桃等觀賞樹木及大量花草。這工程，讓西湖的山水有了結構，一道嫵媚迤邐的風景線從此讓人流連不去。如今，看到的柳樹、桃樹及花草，不知是否還是當年的花草樹木，或重植的？可是，這些都不重要，因為踏步蘇堤，微風依樣駘蕩，柳絲飄拂，鳥雀和鳴，一如幾百年前。當然，你必須讀好蘇軾的詩詞，洞悉他起落的人生，深知他敏銳的感情和曠達的胸懷，否則蘇堤也只是一個普普通通的堤岸。一個地域，因為文學而產生不一樣的意義。

子瞻是幸運的，他的思考方式，留下了具體的痕跡。我們是幸運的，沿著這痕跡，發現我們的可能。

漣漪搖曳的湖面上，或是柳樹下，或是堤壩上，無處不是東波居士的身影，彷彿有人在朗誦一首一首的詩詞，聲音若隱若現，時近時遠……

注：西湖十景為柳浪聞鶯、斷橋殘雪、雷峰夕照、花港觀魚、平湖秋月、南屏晚鐘、雙峰插雲、三潭印月、曲院風荷以及蘇堤春曉。

2016年5月8日

曾經投下的樹影

　　朋友站在房子前面打電話詢問：「這是你的房子嗎？你家的大樹怎麼消失了？」大樹是我家的地標，樹不存在，很多朋友再也找不到我的房子了。那株我曾經擁有，枝繁葉茂的軒昂大樹，真的不見了嗎？有時我也懷疑，那棵熟悉的，令我想起來，心裡隱隱作痛的大樹，真的被我手中的利刃肢解了嗎？我半信半疑，樹影從地面退隱，把所有的枝椏葉片深藏在記憶中。可是，那是真的，大樹不復存在了，我不再擁有這棵樹了。

　　砍樹的時候，心情是挺複雜的。拿著大剪刀爬上樹，幾個時辰後，茂密的葉子紛紛落下，鋪滿一地。躍下樹，握住鋸子，「急急急」聲中樹枝和樹幹一截截分開。接著一把笨重的大刀上場，狠狠地亂剁八爪魚形狀的根鬚。最後出動鶴嘴鋤，一擊一擊的穿透地表，把深埋的樹根拔起。

　　數天后，「浩大的工程」結束了。獨自坐在地上，閉起雙目。此刻，風亦無言，聽不見它穿過葉子的沙沙聲。我逐漸感到疲憊，不知不覺，眼角濕潤，分不清是汗水或是淚珠。

　　後來，我把樹幹鋸成片狀，存留幾塊橢圓形、年輪清晰的木塊，作為茶具的托子。不知為何，啜茗時，心裡微微忐忑不安。

　　那一年，和家人到柬埔寨自助旅行，偶然吃到一種像山竹的果子，果肉香滑多汁，逐興起種樹的念頭。很幸運的，後來邂逅了一棵高大茂盛的大樹。樹上掛滿了果實，正是那種剛品嚐不久的果子。

　　當地的人說，果子叫滴垛，當然我們不明白是什麼意思。離開柬埔寨時，攜帶了一顆種子回家。挖坑把種子栽下的時候，期待它長成大樹，結滿累累的果實。每天觀察種子，看它發芽變成幼苗，日日等它由小樹變成大樹，那時萬萬沒料到有一天，我會把這棵心愛的樹親手清除。

　　大樹長得挺拔秀美，樹葉有點像榴槤樹的葉子，但葉背卻是褐紅色的。我把幾盆胡姬，掛在樹枝上。胡姬花得到大樹的庇蔭，彷彿把藤黃，絳紅及深紫色都毫無保留的傾注在大大的花朵上。走過的人留意的都會停下腳步凝視一番。

　　有一天早上，大樹開了幾串淺黃色的小花，淡淡的香味在清新的空氣中悠然盤旋，我確實高興了好多天。偶爾，我站在窗前，看著煥發生機的大樹，為它感到得意洋洋。常常，樹冠撒開婆娑樹影，迂迴曲折的枝丫自成神祕的圖案。大樹還引來了一對黃鸝鳥，在樹上追逐，帶來悅耳的啁啾。有時，成群的麻雀或八哥也頻頻唧唧喳喳。我們在樹下的草地上納涼、看書，或閒話家常。樹下的點點滴滴，日積月累，牢牢定位記憶體中。

　　晚上，月光爬上樹梢。風來，婆娑的葉子沙沙作響，心裡舒坦。但有一個夜晚，吹起猛烈的大風，刮動樹枝和葉子。我望著窗外搖擺的樹枝，心裡滲入一絲不安：萬一大樹轟然倒塌，千萬可別落在房子上，大樹的確有砸房的可能性。在那一刻，心裡閃過一個無奈的念頭：「把大樹砍掉！」那個晚上，我輾轉反側，一夜無眠。

　　鄰居勸說：「總有一天，橫行的樹根會扯裂院子的水泥地，甚至地基，萬一樹倒下來，房子會被壓扁。」

　　琢磨良久，終於下定決心把樹砍掉。心裡卻微感懼怕，深恐自己冷漠無情。從一顆種子萌芽，逐年長成茁壯的大樹，怎

會不讓人憐惜呢？不能守住這棵大樹，心中泛起陣陣失落，無從阻攔。

晨醒，想起陽光曾經從葉子縫隙間線條形長長短短篩落，鳥雀在枝頭競唱，難免恍惚失神。夜間，躺在床上，閉起眼睛還未入眠的時刻，大樹的身影觸動更多頻頻縈繞的影影綽綽：碼頭上，等待遊客上岸，赤裸上身皮膚黝黑的小孩，伸出一雙雙小手乞討。一句句殘破英文詞不達意載送遊客去安哥窟，賺取蠅頭小利的年輕小伙子。滾落地面失修的殘缺佛像……。

還恆記得，我從那個道路上滾滾塵土飛揚，貧困遙遠的小國，攜帶一顆種子回家的情景。此刻，為何心頭總會浮現一股嗒然若失的感覺呢？

2013年10月2日初稿
2018年6月15日重修

潛默

蛇語

　　我知道你潛在的記憶裡有我蜿蜒的身影，在你周圍咫尺之間的花草樹木、柴堆雜物，驀然看去卻無須回首，更無須於那燈火闌珊之處，我便注意到你，不住窺視你的一舉一動，是動如脫兔抑或靜如處子，都是我思索的棋子，棋子推進，或撤退，我與自己的視野一點通靈犀。你毫不知情，你完全被蒙在鼓裡，就如你的先祖離開伊甸園之後，那麼懵懂，連簡單的聆聽與分辨聲音，都必須點滴積累、學習。

　　自你遷徙出來，到一個如此荒涼茅舍疏疏落落的偏遠之地，我千哩迢迢便嗅著你的氣味尋你而來，好像我的血液裡流動著你的血液，你的動靜裡流動著我的動靜；也好像天地間嵌著一面大鏡子，是顯微之鏡也罷，是照妖之鏡也罷，它就是那麼輕易地讓我捉摸到你的存在，你的身材五官無所遁形。那時，你還小，才開始唸著小學，我就已經盤桓在你附近多年，與你周遭窮困潦倒的田園合為一體。田園詩人我不懂，不為五斗米折腰的事我更不懂。我只知道我的腰總也挺不起來做一個正直的自己，我必須學會隱形把我的真面目隱藏，伺機而發，見機行事，是我為自己能張牙卻不能舞爪的缺陷補償損失的入門法。我無法憐憫你，你也知道我本就不具憐憫之心，因為我很早就被詛咒，被強行除去四肢，被罰趴在地上向泥土降服、認罪。我的罪竟如此折磨著我的肚腹，讓我看不到頭頂三尺之處是什麼，或許我真的不該知道，萬物自有生的定律，你我自有生存的權利，而我坦白說，是我借

助你的權利，來彌補我被剝奪的權利。

多少只雞，雌的，雄的，未長大的；多少只老鼠，老的，小的，甚至剛剛成形的，牠們在與環境搏鬥一些時日之後，都乖乖地進入我的身體溫暖我的脾胃。千山，因雞成不了鳥，而成了牢籠；萬徑，因老鼠悠閒慣了，只有一條是讓牠們通往幽徑的，那是我天造地設的唯一幽徑，牠們進去必無怨無悔。越是貧困鎖身，越是邋遢藏垢，那就是我的天堂，別人家的地獄。地獄也包括水的疆域，在你雙腳可及的範圍，那些窪窪坑坑，與風與那雨結成以突發天氣為紅娘的永世親家，而洋洋喜氣則歸入我的肚腹，一幅富貴逼人來的盛世景象反而令蛙鳴聲節節撤離。然而充滿黑暗智慧的我總會看到光明的一面，循聲尋找微弱的氣息，天地必與我共生，萬物與我為友者必互通訊息，網絡世界裡的一草一木、花鳥蟲魚，都是我身邊閉目的天使，在我面前為我遮蓋事實、真相。

如此這般我與伊甸園玩著一場沒完沒了的遊戲。我尾隨你，我跟蹤你，我是有所畏懼，但我仍不放棄尋找一種偷食善惡果子以外的樂趣。我歌，自有墮落的天使與我同歌；我舞，自有墮落的天使與我共舞。我在你身邊以及在你喜歡穿梭的郊野叢林，埋伏我多變的顏色與詭異的眼睛。人類一直難以理解，何以五色不能令我目盲，何以五音不能令我耳聾。我的能耐本源自全能的造物者，祂的慈愛不擇高山細流，彷彿一陣陣沁人的風不停吹送，恩澤每一個路過的物種。因此我無須經過什麼流派的修煉，無須盤身七七四十九天無日無夜，白天和黑夜都如同我的親人，時時刻刻照顧我的飲食起居，讓我如常以一身滑溜與吐信功夫，擺佈天地之濁氣為毒，攻防之戰訓練有素，形象之鬼魅令你望而生畏，肅然自我警惕危機四伏的時時刻刻。

　　是的，危機就在眼前。一次，當我赴一個墮落天使的約會時，他竟化成我形象裡的異性，與我奮力野合。那時野花四處盛放，花瓣大得出奇，紛紛噴出濃烈且刺鼻的花粉，在我們激烈的肢體語言裡如雨般撒落在我們顫動著的全身……。自離開伊甸園後，我曾經尾隨亞當夏娃，看他們如何在幕天蓆地之下赤裸裸地翻滾，或許這就是我要學習的功課之一，我本已赤裸，已經沒有所謂的羞恥不羞恥，亞當夏娃最為原始的動作、心理狀況，開創了一條幽徑，誘我全力以赴。全能的造物者究竟要在我身上證明什麼？要看到不受約束的我如何不受約束？要看到我如何使盡渾身解數卻衝不破詛咒？再用祂無上的神功把千種萬種的懲罰加諸於我？是的，危機就在眼前。雲雨一番之後，我狂吸對方身上散發的異味，納入我心中的儲藏室，一點一滴化為我流佈全身的毒汁。我的狂野突發為逆風，把依然充沛的元氣捲起，橫掃落葉一般翻轉我滑溜的身體，我舞，如龍；我歌，如梟；我感覺自己突出的形象聳立於天地間，我不再畏懼什麼，不再躲避什麼……我在最光亮的地方暴露我的身體，讓如沐春光的赤裸展現我原始的魅力，遠勝於亞當夏娃的完美肌膚。我稍一吐信，裡面裝滿信息，是火力十足的攻擊信號，響了，我最想聽到且嚮往已久的聲音，再次地響了，我毫不猶豫地在你的腳跟上用我的武器狠狠割下一個印記……

　　就只一個印記，已經足夠了。那時，你已經上了中學，談了許久的戀愛。我歷歷看在眼裡，你們都非常保守，遠不如你們先祖的表現，更遠不如我。我每天給你們探班，搖動花前月下的影子，影影綽綽，更叫墮落的天使釋放野花的香氣，如影隨形，不斷搓揉你們的鼻息，發放的野性沿著你們散步的幽徑一直追蹤下去，然而，你們卻自始至終堅信孔老夫子留下的那一套茅坑裡的

法則。最後，我決定做出大膽的試驗，不，應該是試探才對，我從伊甸園裡偷偷採下一個又大又圓又多汁又色彩斑斕的果子，安放在你們無人的房間。全能者始終不加干涉，祂公平地讓祂釋出的自由意志遊走，隨意地讓祂創造的物種擷取，就像擷取園裡分辨善惡的果子一樣。我和我的墮落天使對全能的造物者所做的一切依然視若無睹，因為我們自有我們建構的世界，我們的意志一直飄浮在幽暗裡，自得其樂。而那一次深深的印記，我從那兒嗅到一股強烈的古早氣味，味如塵土，嗆鼻直灌入我心中，我第一個反應就是逃避，我沿著以往的幽徑深入裡頭，偷偷地，我在回想你肌膚和我嘴巴接觸的那一刻，你扭曲的表情像什麼，天地間沒有一個字可以形容，然而我卻開心地把它納入我的胸懷，成為我族群裡經典的記憶。

　　我仍然不死心地守候著，以我一貫靈敏的身體，尋找你清醒後給你再次昏昏沉沉的機會。雞、鼠、蛙類只能填滿我腸胃的四壁，卻填不滿我試探靈魂的空間。這一次，午夜後在你深深的夢境裡你控訴我的時候，我悄無聲息地爬在你身上，嗅吸你充滿滾滾塵土的古早氣味，寂靜裡顯得分外不平靜；而從不平靜中我隱隱聽出你對我的憎恨，一點一滴從輕如浮絲到沉重的心臟起伏聲音，我知道下一步棋子我是要繼續往前推進還是撤退。我毫不猶豫地脫下我的外衣，薄如蟬翼的一片不很完整的東西，放在你床前地上，就是你起來腳要踏到的地方。我想像你的恐懼使你圓睜你的雙眼，裡面有幽幽的青光閃動，嘴巴喊不出來，卻在心裡歇斯底里，然後靈魂探出頭，想從你的體內顫抖著羽翼而去。我樂於見到這些想像中的可能性，幾乎完美的設計，讓我表現得比全能的造物者更勝一籌。危機就在我萬般的思路中從縫隙裡爬出，隱隱然有一隻手指向我藏身之地，我幡然醒覺時已經有一股極度

的熱流如熔岩般繞過所謂土地守護者的牌位灌進來，我終於嗅到最純最原始的塵土氣味，它不是來自你的身體，而是來自我賴以生存的地穴。那明明是一條我天造地設的幽徑，幽幽來幽幽去，而那一刻危機突現時，我恍惚間像看到來自所多瑪與蛾摩拉的末日火焰一閃，我不可能回頭望，回頭，雖不致變成鹽柱，卻會與滾熱的塵土一同造夢，夢境裡是萬劫不復的深淵甚或是無名的地獄……

　　我把最後一口氣吐向外面，外面的世界真好，我嗅到一股股發自夏娃身上的原始氣息。一個夏娃的後裔使盡全力打碎了我的頭，我用僅剩的一點力氣咬了她的腳跟……

　　當然我是知道的，你，一九五三年生，肖蛇。

2014年8月8日

老鼠攻略

　　那天傍晚，日頭給一排房子的後牆擋住了，我在一團陰影中穿過斑駁小巷，爬上對面住戶廚房剛糅過一層新漆的牆上，忽而一陣強風襲來，夾雜你從車窗裡爆開的聲量，我知道那一刻我已暴露了行藏，你──一個我從來就瞧不起眼的書生人物，終於飆出一聲尖叫，但我可以告訴你，你以尖叫來表達滅絕的心聲恐對我無效。我兩個把兄弟的生命脈搏還在我靈魂深處躍動，牠們日夜投夢，不斷提醒我復仇的慾望噴眼而出，即使讓你察覺我如流星劃過空氣的身影，我相信你也難以捉摸我下一步棋子，天地有大容量，未必要從下水道暗渡，我可要學會大大方方，像電影Ratatouille裡的「料理鼠王」，踏著闊步走進你那自詡為「古斯特餐廳」的廚房，我不學小老鼠雷米，卻要活出如苛刻美食評論家科隆的形象，對你廚房裡一切可吃可咬之物獻上我深深的鼻息。

　　我原出自黑色家族，我的族群人口龐大，根據老祖宗的史書記載，遠在羅馬帝國時代，黑色家族早已定位為兇的徵兆，與白色家族所享有的特殊身分相距巨大。那時開始，兩族之間已不計身型大小，只計物盡其用的價值。我之黑色體，難道已注定為永無翻身的命運？太初，上帝創造宇宙，大地混沌一片，上帝說要有光，光就出現，上帝看成光是好的，就把光和暗分開，稱光為「晝」，稱暗為「夜」。這是第一天，宇宙開始的第一天我之黑色體已經與夜融為一體，在黑暗中我拒絕光明，在光明中我與黑暗相擁，就自然而然想起那一天，我於暗角處咬著夜的衣裳從唯

一我觀察許久的縫隙中擠身而入。那時你在廳堂裡完全投入《五鼠鬧東京》的情節裡。我在濕廚房裡逡巡一遍，之後才放鬆心情潛入一個陰暗可隱身之處。這時，我聽到你拍手叫好的聲音，我傾聽出那好像是五鼠裡的大胖子剛好演完了縮骨功的一幕戲，我不禁「吱」的一聲笑了出來，聲音遠遠蓋過大胖子的粗言粗語，飆向四面牆壁，吱吱吱吱跌宕起伏不停。這是我獨一無二的本領，再小的縫隙我一樣可以不須吹灰之力一晃而入，更何況我是有備而來的。你怎麼會想到一隻小鼠一樣可以翻轉東京呢？

這是我要創造的屬於我自己的第一天。我夢想的宇宙其實也不小，到處有我打造未來世界的原料。我自認自己比起電影《捕鼠記》裡躲在危樓捉弄兩兄弟的智慧鼠更有能力。我的智慧透過我嗅覺上的準確掃描全然發揮在你的「古斯特餐廳」，評論家的美食感官在我舌尖上停駐，逐一省視廚房裡躲藏著的綺麗風光。午夜過後，整棟樓房獨留我閃亮的目光，如同夜空下忽然迸發出來卻留戀人間而不想離去的電光，把黑暗裡的物事一遍又一遍都舔過了，才滿足地把尾巴遺留的最後痕跡收藏起來。我一邊吱吱吱地唱出「凡有井水處必有我」的歌詞，配合我獨有的自我頌讚的舞步，第一次踏著闊步走進你的書房。而這一次，我竟然嗅到一種與「古斯特餐廳」完全不一樣的氣息，我情不自禁地把我的眼光提升到美食評論家科隆的苛刻水準以檢驗四周圍一列列的你所謂的精神糧食，我一直在問自己，這種氣息可以成為我消化系統裡的營養材料嗎？有一個聲音告訴我說暫時還沒有答案，因為「古斯特餐廳」在我的嗅覺裡清楚表示它已窮千哩之目，更上一層樓了。

我還沒從「古斯特餐廳」的氛圍裡解放出來，就看到你靠書桌的牆壁上釘掛著一則「主禱文」，我細讀一遍，最喜歡的一

句立時調弄著我的神經，以至興奮莫名：「我們日用的飲食，今日賜給我們，免我們的債，如同我們免了人的債」，天啊，多麼正中下懷的一句，那可不是「古斯特餐廳」以另一種面目提示我物質糧食的重要性嗎？我看看左邊小小的十字架，再看看你書桌上擺放著幾本不同版本不同語文的《聖經》，我忽然想起西元一三四七年我的黑色家族統籌的偉大計劃。那一年，我的祖先隨撤退的十字軍回到歐洲，身上攜帶的跳蚤引發一場人類滅絕之災，歐洲有三分之一的人口逃不過黑死病的圍剿，遂造就了我黑色家族立足於萬物間的驕傲。而那一刻，我的思潮彷彿捲入當年十字軍的行軍隊伍裡，而自己則尋找機會獨力闖關，以我老祖宗代代相傳的智慧，玩一場又一場人間遊戲甚或是世界戰爭而在所不懼。於是，我毫不猶豫地往一張月曆狠狠咬去，上面印刷精美、圖文並茂的一行字──「你手若有行善的力量，不可推辭，就當向那應得的人施行」，隨著我老祖宗遺傳的牙齒印痕，一片片碎落……

明天，我等待與鼠夾、捕鼠籠、老鼠藥等的近距離接觸……

更多的明天，我等待我的基因突變──長九十一釐米，重超過四公斤的岡比亞族類的誕生……

2016年8月1日

老屋記憶

　　上世紀五十年代，記憶中的第三年吧，你周歲未滿，笑未成形，哭則無謂，就懵懵然成為我身體裡的一個角色。在我眼中，你是最小如塵埃的一個，只有哭聲，唯一可以撼動我的軀體，震碎我那老來無依的記憶。

　　我一直活得很鬱悶，空置許久的心靈抓不住一片依戀的風景。風雨試探我，視我為實驗歲月留痕的證據；老太陽恒以一面鏡子聚焦我，分分秒秒只顧收集散失的力量。不知從什麼時候開始，我無奈地把我的腦殼暴露，把我的軀體棄置成通風系統，讓我的心直接與外界接軌，成為我想像中的通天體。而你的到來，正合乎我心意，我從你手舞足蹈的一鱗半爪之中窺探到你我以後必有的聯繫，此生就在這種聯繫裡成長，成為歲月裡記憶中美好的傷痕。

　　你開始懂事，開始學做小當家。小學生罷了，你對家的認識超越一般同齡孩子。夜裡躺在咿呀作響的床板上，蚊蟲在你周邊歌舞，那肯定是唱不完的四面楚歌，你習以為常；對著我暴露的腦殼，多有憐愛。那晚，你對著我的腦殼說亮話，那些美麗的遠景，一幅一幅如過山車翻翻轉轉，轉過你小小的頭顱，而對著你眨啊眨眼的小星星都變成了一棟棟豪華亮麗的大洋房；漫山遍野的楚歌變成響自天上的讚美之聲。然後，所有的頌讚一捲風般變成一輛輛嶄新的汽車，像鄰居老婆婆每週日乘搭往教堂去的福音車一樣，載著滿車子歡樂的笑聲尋找福氣而去。日子在你每一夜

的幻想中成為不羈的野馬，翻山越嶺尋找新天新地、新大陸似的人生。你憧憬著，像我憧憬我的未來一樣，脫去舊的記憶，換上新裝，與你做另一次全新的鏈接，心與心近距離通話，啟示人生新一頁篇章。

　　的確，即使你開始懂事了，也正在努力成長中，我的記憶裡依然充斥蟲蛀的痕跡。而只有美麗的憧憬，對我才是天上人間。就比如令你心悸的每一次大水，我知道我已老邁力不從心的堤防剎那間就會崩潰。我利用我無奈暴露的腦殼，利用我無奈棄置而成的通風系統，適時傳達期望比高科技還快的訊息，你那天生超常敏感的「天氣一觸通」的本事，與我如今的構造心有靈犀，那一點，通在一條根上，通在一條船上。大風起兮，雲沒有飛揚，飛揚的是大如豆般，滴答滴答敲打得通天徹響的雨點。熱帶拒絕秋風，然而，的的確確，我清楚聽到一首茅屋為秋風所破之歌，八月裡橫掃出一陣陣哀歎，捲我暴露的腦殼上的三重茅。「床頭屋漏無乾處，雨腳如麻未斷絕」，都是你我追逐憧憬前難兄難弟的現實寫照，大詩人早有預言，哪來大庇天下寒士的廣廈千萬間呢？那些年頭，所有愁容都吞噬了歡顏。

　　我一直都在現實的泥土上勉強站立我的身體，傷痕深處不時還留下鼠輩的爪痕和齒印。昨日今日明日，每一天都擔心我的骨幹風濕病不斷加重，各種病毒乘虛而入，尤其想起這一身風燭殘年，怎樣耐得住鼠輩挖掘我身上僅有的財物，就此揚長而去。多希望自己是電影《捕鼠記》裡那一棟前人留下的危樓，雖岌岌可危，卻是某建築大師遺留的傳世之作。如此一來，任憑是多機智的鼠輩，也不可能視我為牠們永久窩藏之地。而你必然會像歐尼與拉爾斯兄弟倆一樣，絞盡腦汁與鼠輩掀起連場戰役，最後必須確保那一隻鹿是落在自己手中。而完全意外的是，竟有那麼一

天，你從我肚腹地方指給大家看另一個偷竊高手匿藏之處，我才恍然於自己日漸麻木的心智與感覺，另一方面卻對你的關懷表示萬分安慰。你始終學不了大禹治水，卻學會一些制伏惡魔的本事。伊甸園裡的罪犯，竟也逃不過你設計的一場水劫；而水，那一陣子，卻升任為你快意復仇的劊子手。那一夜過後，緊貼我尾巴後的籠子立時放晴，一群走出籠外的小雞吱吱喳喳對著藍天白雲以談論我的醜事為樂，而牠們對你，則不斷豎起前腳有所示意。

　　那一刻，我才知道你已長成了。我多年的鬱悶立時全消，前頭豁然開朗，柳暗花明的那一村不已近在眼前了嗎？南村將會隱遁，而我那老而無力的形象，也將隨著你不斷調整的憧憬，逐步被鎖進古老記憶的匣子裡了。

2016年8月1日

覃凱聞

翁將軍列傳

　　一九四二年，日軍揮師南下，劍指柔南。僅半月，血風彌漫半島，幾近淪陷，可謂風聲鶴唳，草木皆兵。念及戰線吃緊，英軍迅速南撤，退守獅城。不旋踵，英軍渙散，日軍浩蕩，終於於麻河追及不列顛師團，並迅速包抄，列陣渡口，團團圍困。

　　是夜，英軍四面楚歌，士氣低迷，前有兵士投降，後有軍卒遁逃，人心惶惶。不列顛名將翁‧良放見狀，下令擒拿逃兵，斬首示眾，並自斷尾指，以「戰至最後一滴血」為號，鼓舞士氣。

　　爾後，英軍銜枚疾走，衝擊敵營，高呼「寧為英犬，不為日俘」，冒死突圍。一時殺聲震天，水位激蕩。但，以少擊多，終寡不敵眾。英軍半數遭殲，將軍翁‧良放、康吉思更被俘虜，血流漂杵，麻河彤紅。翌日，日軍綁二將於市口，耀武揚威。沿途百般侮辱，千般戲謔，更口吐唾液於彼等身體。俄而，有人開槍射擊，火力極猛，「砰砰」連聲，人頭落地。

　　英軍兩將，慷慨就義。

　　雖然如此，民間自有論述。據野史載：康吉思將軍臨刑高歌「天佑女王」，從容就義。有人說翁‧良放將軍不知去向！學術團隊考察，證實處決後，不見翁將軍屍首。馬來亞戰役研究專家亦指出，翁‧良放將軍當時並不在處刑現場。那麼，他到底去了哪裡？至今仍是疑雲：有人說得高人解救，有人說麻河突圍戰時遭殲，民間更盛傳將軍飛升，羽化登仙。至今，麻河渡口仍能看見翁將軍廟，香火鼎盛，忠義之名遠揚。

飛升一事純屬美麗想像，軼事流傳，歷經世代，仍然刻骨銘心。事過多年，七彩泡沫，終於爆破。在一項國際高峰學術論壇上，一名來自北馬的歷史教授在《東南亞戰事圖鑒》第二章第四節揭開神祕面紗：突圍前夕，翁將軍遣細作至敵營，聲稱願以整個師團性命為代價，換取苟且偷安……歷史苦澀，它揭開真相。讀者或許可以寓言視之。

2018年6月1日

南院建築美

　　南方大學學院「單元重複」的建築格局，形成了兩股不同形態的美。

　　當你身處主樓，自上而下俯瞰，呈長方的欄桿為你的視野限了框架，使眼界不斷縮小、不斷縮小，最後聚焦在斑駁、且披上青苔風衣的磚石上，形成「寫實」的美。就審美看來，磚石裂縫、忘言的青苔都充斥著時代的流逝感，歷史的滄桑。同時，「長方欄桿」之不斷縮小，尤凸顯這格調。你不得不正視前人建校的付出與努力。據鄭良樹《南院紀事本末》記載：「一名小販林文慶不幸在進行籌款活動時車禍身亡，在南院籌款史上留下難以磨滅的一頁」。南院的校歌：「一磚一瓦皆血汗，壯哉我華教史頁添新章」，令人痛心疾首。

　　然而，自下而上又是不同的光景：長方欄桿從小逐漸擴大，最後停駐於青天，達到「重門洞開」的視野，形成抽象美；夜晚窺看，那瓦捨勾欄的蕭瑟與淒涼，「欲以天公試比黑」。另外，陽光的照耀、月光的幽明，時而山雲款款、時而青靄翩翩，似非人境。基於這股「虛幻」、「不真實」的基調，坊間甚至流傳一則故事：十五月圓，無人之際，當你猛然抬頭，或許會看見身著古裝的格格攀爬於勾欄，長舌帶血，對妳微笑，進而迅速奔來……自然，這種傳說不足為信，因為筆者曾聽聞學長姐言說「校園未落成時，有一清朝格格自殺於此」，且說二十世紀末，清朝早已滅亡，哪還有格格呢？（既然有令人焦慮不安的傳說，是否我們也該為它編個充

滿浪漫情懷的故事？）當然，筆者穿插這一段野史，用意在於表達「自下而上的虛幻」而已，別無他意。

有時，正因為熟悉以及忙碌，我們忘了欣賞沿途美景。趁著休歇餘暇，駐腳於熟悉之角落，揭開世俗掩遮之美，體驗與自然交融那種靜謐。或許，正因短暫的安甯，你疲憊不堪之靈魂，將得到治癒。那麼，美是什麼？或許正是那無指定之事物。倘若心中有美，世間斑駁也能化腐朽為神奇。你看石頭美嗎？美，因為那是自然與人類常伴，撫慰著人類恆久之酸楚與不堪。

北宋散文家曾鞏在〈墨池記〉寫道「新城之上，有池窪然而方以長，曰王羲之之墨池者」。

既然此處沒特定稱謂，我們便稱它「池」吧！校園欄桿呈長方形，自上而下望去，隱約有「窪然」之感。然而，這邊既無水漕，稱之「墨池」是否太奇怪了呢？不會，當你鳥瞰底層，那斑駁的磚石難道不似水墨嗎？同時，水墨也象徵著勤奮、知識，不也勉勵莘莘學子自強不息，力爭上游嗎？

2018年4月17日

赴宴添油失錢記

　　戊戌歲初，夜色如水，星河浩瀚，余乃涉足登高，摘星月而遊乎書海。忽爾，有鳥撲翅，越簷而過，家母曰：「信鴿至矣」。拆而閱之，乃故人邀宴之信，遂策杖芒鞋，匆匆入城。

　　長路甚遠，霓虹交錯，其時黑貓隱塈，悲鳥劃空，不無惶恐，奈何奉家母之命，添油貝棧（Shell）。寒風聳動，樹影婆娑，若百鬼夜遊，乃凝畏而恐，匆匆上車。所幸添油順利，如釋重負，複往茶肆。

　　及至，見友人凱馨，薄紗淡妝，容顏如故；淡杯思康，身形健碩，若渤泥巨猿。二三子乃烹水煮茗，挑簾懷古。適士古來家豪，應宴而至，余乃豪興大發，縱情豪飲。

　　昔醉翁文曰：宴酣之樂，非絲非竹，余今乃茶渡千古，盞過百代，較北宋何如？複念曹公孟德，青梅煮酒，品天下豪傑、論寰宇英雄，遂歎曰：古今豪傑，莫不似長江流水，逝於青史。縱百年以後，吾儕何往？黃泉耶？西天耶？酆都耶？天庭耶？

　　時間飛逝，已是二鼓，諸君興盡返家。掃塵起身，覺身心輕盈，若有所失，乃前後而探，錢袋竟不知去向。余冷汗淋漓，左右思量，不敢驚動高堂，復召友人，掌燈而覓。

　　吾儕乃東而往、西而看、北而察、南而探，猶不見之矣。家豪道：「宜盡速備案」。適思康已反，不能從也，遂一行三人，徑往警署。幾波周折，念友人為吾失竊一事奔波，心中有愧，承諾日後宴請以報，遂辭諸友。

是時也，余眼皮厚重，若巨石壓焉，乃反家就寢。豈料閉牖有時，輾轉九數，竟不能眠，乃心有所掛耶？余遂正襟危坐，翻《周易》、擺香案、祭天地，得「渙卦・初六」，曰：「用拯馬壯，吉」，乃思：「雖錢袋失卻，卻無碎銀其中，何所畏懼？」一霎，心結頓解，一宿好眠。

覃勘溫2018年3月14日三更記

修整于2018年6月中修訂

王晉恆

虛擬綠茵

　　紫藍色的黎明通過窗簾透進房間，我掙脫睡窩，坐在書桌前刷屏。牙未刷，衣也沒換。這動作像上市公司的晨早匯報會，已成了每天的例行公事。週末可以待在家，所以不必急著盥洗準備。頹廢的時間也因此變得更長了。意興闌珊，書我是提不起勁兒讀了。不知是從何湧出來的靈感，我竟想不如找些舊電子遊戲來消磨時光。

　　這些電子遊戲即使被打入冷宮好幾年，卻不難尋回，它們被安穩地擺在某個架子。拜媽媽和鐘點女傭所賜，它們藏身的卡通CD盒並沒蒙上光陰吹來的塵埃。時間席走了很多輝煌，這些當年不可一世的遊戲竟然慘被現在的電腦歸類為「不適合使用的軟件」。唯一倖免於難的只有那款我小時候最愛的足球競技遊戲——《FIFA 2004》。

　　安裝完成！我帶著小期待點擊進入了這遊戲。這遊戲的序曲，短片，免責聲明，廣告一個接一個地指引我走回童年的路。選了我支持多年的曼聯隊後，遊戲開始！「此次比賽由曼聯對壘阿仙納。這是一場備受關注的比賽。」虛擬講說員逼真地介紹了這場比賽。比賽開踢，好久沒玩的我一開始玩得手忙腳亂，搞不清長傳速跑鏟球等動作為哪一鍵。我想起二年級時我那跟不上球場節奏，任敵隊攻入龍門卻束手無策的窘迫。大約用了一年，我這遊戲白癡才開始掌握訣竅。

　　然而，現在已是老將的我，只要多一點時間摸索那感覺，就

肯定可以迅雷不及掩耳之速召喚球神上身，作出毀滅性的反攻。這遊戲也沒多難。只要掌握幾個祕密竅門，你肯定是打遍天下無敵手。

這裡沒有所謂的「以卵擊石」，即便你指揮的是弱旅，也可以擊敗巴塞羅那。看準時機鏟球，見縫傳球，禁區外四十五度射門這三個技巧幾乎可以是遊戲獲勝的全部。雖然以上技術看似深奧，但相信我真的沒那麼難，真的。

這遊戲在當時曾掀起一陣旋風。二零零四年，新居入伙剛滿一年，第一次擁有了自己的電腦。我沒閒著，不斷嚷著要找電子遊戲來玩。我舅舅是個經營電腦業的人士，在我的懇求下便找來了幾款遊戲應酬我。我還清楚記得爸爸的第一反應：「哇，現在的電腦畫質好逼真，Ah Boy肯定不要讀書了咯。」他預言成真，只是，爸爸也是其中一個一直與我爭電腦玩這款遊戲的人。

許久沒接觸時下最新的網絡遊戲，我依然覺得這遊戲的畫質相當不錯，只有觀眾席裡歡呼的觀眾顯得太假。我回想起我是如此地喜歡足球運動。遊戲裡的綠茵托起的是我的童年。小學時，我在每個午後約了一群朋友逃學，跑到一條大馬路以外的草場上踢球。以兩雙鞋子當龍門，比賽就此開踢。有次校長的車子行駛而過，有人開始慌張，有人卻泰然自若地向校長打招呼。校長不以為意，竟還真的向我們微笑招手，太荒謬了！

只要國際大賽或歐冠英超決賽在即，這款《FIFA 2004》便成了預測賽果的水晶球。我還會將遊戲中的得分記錄下來，以作紀念。曾經的最高紀錄，我以8比1狂勝敵隊。最後，電腦因為「操勞過度」，開始變得龜速，不再支持電腦遊戲。我感到慶幸我因此戒掉了電腦遊戲。從此，我真的和所有遊戲絕緣。認識我的人都說我從不玩電腦遊戲。但是誰會知道我也有那段癡迷於遊

戲的日子？

　　沈重的，始終還是時光……

　　成長後，不再輕狂。敢於暴雨前夕將球踢入雲端的霸氣蕩然無存，曾經為心愛的球隊做剪報的心思也消逝無蹤。二零零四年，C羅納爾多還只是曼聯的替補小將。二零零四年，阿仙納的球場規模非常小。二零零四年，萬人迷David Beckham還沒退休。二零零四年，利物浦的球衣由啤酒公司Carlsberg贊助……

　　捧著十一年前的遊戲，我感受到的是光陰的重量。誰還記得諾基亞曾經稱霸手機市場？誰會預想到港劇的逐漸沒落？有一天iPhone熱潮會成為追憶。有一天《小蘋果》會成為經典老歌。有一天韓系時裝會被訕笑為老土。等到那天到來，我們該思念怎樣的過去，預言怎樣的未來？時間和流行是永不回頭的單行道，沒有U轉，只有前進；沒有停留，只有淡忘。

　　遊戲結束。我關上電腦，關上屬於我的二零零四……

城市生態遊

　　我站在三十九樓公寓客廳的落地窗前，享受當一次家財萬貫的富賈或者生活極其奢靡的達官貴人，居高臨下，以倨傲的目光俯視蒼生。高處不勝寒的不安卻也極其真實，深恐落地窗會因不堅實而隨時把我的小命陪葬在這座城市的深淵之中。

　　這就是城市給人的矛盾。我喜歡城市，但未必喜歡其生活。城市，尤其是吉隆坡給我的意義，就只是和家人度假的勝地。他們給我的保護傘抵禦了這座城的酸雨。即使升學，政府也總愛把我派到發展較為緩慢的地方。因此，城市生活的苦與甜，我始終未曾品嘗。

　　曾在電臺聽過學者說：「好的城市應該讓市民可以徒步走到任何目的地」。今日的吉隆坡已經朝這個方向進步。有蓋的天橋鏈接從酒店到任何購物廣場和車站的路段。行走其中，我總愛想像這座城市是一座原始森林，高聳入雲的樓是山頭，而這座天橋就是新建的吊橋，縱橫在城市復雜的地貌，使探險家的工作更加順利，可以輕鬆越過腳下湍急的車流。

　　適逢世界盃，柏威年廣場外的酒吧街掛滿了異國的旗幟和啤酒廣告。今晚澳大利亞對壘法國，酒吧傳來一陣又一陣的歡叫聲。人們坐在高腳椅上喝啤酒，所有人的目光都集中在酒吧裡的大熒幕。金髮碧眼的洋漢和洋妞表現得略為激動。在千裡之外的異鄉看著本土球隊在另一個異土征戰會是何種感受？誰是澳大利亞人？誰又是法國人？

　　我們在亞羅街吃晚飯。故地重遊，這裡的外勞有了量的增加。我記得小時候沿著這條街走下去，每間店的店員都會站在門口拉客，有者更是直接問你幾個人用餐，默認你的光顧。而今，在門市用中文吆喝「來啊來啊，泰國餐」，「龍蝦便宜啊好吃啊」的卻已是膚色黝黑的孟加拉（尼泊爾？巴基斯坦？）外勞。有的餐廳為了表示透明化，把廚房安置在店面的前方，任遊客在玻璃窗前拍照和欣賞烹飪過程。玻璃窗裡的外勞，把在陌生的城市奮鬥的生活，活成了一種表演。

　　亞羅街唯一不變的還是那人頭攢動的擁擠。孤獨的城人可以走在人群中，和來自世界各地，不同顏色，不同大小的眼睛作曖昧的交接。然而我卻從未聽說這是城市人排遣寂寞的方法之一。茫茫人海中總會找到一個知音更是城市人鄙視的說法。偶爾闖入的車子把人潮一分為二，上一秒看到的美女下一秒即成過眼雲煙。

　　我走到亞羅街之後的另一條街，補給在亞羅街限量發行的氧氣。這裡的人流明顯沒那麼多。一條街下走下去，有拿著吉他賣藝的洋人，用歌聲溫柔了周圍的建築。此街有替人畫肖像的，有替人紋身的，有賣工藝品的，我稱之為「文藝街」。但一街之隔，這裡的路面卻坑坑窪窪，水溝傳來惡臭，行人更得步步為營，以免踢到寄宿在騎樓下的乞丐和瘋漢。民以食為天；藝術總是乏人問津。

　　不知覺間我走到了武吉免登的黃金地帶。在角頭間的麥當勞打包夜宵時，我為店員的手語交流和雞同鴨講的能力而稱服。保存了收據，在紙背記錄沿路的觀察，我繼續當我的行者，嘗試清醒著，加入夢遊者的行列中。這裡陰陽失調，昏曉失序，不同的氣味挑撥我的嗅覺神經，路邊的小販拿著泡泡槍，釋放無數顆短暫的絢麗。城市的聲波光影濃縮其中，浮沉，而後破滅。

折返公寓的路上，等著紅綠燈放行的我遙望對街的柏威年廣場如一艘來自外星的巨型正方飛船，吞吐著絡繹的人潮，為許多虛榮的靈魂提供庇護。紅燈轉青，行人準備踏上斑馬線之際，一輛白色的藍寶堅尼魯莽地左右超車，轟隆的引擎聲宣示自己是這條大馬路的王者，路人不過是卑微的庶民，需要定期向他進貢仰慕的眼神。

　　剛剛路過的酒吧街入夜後繼續洶湧著人潮。下一場球賽還未進行，身穿緊身衣的壯漢們用他們的笑聲下酒；隔壁咖啡座穿著高跟鞋，袒胸露背的黑髮美女提著咖啡杯嫵媚地自拍；有情侶摟摟抱抱地離開座位，桌上的空瓶子東歪西倒。

　　每個人都有自己的方向，我和陌生的人群擦肩而過。「人生如蟻」寫的都是我們這些不知名的人物，「美如神」形容的只是巨型廣告牌上，左手托著腮，替白皙手腕上的名表代言的模特。城人偶爾抬頭崇拜，然後繼續低頭當金字塔底端的子民，繼續耕耘自己的生活。

　　回到三十九樓的公寓，那晚繁華的夜景伴我入眠。午夜，驟雨卻一勺一勺地自天堂潑在我的窗，把夢吵醒。點滴霖霪，玻璃窗的水珠倒映整座城市的光芒——易碎而虛幻，我想起街角吹起的七色泡泡球。

那年的陽光特別燦爛

　　你在面子書邀請我加入新民國中某些學生剛剛成立的告白專頁（Confession Page）。幾乎每所大學都會有人設立這種類似的專頁，只是沒想到新民也會有學生跟上這股潮流。青少年的跟風態度難道不是我們那年代就開始有了嗎？

　　看著專頁裡醒目的，白藍色相間的校徽，我想起我們是如何在每個周會的時候，高亢地用我們正發育的嗓音，用力把「止於至善作新民」最後的高音部分拉上去，一切仿佛拉牛上樹般不自然及尷尬，但反正也沒人會注意到，因為我們周遭的人唱得也好不到哪裡去。一時說不上來，我們是何時開始不再隨著國歌或校歌的伴奏而引吭高歌……

　　你說我有必要在專頁裡寫一些東西，畢竟你也太久沒看到我所寫的文章，我相信你更多的是想讀到那些屬於我們一班同學相處的閃亮記憶，那些告白失敗或者是被老師懲處什麼的。沒想到，我們的默契就是那麼難以言喻，我看到這個專頁時，第一個反應，也果真是想寫寫東西，提醒學弟學妹們珍惜這段青蔥的歲月。

　　我記得某位作家說過：「我寫的東西，多數都圍繞在故鄉和十八歲之前的歲月」。沒錯，故鄉和青春永遠都是那麼令人嚮往。過了這個村，錯過那間店。也因錯過，也因遺憾，所以才令我們心馳神往，很想讓時針反方向進行。

　　溪水急著要流向海洋，浪潮卻渴望重回土地。

那年的陽光特別燦爛。我們當時只是初中一的學生。每個十一點三十分，剛把午飯吃飽的我，都會坐在外婆家的停車坪上，倒數我上學的紅色靈鹿轎車幾時會到家門口。「五——四——三——」我和我的表弟如是地倒數著。沒想到，我們倒數的豈止是這種幾分鐘的事情。日復一日的倒數，我就這樣進入高中並畢業升了。當下，我不禁懷想，窗外的時間究竟以什麼速度崩壞離析，下次你讀到這段文字時，我們究竟會在哪裡？

　　我的記憶宮殿外長著一顆開滿黃花的樹。每個不下雨的時日（這裡不稱夏天），樹上的花自由自在地開落。樹下鋪滿的就是那些不願在風中與陽光嬉戲而各自零落的小黃花。每一陣風都是有顏色的，每當穿著藍衣白裙的女孩子步這裡而過，我相信你也和我一樣，多希望那人就是心裡的她。

　　那是一個見著喜歡的對象時，雙頰就會漾起紅暈的幼稚時期。我們多想在某個轉角處就能遇見自己心裡的她，最好和她迎面相遇時她會報以最美的微笑，就像每個中午的烈陽般。但有時卻因為自卑而故意繞過某些樓梯口。日子陷入這種反復的糾結當中……

　　我相信我說到這裡，你我心裡都在放映著屬於自己珍藏許久，從未說出來的畫面。現在的她變得如何了，我們心裡大概連個素描都沒有，畢竟社交網站的照片永遠不可能比當時的偶遇來得深刻。但我從來不怕會將這些美好遺忘，因為那棵開滿黃花的樹雖然因前幾年的暴風雨轟然倒下，但至今它不也是依然盛放在我的記憶宮殿的草坪上嗎？

　　每次在學校等候上午班放學時，我們不會乖乖坐在涼亭無所事事，而且呆在這裡的不都是那些想要抄功課的人嗎？你我都不是這種人，所以很有共識的，已成了不成文規定的，我們一定會

在校園繞一圈。新民本來就是間小學校，沒多少功夫，我們已經把生活技能室，食堂，販賣部，科學室，籃球場等地逛完。

　　偶爾為了躲避那酷熱的陽光，我們也會去圖書館避暑，但一本書也沒讀上，又是一次匆匆的旅途，我們離開了圖書館。幸虧這時候的圖書館特別忙碌，否則站在門口的管理員肯定對著我們翻白眼。

　　白襯衫因吸滿汗水而黏附在燙熱的背上，這是一種難受的體驗。正午時分的涼棚有如一間折磨學生的桑拿室。我由衷佩服那些違抗校規，趁這個時候在草場踢起球的朋友們。他們不怕中暑嗎？他們等下能專心上課嗎？為了一時之快等下落得被處分又是何苦呢？現在想起來，他們當時自有答案，一切交給熱血去回答，我又何必替他們多想。

　　我說我會把這些中學軼事寫成一個系列，你不信嗎？好的，那我們走著瞧。老友，用文字走回那一段路，走入那年最燦爛的陽光，你參與嗎？

雨夜車行

　　我的一生究竟會有多少詩文獻給雨天？明明已經答應自己不寫那種近乎在文藝圈泛濫的關於雨天的散文隨筆，然而每次最能在我心湖裡激蕩起無數個疊紋的，總是那一場場的熱帶雨。我想，原因其一是因為馬來西亞人真的只能從晴雨的接替中找到大自然給予人生軌跡變幻的線索。四季的輪替離我們有些遙遠，哪怕我們可以去北海道看雪，或到西湖賞春，那些體驗都會因為是遊客而變得淺薄。

　　今晚離我回去大學的日子還有一個月整，但我總覺得一個月的光辰彈指即逝，根本不足。原以為今晚會是個一如往常的假期之夜，可以繼續窩在沙發上，什麼也不做，就只是凝望著時鐘即可（小時總認為這樣做時間會停止）。可是爸爸見我無所事事，邀我陪他到他友人的家去交些東西。我索性答應了，反正雨天兜風也算樂事。

　　由於近來拜讀冰心的小說與散文，一路上不停想起文中描寫的那年代的見面禮。雖則無非是鞠躬，問候等這些我以前在中小學時已被教會的「機械式」禮儀動作，但總覺得那年代的長幼倫理還是維持得挺好的，彼此的客氣應該都是出自真心。再一個轉彎，爸爸道：「前面的洋房就是叔叔的家」。

　　天黑路滑。那位叔叔沒要我們入屋，他和我招招手，我也沒有完成冰心小說的中式模範招呼。爸爸隔著籬笆將東西交給那位我常常只聞其名未見其人的「叔叔」。兩人順道談起這幾天處

於雨季，明天或無法完成「檳城環島自行車賽」的種種顧慮，包括泥石流，雨水會侵蝕自行車，水淹公路等。我的眼沒有目標地四處張望。車內的冷氣為車窗隔起了一層薄紗，我看見叔叔家裡由內往外長的淩亂枝椏被壓得低低的，我將之和我的離愁別緒比擬，卻不覺一點牽強。

時間在爸爸關上車門，將車開動後，重新啟動。這時播放的是Robynn&Kendy兩位女歌手以A cappella形式翻唱的梅艷芳的《似水流年》，她溫甜的嗓音本身已經為時光的變易添上了主觀看法──無非喜樂參半，來去匆匆。爸爸低八度地合著，所幸沒有破壞這調，這一刻真的自然最好。

這首之後，是李健的《似水流年》。這兩首同名歌曲應該是某天爸爸心生懷舊感而同時下載的。我曾邊聽著李健的這首《似水流年》得獲小詩《The Artist is Present》之靈感，當時正值雨後的天氣。也許，只有在這種秋涼的爽快，借著音樂的穿針引線，我們才能有緣真正接近時間，和她耐心握手對話。

回程是我中學上下課的路，夜裡的昏暗雖然模糊了熟悉的畫面，卻留下更多可以填上想像和追憶的空間。交叉路的環島矗立著高高的街燈，四盞燈泡各占東南西北四角，宛若外太空訪客的飛行物。我們進入十二點鐘方向的路口，左邊是伊布拉欣中學漆黑一片的操場。再下一點，是修道院中學和其肅穆的教堂，十字架明亮著藍色的希望。這條大馬路，每到高峰期便會堵在一起，亂作一團。我和爸爸此時卻如入無人之境。

有一間從住家改建而來，裝潢西化的咖啡館在車的右側，贏得了我和爸爸的注目，使得爸爸慢下車速。名字取為「KAMI」，業主或為巫裔。咖啡館的前廳無蓋，掛著四五串黃燈泡，隨著冷風左右飄搖。黃色的光漾在濕濡的壁畫中。此情此

景，或可以成為某部青春偶像劇告白或者分手的設定。

　　時間並不會那麼友善，她讓我記起大步大步走來戲謔我的離別。現在我和爸爸的距離隔著一個手拉摯，媽媽在家中的客廳等我們，雖則今天她剛和爸爸鬥嘴。一個月後，我又只能借著手機裡閉路電視的應用程式，在宿舍裡「偷窺」他們，也許隔著這樣的雨天，雨天將我們無限拉遠……

温任平

沈從文的沉潛書寫

　　一九三一年正月沈從文來廣州找胡也蘋與丁玲，這樣做其實相當危險，胡與丁都是大左派。胡也蘋參加東方旅社的祕密會議，他不讓太太丁玲去卻邀我同行，事有蹊蹺，我沒有應約反而走訪新紥伶人薛覺先。我對文學與戲劇的興趣一樣大，我留意到粵劇從京劇吸收營養，力圖創新改變。一切註定，我對粵劇的興趣救了我的命。

　　胡也蘋與魯迅的得意門生柔石，當天開會，即被國民黨特務所捕，沈從文攜著我找邵洵美想辦法。茲事體大，關說無門，胡與柔石數日後即被蔣命令槍斃。

　　沈從文只好帶著同是湖南人的丁玲逃跑。我一路跟隨，斟茶遞水。我不敢正視丁玲，她的眼睛紅腫，透出來一絲幽光仿似來自地獄，令人不寒而慄。她一邊逃難一邊寫她的長篇小說。報仇心切，她相信文字的力量。

　　沈從文也不同意丁玲的激烈。沈對當時爛到透的政權，也很不滿，但他是藝術家，懂得沉潛，懂得昇華，懂得寓意。我對沈的美學，略有所知，因為沈肯教我。他問我想學什麼，我說想學寫詩與散文，問他有無祕訣可循，沈從文笑曰：

> 「真正能詩的人還沒出現。這個時代，唉呀，戴望舒沒機
> 會發展……。至於散文，你大可輕鬆，放任，你的名字
> 不是叫任平嗎？跟著你的名字的tempo走，不會錯到那裡

去。」

後來沈從文把他年少與當兵目睹的殺頭事件，一件件用年輕的雙眸記錄下來，仔細得令人毛骨悚然。他的中篇小說〈我的教育〉有二十三節，過半寫的都是殺頭的情景，沈自己還踢過死人的頭顱，踢到腳都痛了。沈的筆調隱匿，他的情緒節制並非來自古典主義，而是對「天地不仁，以萬物為芻狗」的認知。沈老終於讓我走出了張揚的〈散髮飄揚在風中〉的悲憤敘事；兩年後，我寫出了微言大義的〈會館〉。我從沈老那兒學到了沉潛隱藏的寫作策略。

夏宇在上海Sasha's酒吧

讀夏宇的詩集《Salsa》，不知怎地，總會聯想到上海的著名酒吧Sasha's。兩個音色相近，幾乎同樣曖昧難解的字，啟動了我要引領讀者走一段路的衝動。

要尋訪酒吧Sasha's，最好能在夜幕低垂出發，從上海衡山路側邊東平路起點往前走。你先看到寬敞的席家花園，這是前中央銀行行長席德懋的寓所。再往前走，你很快就看到「豪士」德國酒吧的門廊，酒吧門口掛著自助餐的價格。再漫步向前，一家泰國餐館在你眼簾出現，圓形的門，往裡頭窺望，你會看到一圈光暈照著前廳置放的佛像，佛像後面有什麼東西得靠自己去想像。

然後一家新疆餐廳出現，餐館的名字怪怪的，叫Ali YY，賣的是回族愛吃的各種食品。再往前走便是東平路九號的Sasha's，這是一間英國式酒吧。站在九號的Sasha's回頭看一號的席家花園，距離不遠，卻仿似隔世，你感覺自己仿似走進一個陌生國度，「不要踏出去，一步即成鄉愁」，你沒來由地想起鄭愁予的詩。

Sasha's是酒吧？咖啡館？還是餐廳？你無法確知。也許三者都是。Sasha's庭院寥落，但這是假相。推開中門，裡頭市集似的熱鬧異常。吧枱圍坐著客人，華洋混雜，講一口流利美國腔英語的上海人（中國人？）比比皆是。酒吧裡多的是愛不停喝酒和不斷講話的人。如果你認為這兒像早年Bloomsbury Circle的名士才女會聚，暢談理想抱負，為大英帝國攜來一場文藝復興的效應，

你是會錯意了。這兒只有躲避孤獨，企圖在人群中忘掉寂寞的人。有人目光灼灼，眼神如鷹隼，他們要獵取的恐怕是奇遇或艷遇而非甚麼學術心得。

據說Sasha's隔鄰是蔣介石與宋美齡居住過的愛廬，有人更言之鑿鑿告訴你Sasha's這棟英國式洋樓，是三十年代孔祥熙與宋藹齡的別墅，究竟這是傳聞、錯覺還是虛構出來的故事，無從查證。Sasha's不是一個單純的活動空間，更不是供仕人議論重大社經課題，哈伯瑪斯筆下的「公共空間」（public sphere）。用陳丹燕的話：「窮而先鋒的人們給這裡帶來的是頹廢的浪漫。」先鋒指的大概是搞先鋒文學那群人吧。

如果你覺得Sasha's的內部裝潢並不怎麼協調，那就對了，不協調或者混血性（hybridity）正是它的風格與魅力所在。吧臺上面懸著大紅燈籠，十分中國式，吧臺的玻璃置放種類繁多的洋酒。Cappucino一杯人民幣三十九元，端到桌上，你輕輕啜著，對著仿古煤油燈盞，裡頭燃燒著蠟燭，昏黃的燈暈下最容易產生愛因斯坦的光學幻象。坐在角落那些幢幢的身影，可能有田漢、穆時英、葉靈鳳、張資平、林徽因還有尚未南徙的郁達夫。

你甚至會聯想到施蟄存、劉海鷗等一干新感覺派筆下的小說人物，以及這些作家和他們創造的角色構成的知識譜系與「共同體」（Community）。一個國字臉，留八字鬚的中年漢子向你走近，光影搖晃，剎那間你還以為魯迅的本尊顯形現身。是我的錯，我沒提醒你魯迅寫過文章罵文人泡咖啡館是浪費時間，可魯迅本人也喝咖啡，正如他嚴斥線裝書是陳年舊物，自己卻一直在啃線裝書一樣。

如果你是搞文化研究的，你會發覺不僅Sasha's，其他名吧像O'Malley's Pub、Cafe 1931's、Mandy's、Backdrop、凱文、時光

倒流……它們都是好題材，你可以從中探索到現實上海與虛擬上海的微妙處，這些酒吧的異國情調最能魘足人們的好奇、想像與欲望。衡山路的Le Garçon Chinois，僅僅吧名已透著濃鬱的法國韻緻與中國風情，噢，Chinois離開Chinoserie咫尺之間。

泡酒吧追求某種時尚品味其實很累，追求時尚的過程，是追求自創的詞彙或語碼的過程。Latte是咖啡加奶，Mocha是咖啡加朱古力，看起來比較濃稠，美式咖啡是Americano，咖啡加焦糖有一個嚇死人的、長長的名字Caramel Macciato。

如果你要走在時尚的前面成為先鋒或Avant Garde，向侍應要杯礦泉水吧（請勿比較吧裡的與超級市場價格的巨差），他會畢恭畢敬地倒給你一杯加了數塊冰粒，杯盞邊緣還頂著一片薄薄的檸檬的礦泉水。僅憑你在這麼烏煙瘴氣的環境底下，仍能避開咖啡和酒，喝無味的礦泉水保健，這舉措本身就值得侍應以及周邊的顧客對你另眼相看了。

如果你問我夏宇的Salsa和上海的Sasha's有什麼關係？對不起，他們一點關係也沒有。我只是無厘頭地把這兩個音色相近的詞彙縮接在一起。夏宇曾經寫過一首關於蒙馬特（Montmarte）的詩。對像你這樣的一個漫遊者（flâneur），最後九行應該很有意思：

> 我跑著經過那個廣場和街道。
>
> 被雨打濕了套頭毛衣。
>
> 先我過了馬路的男人回頭看我。
>
> 對我說一句話。
>
> 為了再聽一遍。
>
> 我隨他走進一間打鑰匙和做鞋底的店。

我問他您剛才說什麼。

他重複。

知道重複可以讓我幸福。

2004年11月7日

男人的酒窩：領帶文化

　　男性西裝可謂簡便，一件襯衫外面套上一襲大衣，再配上長褲便差不多了，當然這種穿著比較悠閒。大衣襯衫再襯以領帶，那就端莊、嚴肅、好看多了。

　　西裝真是人類能想到的男性最佳服飾之一，穿大衣使胖的人看起來不那麼胖，連肚腩都能隱藏；瘦的人把大衣紐扣打開，像多了鳥的翅膀，飄逸自在，大家也就沒留意到大衣內側的排骨了。但大衣不是本文的主題，本文的主題是「男人的酒窩」——領結，以及圍繞著這酒窩的領帶文化。

　　男性穿的白色或淺色襯衫，外面套上大衣，無論如何都花俏不起來，要花俏得在領帶的顏色、圖案、花紋、布料下工夫。男人在莊重的服飾上可以名正言順地掛上一條色彩鮮豔的長條絲綢，真是一項偉大的美學發明。男性服飾除了豪邁粗獷風格的牛仔外套不談，要莊重得體仍得用「合理化」（rationalise）的方式，借助女性的俏麗繽紛。長袖峇迪上衣，多姿多彩，圖案大膽新款，充滿抽象美，是絲綢領帶的身體版圖的擴展。

　　我從電視節目上觀察男仕們打的領帶，發覺政治人物像美國的小布希、俄國的普汀都談不上特別（普汀好些），主要的問題出在領結打得不夠技巧。按理來說，這些大人物在鏡頭前應該有人事先替他們裝身，不知為甚麼就是忽略了領結的狀態。夠不夠凸，側看即知。領結的下面壓出來的槽不夠深，領帶自然凸不起來。這個凹槽形成的底下架構使領結有立體感，這就是所謂「男

人的酒窩」，這個比喻倒不是我發明的，而是在北京人民大學講授《外交學》、《禮儀學》的金正昆倡言的。

領結能浮凸有勢，綁領帶的人技巧必須夠高明、熟練，領帶的布料質地要上乘，缺一不可。普通的尼龍或棉布領帶，縱使技巧高，硬硬把領結凸襯上去，不用一兩個小時它會自動扁塌回去，只有真絲綢才能同時具備柔軟度與韌性把槽坑鎖定，把領結撐起，只要你不用手指去按捺它，這領結可以天長地久地凸起來。這些細節看似不重要，但它傳遞的訊息有二：一這是時尚（別人不喜歡時尚是別人的自由）；二是當事人打的是布質上等／高級的領帶，這間接反映了當事人的經濟能力與社會地位。

鳳凰衛視《時事評論》節目大概以石齊平的言論最有份量，他的領結稍大了些，所幸他的軀幹碩壯，缺點不易看得出來。時事評論員當中以邱震海最弱，他分析的東西都是你我都懂的老套，但他打領帶倒有幾分真工夫。主持人鄭浩領結打得小而拘謹，領帶的色彩選擇與大衣不襯。新聞廣播員姜聲揚，才三十多歲，是男人最愛美的年齡，但他的領結下端經常皺摺，太粗心大意了。最搞笑的是蔡瀾打的領帶，七彩斑爛，仿似打翻了顏色盆。蔡瀾的領帶與他的食相一樣難看。

粵語連續劇《刑事情報科》中的人物王喜、林保怡這些少壯派，領結打得夠挺，一方面展示男人的酒渦又帶點Bobo的隨意。Bobo是Bohemin（波西米亞）與Bourgeois（布爾喬亞）的合成詞。站在舞臺上的節目主持人通常只有一個Bo，有布爾喬亞的小資格調，卻缺乏波西米亞的飄逸。男模特兒把領帶吊在頸上，領結鬆懸，有波西米亞人的Bo，卻沒有布爾喬亞的「成功人士」的表徵。

赴北京之前與返馬之後，一直追看香港連續劇《天幕底下的

戀情》，我看的不是劇情，而是鄭嘉穎每次出場打的領帶。他的領結打得好看，挺得要蹦出來，沒有皺摺，他用絲綢的亮面鮮紫色，令我內心震動。他掛上蘋果綠的領帶，領結與領結下端如拱橋般弧形凸起，我明白片集的製作人在搞文化顛覆。我們都是在學院泡過的人，凡是初入學的新生都得戴蘋果綠的領帶以示你只是個freshie，而新生得面對師兄們「合理」的戲弄與折磨。但鄭嘉穎在劇中屢次以蘋果綠領帶出場，昂首闊步，把年輕人的青春活力散發出去，這是「新感性」（new sensibility），電視文化為蘋果綠領帶的意涵重新編碼。

　　領帶是身分品味的象徵，近來流行輕淡色，質地閃爍生輝，在頸下形成一簇亮色。領花太莊重了，除非出席盛宴，否則沒有必要把自己打扮成另一個曾蔭權。千萬不要用領帶夾，只有稅務、軍警、航空員工才用得上領帶、領帶夾那樣的配套。領帶一旦制服化便成了工作服，還是讓領帶搖曳生姿較為浪漫。有人把領結凸露視作男人隆胸或陽具能舉的暗喻，那是文化「誤讀」（mis-reading）或「逾讀」（over-reading），女性欣賞領帶的精緻美不會出現性衝動，有關各造大可放心。

2007年12月30日

牛仔褲的文化悖論

　　我第一次買牛仔褲是在七年前，那時F2K恐慌瀰漫全球。同一年我托老友傅興漢往北京的「瑞蚨祥」百年老店買下一襲棕色長袍，這兩件事幾乎是在同一個時段內進行，我內心的文化碰撞可謂激烈，我想在潛意識裡希望同時擁有或把握東西方兩種文化。服飾不僅是器用，也有象徵的意義。

　　據說，第一條牛仔褲出現於十九世紀的歐洲，這不重要，重要的是美國把這種藍領工作服，在二十世紀下半葉變成不分階級、年齡、宗教、種族的時尚。牛仔褲耐用，不怕皺摺。不易損破，只需「低度保養」（low maintenance），我有個朋友告訴我牛仔褲還耐髒，他穿的深藍色牛仔褲每半年才洗一次。十二月我人在北京，冬寒料峭，一般西褲原來透風，只有牛仔褲才能禦寒。我在中國人民大學的《國際儒學論壇》上碰到的資深教授，當中有五分之一的人也與我一樣，上身套著厚厚的大衣，頸項纏著圍巾，底下穿的是結結實實的牛仔褲。如果有人以為穿牛仔褲教育水準偏低，那肯定是一種誤讀。

　　香港娛樂界很早就看出牛仔褲的踰界動能，一些藝員在TVB臺慶上身穿畢挺的大衣，下身襯以不羈的牛仔褲，既雅又俗，把鄉村與城市因素綰結在一起。是曾志偉還是譚詠麟率先示範？這並不重要，重要的是粗布工作服由於它的「自然性」（naturalness），它把差異性減到最少，不僅適於勞動階層，也適用於都市優皮。它的「非正式性」（informality）凸顯了它的

「中性」，男女老少咸宜，而且穿來從容自在。如果我們說牛仔褲是美國的重要日常服裝，也是美國對國際時裝行業的唯一貢獻，雖不中亦不遠。

　　在歐美，一個年屆中年、白髮侵鬢的公司主管，週一到週六上班穿著入時的西裝，星期天卻穿T恤牛仔褲在庭院草坪割草，這裝扮傳遞出肉體勞動的尊嚴，使這位CEO級的人物受到鄰居的刮目相看。這種價值觀已在亞洲許多發展中國家流行起來，牛仔褲的生成，其衍義可以擴展到其他國家與群體去。與美國西部有關的意義群，如自由、粗獷、勤勞、自然，就在牛仔褲的載體裡。

　　當然，牛仔褲這文化象徵，可以被顛覆，故意損毀、撕破、漂白，或浸在化學藥水裡讓它皺摺、斑駁，但這種顛覆式的對抗極易被廠商利用，即把毀損變形的牛仔褲宣傳成時尚，讓「敵人」成為「朋友」，同時擴充了牛仔褲的文化旨趣。牛仔褲在正常的情形下要穿至破損、褪色、殘爛，非二十載不為功，因此大家都瞭解眼前晃晃擺擺穿著破舊牛仔褲的年輕人，並非由於貧窮才穿這種爛褲，真正貧窮的人不會以衣衫襤褸為時髦，牛仔褲雜染，不規則漂白，乃故意為之的「搞破」。

　　這種文化對抗，面對老謀深算的時裝業者先是「遏制」（containment），後來索性「收編」（incorporated）。廠商自己製造加工褪色的有洞牛仔褲，把抵抗符號收編到時尚的宰制體系裡。Macy's甚至在廣告文宣裡強調「破得恰到好處」的輕鬆自在，CK將舊褲與「舊愛」（old favor）聯繫在一起，以物質商品縮接時間與感情，把群體的服裝抗爭馴服在流行的消費主義裡。

　　牛仔褲曾在八十年代往上發展，褲頭跨踰了肚臍直逼胸臆，近期牛仔褲往下溜，溜到只靠兩側盤骨支持，露出肉麻（性感？）的股溝。時尚潮流能讓仕女們露出隱私處，而且有

那麼多人趨之若鶩，因為時尚一族追求新奇另類，不自覺被「合模機制」（mechanics of conformity）所牽引，渴望自己穿著與眾不同，成為「自己」，卻反而穿著其他人相同的服裝，這是文化悖論的具體事例之一。類似的悖背現象，在服飾方面可謂不勝枚舉。

這種埋藏於深層意識結構的悖論出現在我身上的最尖銳例證是，在我購得徐志摩式的長袍的同時，我在吉隆坡的購物中心男裝部一口氣買下了米色、淺藍、深藍三條牛仔褲。在我的文學評論與文化研究裡，摘引中西典故，表面上看似左右逢源，可我經常面對的文化煎熬是：為甚麼自己的論述要抑賴那麼多的西方術語？是中國學術的內部匱乏使筆者不得不求助於外援？還是歐美學術強勢使我不知不覺「西瓜偎大邊」，依附到西方的話語霸權去？國內還有不少搞批評理論的人，甚至對自己這種傾向性，以及這種傾向性的促成因素毫無自覺，沾沾自喜呢。

不要自責了，讓我們還是回到牛仔褲這個未完的議題去。牛仔褲男女皆宜，男女穿起來都從容灑脫；牛仔褲甚至適於六歲以上的孩童穿著，這些六歲便開始穿牛仔褲的孩子，恐怕一輩子都離不開牛仔褲這種剛健（ruggedness）與活力的基本服飾。

馬庫斯（Herbert Marcuse）曾經指出大眾文化是另一種父權，在這兒牛仔褲是大眾文化的媒介，它直接影響抑且控制「初生的自我」（nascent ego），滲入兒童的心理意識深層，在行為習慣方面表現出來。我一直不知道牛仔褲的文化滲透力與美學感染力，一直到七年前我第一次穿牛仔褲，之後，我便發覺牛仔褲是我週末與出門遠行的隨身之物：牛仔褲已成了我肉身外延的重要部分。

2008年01月27日

謝川成

跨學科研究：我的嘗試

　　我的專業是文學。本科主修中英美文學，碩士論文研究余光中的詩，博士論文則從傳播學的角度窺探馬華現代主義文學的發展與傳播。

　　我於二零零一年五月二日開始任職於馬來亞大學馬來西亞語言暨應用語言學系。這個學系開辦中文和淡米爾文語言學學士課程，也開設馬來語和伊班語選修課程。我報到之後所教的課程計有語文技能五、語文技能六、漢語詞法學、漢語句法學、漢語語篇學以及漢語發展史。除了在語文技能課程中教導一些古典和現代的篇章以外，其他各科都與文學沾不上邊。

　　二零零三年，我應邀參加了新加坡國立大學中文系主辦的《當代文學與人文生態》國際研討會。我提呈的論文是《對話與對質：〈大馬詩選〉／〈赤道形聲〉量詞的比較研究》。文章以比較研究的方法，並從統計學的角度出發，再以數字、圖表為手段，研究兩個年代馬華現代詩的語言事實，從中歸納量詞使用的共時現狀及歷時變化，並做出相關的結論。這篇研討會論文是我從語言學的角度研究文學作品的肇始。還記得在研討會提呈報告時，《赤道形聲：馬華文學讀本1》的主編陳大為與我同臺報告。報告完畢之後，一位臺灣文學教授針對我的研究提出了自己的看法。他不明白我為什麼要進行這項研究，因為對馬華現代詩研究沒有什麼實質的貢獻。我則不以為然，因為我結合了語言學與文學，開啟了跨學科的研究，乃文學研究的新方向，後來從傳

播學的角度探討馬華現代文學，方法亦如是。

　　二零零四年，馬來西亞華文作家協會異地主辦馬華文學國際學術研討會，地點是中國山東大學。當時，我受邀代表作協發表論文，所提呈的論文是《那一方褐紅的古印——論溫任平散文〈暗香〉的主題與語言策略》，從語言學的角度分析現代散文。我發現，《暗香》中的中國性是通過幾種語言策略暗示出來的。這些策略包括了四字格詞語、文化詞語、典故詞語等等。在分析四字格詞語使用時，我還分析了這些詞語的結構形式。《暗香》其中一段竟然用了二十多個四字格詞語，數量之多難以置信，可見作者之匠心獨運。

　　在提呈報告時，我還朗誦了這一段文字，希望通過聲音與情感凸顯四字格詞語運用的效果。後來我把這篇文章電郵給臺灣學者竺家寧教授，請他不吝點評。他的回覆是，能夠從語言學的角度分析現代散文到如此詳細，可謂不易。他也欣慰地說，很高興馬來西亞有知音。他曾經在古典文學研討會上，從語言風格學的角度分析了杜甫的《秋興八首》，當時可謂一新與會者的耳目。我這篇探討《暗香》的論文獲得大陸文學雜誌《華文文學》主編的青睞，發表在該雜誌二零零五年的第四期。

　　我的跨學科研究並未止於《暗香》。兩年後即二零零六年，我申請到中國人民大學進行學術假期研究。在北京四個月期間，我撰寫了《凝固的歷史--〈論語〉成語類四字組合研究》，探討的是《論語》這部儒家經典中的成語類四字組合的構造方式及詞義之演變。這篇文章收錄在《洪天賜教授七秩華誕紀念論文集》，由許文榮和我主編，馬來亞大學中文系畢業生協會出版。

　　同一年，馬來西亞語言暨應用語言學系主辦《敲開語言的窗口---多樣性、變異性和規範性》國際學術研討會，我是籌委會

主席。雖然忙於籌備工作，我還是完成了《揭開文化瑰寶的模糊面紗——〈論語〉道字研究》一文。「道」這個字在《論語》出現八十次，有時是動詞，有時是名詞，意義多元。研究發現，在《論語》中，「道」是個多義詞。

從語言學的角度研究文學是個新的嘗試。竺家寧曾出版《語言風格與文學韻律》，是文學與語言學跨學科研究的重要里程碑。大陸李榮啟出版了《文學語言學》，也是語言學與文學結合的重要著作。我的博士論文開始時研究《論語》的詞彙，後來改為馬華現代主義文學的傳播，1959—1989，則是跨學科研究的另一個嘗試。

2018年6月20日

書香與書災

　　我喜歡看書，更喜歡買書，久而久之，藏書就多了起來。家裡空間有限，大部分的藏書都儲藏在我馬大的研究室。學生到我研究室來必定感嘆，老師，您有這麼多書啊，像個小型的圖書館，這些書您都看完了嗎？我不敢回答，感覺到書籍像長了眼睛似的，都在注視著我。我擔心答得不好而傷害了一直陪伴我渡過無數日子的各類書籍。

　　我剛完成了三十四年十一個月和九天的教務工作，於今年六月十日正式退休。朋友都羨慕我即將脫離苦海，可以過野鶴般的逍遙生活，然而他們沒想到我現在比在職時還要忙碌。別的不說，收拾研究室就不簡單。室內有四個八尺高的書櫥，四個較小的，都放滿了各類書籍，還有數十個大大小小裝滿書籍的箱子。不敢說有幾千冊的書，已經裝箱子送出去的書就已經超過了四十箱，然而，看起來也只不過收拾了冰山之一角而已。

　　我的藏書主要是文學類的，後來在怡保師範學院任職時就開始購買和收藏語法、修辭、語音以及教學法的書。到了馬大，我主要教授的是漢語語言學課程。這方面的書籍也就光明正大地入侵小小的研究室。文學藏書、語法修辭及教學法藏書，再加上語言學書籍，先秦諸子的譯註本，數量逐步累積，已經到了氾濫的境地了。這幾年不敢再買書，擔心的是進得多出得少，日後要整理將成為煩惱。

　　古人說：「腹有詩書氣自華」。我的腹中沒有幾本書，正如

余光中所言：「奈何那些詩書大半不在腹中，而在架上，架下，牆隅，甚至書桌腳下。」誠哉斯言！我的書也是這樣藏著。如今面臨搬遷，家裡又無法容納，如何處置對我而言是個大挑戰。所幸我的文學藏書已經有了去處，馬大中文系的圖書室，彼乃文學書籍最新也希望是最終的安身之所。語法、語言學的書籍，本來打算送給馬來西亞語言暨應用語言學系的，後被告知他們的資源中心遙遙無期，無法接受我的捐書。因此，這些書有點像難民，等待有心人收留。

　　至於教學法的書籍，是從怡保搬下來的。在師範學院十三年，買了不少中小學語文教學的書，《中學語文教學》、《語文學習》、《語文建設》、《語文教學通訊》等雜誌也有可觀的數量。到了馬大以後，我極少翻閱它們，由於難捨，勉強留個角落給它們棲身，也夠仁慈的了。如今面臨空間短缺，僧多粥少，我的家門不容許它們進來，唯一的可能去處是沙登的藍晶兒教室了。這是我新的工作機構，一所安親和補習中心，我將從原來的學術顧問搖身變成「總裁」，老闆提供的辦公室雖然比馬大的研究室小，至少有個屬於自己的空間，可以辦公和寫作。

　　另一類藏書乃是自己的作品。它們包括一本詩集，五本評論集，三本編著的中小學華文課本以及一本關於儒家君子的短篇論述。詩集《夜觀星象》出版了兩版，所剩無幾，評論集《現代詩心情》頗受歡迎，只剩下兩本，《謝川成的文學風景》尚存數十本，《儒家君子》僅存不超過二十本，《溫任平作品研究》三年來售賣兼贈送，存書亦有限，二零一五年出版的《天狼星詩社研究》排版粗糙，封面難看，對它極愛又恨，少賣少送，存書最多。這些書身份特殊，將隨駕回宮，永伴君側。

　　「書到用時方恨少」。有用的時候，真的慶幸買到了這些

書，沒用上的時候，又嫌它們礙事礙空間，後悔怎麼買了這麼多書啊。書自然有書香，藏書多了可以驕傲地說每天坐擁書城，一旦被迫搬遷，書香頓成書災，苦不堪言。

2018年6月21日

北京學術研究之旅

　　國立大學學術人員每教五年即享有九個月的學術假期，英文稱為sabbatical leave。學術假期，雖然名為假期，實乃讓學術人員專心於研究。無需上班，時間自己掌控。期間，每月工資如常，還有生活津貼，購買書籍津貼，可謂無後顧之憂。

　　九個月的學術假期有三種進行模式，國外，本地，亦可結合兩者。選擇國外，學者必須在外國逗留最少四個月，最長不超過九個月。在外國進行學術假期，除了上述津貼外，校方還提供款項購買冬裝，生活津貼則視所選擇的國家而定。

　　我原可在二零零六年五月二日開始學術假期，然當年六月，馬來西亞語言暨應用語言學系主辦《敲開語言的窗口：多樣性、變異性與和規範性》國際學術研討會，我擔任籌委會主席。因此，我的學術假期延後到七月十六日才開始。我選擇的模式是四個月在外國，五個月在國內。當年我選擇了中國人民大學的孔子研究院作為進行研究的機構。這個選擇合乎情理，因我的研究計劃與《論語》有關。孔子研究院乃是研究孔子和儒學的著名機構，「寄身」其中可謂理所當然。

　　到了北京，情況並非想像中順利。抵達北京是七月十七日凌晨，學生陳炳易接機，他先安排我到其宿舍歇息，天亮之後再到人民大學報到。炳易當時是在北京師範大學就讀博士學位。我們到了人民大學，發現孔子研究院大門深鎖。聯繫了彭永捷教授，對方才說明這次邀請我過去乃是研究院私下邀請，並沒有通過大

學當局，因此住宿方面也沒有安排。他叫我先住進酒店，他想辦法安排我到校園內接待外賓的專家樓住宿。

我在人民大學附近的酒店住下。安頓好之後，炳易馬上帶我到中國人民銀行開戶頭，以便日後的財務處理。開戶頭時，我也順便存入馬大讓我攜帶的生活津貼支票。銀行職員告訴我，那種支票需要四十五天才能過帳。這句話如同晴天霹靂，原因是我帶的現款並不多，加上需繳付酒店費用，現款轉眼即空。我選擇不存入支票，馬上聯繫馬大財務部，告知情況，並希望他們通過電子匯款方式盡快把錢匯進我的戶頭，以免斷炊。還好，馬大當局答應。然而，幾天後去查詢，款項還是沒有匯入。最後，唯有聯繫定居在美國的大舅子「江湖救急」，立刻匯款一千美金到我中國的戶口，以安吾心。

當天下午接到彭教授的電話，說專家樓爆滿，完全沒有空房，建議我在外邊租房子。他提醒租房子的時候要很小心。於是炳易陪著我到房屋仲介瞭解情況。我們問了很多間，都說租期最少一年，沒有租四個月的房間，就算你只住四個月，也必須付一年的租金。連續三天都這樣找房子，答案似乎一樣，後來皇天不負有心人，找到一間很靠近人民大學的公寓，月租人民幣三千元。那位仲介肯租出房子，原因是他本身乃是人民大學的畢業生。看到我是母校的客人，只好破例租給我。

在酒店住了四個晚上，第五天早上搬離，住進「新居」。當天，炳易必須飛回吉隆坡收集他博士論文的資料。還好，彭教授派了一名博士生過來幫忙我搬離酒店。在新居住了三天，彭教授來電說，他已經幫我在學校的專家樓找到一所單人間，每個月人民幣一千元。那是好消息啊，當我告訴仲介時，他說怎麼才住了三天就走了。我說是學校老師好不容易才找到的單人間，而且又

在校園內，方便進出和做研究。他無可奈何，只好放人。

　　住進專家樓之後，彭教授才坦誠相告，他們沒有通過大學當局發信，是想為我省錢，因為凡是到來進行學術研究的學者，使用圖書館和其他設備都需要付費。他還把他教職員的飯卡交給我，說以後三餐可以到食堂用餐，用他的卡就行了，不必另外付費。沒有卡，你買不到食物。由於我是素食者，食堂裡的食物比較不適合，他的卡始終派不上用場。

　　我的研究活動主要是到北京國家圖書館下載關於《論語》研究的碩博論文以及期刊論文，和到各大書局買書。早上讀書或寫作，午休一陣，傍晚運動，晚上再寫文章。日子堪稱寫意。更難得的是，尚有在北京留學的馬大中文系學妹如潘碧絲、王秀娟、林翠嬿偶爾相約用餐與遊玩，不亦樂乎。

　　專家樓的空檔只有三個月，所以最後三個星期必須另外找房子。當時也沒想太多，住宿有著落就已經難能可貴了，至於後面的日子，希望船到橋頭自然直。幸運的是，最後三個星期也有落腳之地，那是因為孔子研究院白春燕老師騰出她那未入住的公寓，讓我免費住宿。她清楚三個星期是沒辦法租到房子的，住酒店開銷又太大。她慈悲慷慨，讓我倍感溫馨。該公寓離開人民大學和國家圖書館都有一段距離，所以最後的二十天，我甚少外出，主要是在公寓裡整理學術假期的研究報告、修改之前完成的文章，並慢慢收拾行李和心情。

　　二零一六年十一月十七日，我完成了國外的學術假期，告別北京，回國繼續下半段的研究活動。

二零一八年六月中旬

徐海韻

隔離

　　曾經，有一段小小小小的時光，讓人忍不住偶爾去念想。

　　有那麼一間房間，封閉又狹小，一張書桌一個衣櫃，一張不知道被多少人躺過的舊床單，被鐵花框住的窗，陽光穿透冰冷空氣進來，偷偷地，只捎來一點點的暖。輕輕吐了口氣，忍不住了，那壓抑著不敢釋放的喜悅，我好似一隻快樂的小鳥，衣服胡亂塞進衣櫃，各類書籍散落在桌上，筆電放床尾櫃子上。一大瓶的噴式酒精，一個溫度計，一大疊口罩，一大包藥丸，一張要我記錄體溫的卡片，稍微慎重地被我放在手機旁。

　　我記得，大概是穿著那件橙色又偏褐色的怪毛衣，灰色的羊毛及膝裙，在房間裡踱步，我抓起手機，心想，真棒，這裡連網線都收不到。後來發現，在門後蹲下可以偷到一點點隔壁宿舍的網線，一時間我醞釀不出任何悲傷的情緒，最後選擇發個文字訊息回家，簡單地報告，內疚他們的緊張和慌亂。

　　真的真的很喜悅，就像是賺到一次短暫的死亡，這世界可以暫時與我無關……

　　我想像著別人的想像，我是否姿態絕美，臉色蒼白地在被窩裡反復發著高燒，輾轉反側，苦苦掙扎；又或者，真的被人遺忘，還是還是，從沒被記得過呢！校園診所的護士忘記幫我請假，課堂裡老教授點名看到我的名字，會問「有這個人嗎？這也許不是最新的選課名單」。全班緘默不語，那位老先生就會淡定地劃掉我的名字；同學們嬉笑走過，青春似乎沒了我也依舊漂亮。

我愉快地憂傷著，自憐自哀是一種浪漫……

　　無懼死亡的人還是會找上我這個小小的牢房，喜歡她的來訪，也漠然她的哭泣、失戀及心碎。我愉快吃著「貢品」——她打工店裡的麵包，盡可能盡責地安撫「沒關係，都不重要」。她睜開因為紅腫而清亮的眼眸，像是在控訴我的敷衍：「那什麼才重要？」我回答「健康啊」，附送一個妖豔的白眼。巧克力、杏仁、核桃的香甜在嘴裡跳躍，親愛的，如果可以，請不要愛上麵包店的兒子，下次失戀仍能給我帶個濕潤厚重的麵包，裡頭要有很多大顆粒的芝士，稍微帶點酸味的那種，表層則要灑滿糖霜。

　　有點壞，我沒告訴她，我很妒忌……

　　鬧鐘這次真的很不錯，給我的任務前所未有地簡單，六個小時，吃一次藥。我精神飽滿，心情愉快。我可以很奢侈地，在棉被裡看著電影Le Fabuleux Destin d'Amélie Poulain，嗡嗡黏黏的法語可以讓我很好地睡著。我更奢侈地幾乎看完所有硬碟中所有的動畫，日語和英語開始打架，金魚姬打翻了所有的魔法藥劑，千尋幫白龍找回了琥珀川，霍爾的城堡在奔跑中漸漸瓦解，Rapunzel在高塔裡幾乎找不到空白的牆壁可以繼續畫畫。

　　在那一小節的生命線裡，時間美得像古老的美酒，濃厚得像果凍，灰色鴿子在床邊咕咕嘟嘟地呢喃。我很自由地在回憶裡面穿梭，反復重播我活著時候的每一個細節，隔著遙遠的時空，在短暫的死亡陰影裡幸福地，好好看看自己。原來，我是一團被亂縫而糾結在一起的布料，得慢慢地，忍著一點點疼痛一點點癢，把一些絲線抽掉。

　　當時的我還不知道，離開了那小小的房間，期末考的開端、居留證到期、機票太貴、為畢業典禮借來的鞋子嚴重磨腳……

2017年2月28日

米奇

　　有時候，我真的不知道可以寫些什麼。忘了哪一堂課，老師提問：「文學是什麼？」有人回答：「文學是苦痛的。」是嗎？我不在乎，我也只是亂寫，「文學」這兩個字對我來說太過高大。我的文字，大概是一隻米奇老鼠。小學時，我寫了一小段作文，內容是我騎腳踏車去柚子園找沒回家的阿公，午後陣雨在背後追逐著我，我使勁地踩動腳踏車，時而能比雨快一些，偶爾被雨追上。就這麼一段小故事，簿子上被蓋了一個圖章，是一隻笑呵呵的米奇。我確定，一開始，是它先找上我的。

　　後來喜歡金庸，一開始時是追看電視劇，每天都期待傍晚下雨，阿公就會網開一面，不捨得讓我冒雨去補習，我就可以在家看任賢齊演的令狐沖不斷中毒再中毒，後來演楊過的也是他，命苦的孩子。後來，電視劇滿足不了我了，我便開始在快倒塌的舊木屋內尋寶，找到了《飛狐外傳》，悲劇的是先找到下冊，上冊在許多個月之後才被我挖了出來。我抱著各種小說看，夜裡躲在被子裡用手電筒看，白天就藏在課室抽屜裡看，書中的世界是真實的，我的世界反而有點虛幻。大量的閱讀讓我拿了好些作文比賽冠軍，可以寫出美美的流水帳。

　　米奇蹦蹦跳跳，看著我吃飯喝湯……

　　學院時期寫的都是功課，報告居多。安老師說我是個爛廚師，很多好料直接丟進鍋子裡亂炒，沒有篩選，熟了就好，要不然就是都點到了亮點，卻沒寫下去，我只好傻笑，看著他念我。

老師的每一堂課，都像是演講，用盡力氣，熱情澎湃，說本土歷史，中國通史，說史記，說馬華文學，在課室裡放舊卡帶，朗誦詩歌，在白板上畫滿臉鬍鬚的張飛。有一次給的假期作業是抄書，讀書不如抄書，這是他的老師常說的，他也常對我們這樣說，我還是沒耐心，抄了半本賴瑞和老師的《杜甫的五城》，現在僅記得他在火車上吃泡麵，還有熊貓。

好喜歡彭老師，美麗的她總是在我們快睡著的時候問些奇怪的問題。有一回，她問我：「你想要當神仙嗎？」我猛然搖頭，回答說：「神仙都不吃東西的，只是飲風喝露。」此話一出，引來全班哄笑。她也曾在我偷吃糖的時候教訓我，點我起來朗誦，我的糖含在嘴裡嚼不碎，吞不下，艱難地唸了一段詩。

兩位鄭老師在我心目中就像是現代版孔子和老子，樹哥溫文，海哥瀟灑。我喜歡樹哥的書法課，海哥呢？我很愧疚我幾乎睡完他所有的課，他每次都說「你們忘了所有的東西都沒關係，若能記得一句話，就終身受用」，我總覺得他是在說我。他有一次說到，好像是指鹿為馬什麼的，他說環境有時，真的會發生指著鹿說是馬的時候，若是我們，該堅持說鹿呢？還是跟隨潮流說是馬？大家都不知道該怎麼回答，他接著說，黑就是黑，白就是白，若全世界都指著黑說是白，可以跟著說是白，但心裡一定要知道，那是黑的。奇怪，這個時候，他也很像楚辭裡的漁父。

那時候我幾乎沒寫些什麼，比起寫，我更喜歡閱讀，就好比我雖然可以煮飯，但更喜歡坐著吃飯一樣，而且偏食，看了很多不怎麼有營養的網絡小說，青春就這樣飛走了大半。後來工作，再後來，是為了要申請大學，需要寫自傳，刪的比寫的還要多，全篇刪掉重來不知道都幾遍了，幾乎失去了寫的能力。曾經尚算鋒利的刀徹底生鏽，開始慌了，後來還是順利進了大學，卻又故

態復萌，我在圖書館的陽光裡看漫畫，小說，躲在宿舍裡上網。

米奇一直往前跑，一回頭，卻發現我沒追上去⋯⋯

大學裡每年都有文學獎，參加的人可能不多，當時鍾老師扔下了足夠分量的誘餌，只要得到不錯的名次，可以不用參加她那一科的期末考。動心也不怎麼動心，結果還是寫了，一寫就哭得要死，我寫我的童年，養育我的那一片山林，想家想得發狂，文字帶著我像是重新再活一次我想念的所有時光。後來每年都寫，一年一次洩洪，撕心裂肺。

之後之後之後我都在海裡淹沒，急著在窒息裡呼吸，浮浮沉沉，故作灑脫地揮別米奇。

好在米奇又回來了，拽著我去磨刀，所以暫時沒有結尾，也沒有然後⋯⋯

2017年3月14日

雨

　　凌晨兩點多我才昏睡過去，一大早還是得起來上班。上課到一半，講到一句有關於「雨」的句子：媽媽提醒我們，天色陰沉沉地，出門記得要帶傘。為什麼永遠都是媽媽提醒帶傘呢！這句子過時了，陳舊不堪，沒關係，這些小冬瓜正在打基礎的時候，老舊點沒關係。我指著白板上的字眼愣住了，傻傻地問小孩：「現在外面是在下雨嗎？」緊湊的課堂凝滯了幾秒鐘，大家側耳聽外面的雨聲，很輕微，大樓沒有屋瓦，沒有好久好久以前的沙厘屋頂，沒有了轟隆隆的安全感。

　　我原本的鞋子雖然漂亮，但太折磨我了，還好課室內可以赤腳，也沒必要為了面子死撐，在路上買了一雙很便宜的大頭鞋，透氣且舒服，適合跑跳，爬陡峭的手扶梯，站搖晃的地鐵；可惜，還真的不防滑，原本滿意的鞋子好幾次差點讓我摔了。在這綿綿黏黏的雨天裡，每一步踩下去都要很踏實，重心要穩。還好大家都無暇，我可以很自在地，彆扭地用半小時走十分鐘的路。

　　好喜歡雨，雨天多好，可以名正言順不出門，可以懶得說話，可以睡個痛快，雨天沒人找你，你也不必找誰，我對雨天充滿好感。小時候在山裡，我坐在客廳冰涼的地板上，隔著生鏽的鐵花門，看雨看一整天，不知天高地厚地期待水災，把低窪的地方淹成汪洋大海，自己的家在高地，就會變成一座孤島，我可以從島上跳進海裡，游泳。

　　在室內，當然可以期待雨下得猛烈些，反正自己很安全，

在乾燥的區域裡享受著雨，實際上，唯有真正淋過大雨的，才能懂雨，知道雨打在身上的刺，雨水流進眼眶的痛。淋到濕透是爽快，大雨去到極致時的溫暖，多讓人迷醉，不捨，也許代價是幾天的高燒，但仍然值得，痛快。

曾在大雨天和她去玩，主題樂園內除了工作人員，沒幾個遊客，大雨豪爽極了，我們捨棄了雨衣，球鞋濕透，腳掌被雨水泡得發白脫皮，但我們快樂，兩個人獨佔了一個摩天輪，在最頂端被風雨搖晃，看遠處的茶山，說傻傻的話，唱詞不達意的歌。

也曾，在一個板屋的屋簷下，和她站了半天，等雨停，原本預想的美好愕然中斷，她發著沉默的脾氣，我看雨，雨流過，帶著沙，滾著泥，義無反顧地洶湧，衝成小小的河流。白色的紗裙磨蹭著肌膚，被雨水浸透而變得沉重，我只是，看著雨。

下了地鐵，上了巴士。喜歡第二層，和我身旁小男孩一樣，做了最正確的選擇，第一排，可以看大大的風景。笨重的巴士移動著，在雨裡淋漓地流汗，汗水沿著它的臉頰蠕動著，彷彿透明的蚯蚓。我拍打自己，打嗝，透氣，數著還有幾站才到我一個人的家。

以前的家附近有瀑布，家裡不允許我去玩水，怕驟然的大雨引發洪流，然後就沒有然後了。還是瞞著家裡去過幾次，好不容易把自己移動到山上，別人都玩得快盡興了，我才剛把氣喘好，泡進水裡。水流很急，像是奢華的冷水浴，水流沖刷過手腳的指甲縫隙，肌膚，髮絲，頭皮，我被洗滌得乾乾淨淨，看幾乎和水底泥沙同色的小魚經過，水面上漂流著仍然翠綠的葉子，來自更遠更高的上游。雖然晴朗，我仍然知道雨快來了，水流變得更急，水面上漲，已經流過我的水流，拉著我，快要來到的，卻在推，我有點站不住腳，心急，卻只能笨拙地往岸上爬。雨來了，

在山林裡肆意著陸，像透明的流星。

在我家只要有人在哭，老一輩的人都會了然地笑說：「哦！下雨咯！」明明又熱又悶的太陽天，屋內卻隨時下雨，大人們假裝漠不關心，卻在偷偷地，等雨停。有人覺得我愛哭，其實沒什麼人看過我的眼淚，太倔強，我的雨從屋內，搬到被窩、枕頭、浴室，最近我才確定，雨已經躲進潛意識的最深處，被鎖起來了，我沒有鑰匙，清醒時的我，沒有鑰匙。

我和她在等，等人來接，第一輛車到了我沒看見，我看見第二輛，回頭打算叫她過來，她卻上了第一輛車，他帶著她，在我面前迴轉，甩尾，絕塵而去，我呆滯，不甘願地把書包丟進第二輛車內，發脾氣，委屈，卻哭不出來。為什麼要把我和她分開，你們不知道我多難得才和她一起，有很多話還沒說嗎？實在委屈，只好張嘴，學小孩假哭，有聲音，沒有眼淚，假裝了好久好久，颱風了，雨不來，打雷了，雨不來。

一來，就是傾盆，新的枕頭蕩漾成海洋，我從孤島跳進去，游泳……

2017年3月19日

爬山

那是我在大學的第一天，孤身一人，站在我的宿舍床位前，手足無措。

我喜歡我的宿舍，撇開我的問題不管的話，我欣賞這種設計，小小的房間，四個床位，每一個床位都是有著上下兩層，上層是床鋪，下層是書桌和衣櫃。大學內的建築幾乎都採用了「清水模」工法，不貼瓷磚，也不粉刷，我喜歡陽光從大大的窗戶灑進來打在灰色的牆壁上，每一樣東西的倒影都美，空氣中的塵埃點點發亮，在陽光裡旋轉，姨丈為我買來的二手大衣完全不禦寒，是醜醜的軍綠，我攤開手掌，盛一把陽光，驚奇地發現，原來陽光可以沒有溫度，二月的臺灣，很冷。

我想家了，想著小客廳外的那一棵冷殺樹（langsat），每到滿結果實的時候，外婆會拿個塑膠籃子，用剪可可的剪刀剪下一串串的果實，太高的只能放棄。外婆的眼神幽怨，碎碎唸著我的舅舅和阿姨小時候是多麼厲害的爬樹好手，我抱著籃子吃著甜甜的冷殺，看腳邊的螞蟻吸吮著快被陽光蒸發的果汁。

我站在我的床位前，沒有心情整理行李，我抱著冰冷的攀爬梯，不想動。我丟掉了什麼，我把一個過度負重的自己丟在哪裡了？不重要，都不重要，所有沉甸甸的愛，都在身後了，我在遙遠的此刻，終於可以好好地，呼吸。

我喜歡去水上樂園，在水裡走來走去，劃動雙臂，假裝自己會游泳，姨丈笑說我去水上樂園是浪費了他的門票，兩個表妹非

常大膽，幾乎玩遍了所有設施，除了那最高的水滑梯，必須爬上數層樓的高度，可以選擇筆直或者稍微有波浪弧度的滑道，在高速和尖叫聲裡滑下來，她們躍躍欲試，卻也難得的感到害怕了。姨丈看著高高的滑梯，笑得很燦爛，他鼓動著我們去玩，「不要怕，爸爸陪你們。」這句話重複說了幾次，並且舉步就走，小表妹們又怕又樂地原地跺腳，最終仍是追了上去，剩下我站在原地，忽地心裡空了一塊，心臟好似停了數拍，那一刻，我似乎知道了我的生命裡缺失了什麼，心裡有道聲音叫我追上去，追上他們，但我仍在原地，看著他們爬完所有的階梯，在滑道邊掙扎良久後，滑下來，尖叫聲裡滿溢出讓我羨慕的快樂。

　　我不相信自己，所以只能相信別人，我能在所有交通工具上安心地呼呼大睡，因為駕駛的不是我，這也許能解釋為什麼我沒想像中那麼害怕搭乘飛機。在狹窄機艙中，我的呼吸很輕，不停地打嗝，起飛和降落時輕微的暈眩和耳鳴並沒有想像中可怕，雲海很美，天空很藍，遇上高速氣流也還好，在昏昏欲睡中，恐懼會被麻痺，顯得溫和。

　　我願意順著步道爬上高高的山峰，因為我相信欄杆足夠穩固，若沒有吹得我搖搖晃晃的大風，我甚至能憑欄一會兒，俯瞰山下。我也不害怕坐纜車，我相信工程師設計出來的機械沒那麼脆弱。除了山間的吊橋，那是我極害怕的，畢竟看了太多電影，其中的吊橋都不穩固，讓主角們險象環生，命懸一線，導致我對吊橋無法產生安全感。有一次，我不得不硬著頭皮走完那搖晃不已的吊橋，那是在天黑之前能最快出山的必經之路，我在搖晃中勉強和朋友們聊天，但都答非所問，語無倫次，惹得他們大笑不已。

　　站了很久很久，我累了，嘗試用力搖了搖冰冷的攀爬梯，很

穩固。

　　十四歲的時候，我去了吉蘭丹參加一個領袖培訓營，教官讓我們分兩組，一組去攀岩，一組去玩飛狐，做選擇的時候我只能兩害取其輕，不選攀岩，當時的我還不知道飛狐也不是什麼好玩意，到了活動現場才知道，那是高空飛索。我得爬上兩百尺的高度，無奈地吊在纜索上滑下來，因為教官不准我沿著上來時的梯子爬下去。

　　只有我一個人的宿舍裡，沒人逼著我去面對我一直忽視的恐高，曾經爬上兩百尺高空的我竟然爬不了兩米不到的階梯，多麼奇怪，我看著頭頂的床位，就像是在仰望一座高山。最後，我咬牙切齒，百般不願，握著梯子的手用力得泛白，手心腳心都在冒汗，幾乎是緊貼著梯子一點一點蠕動上去的，蹭得滿身都是灰，我坐在沒有床墊的床板上哈哈大笑，但沒多久我就笑不出來了。

　　完了，我下不去！

2017年7月5日

徐宜

有朋自遠方來

　　有多久，我們沒有促膝長談？

　　你給我捎了個訊息，問我今晚是否方便到我那兒過夜，已經有好長的一段時間沒有敘舊，也挺想念我媽媽。我短短的回了你，說我已經沒跟媽媽住在一起，但會約媽媽一道晚餐，然後我倆回浮羅山，共度二人時光。

　　我喜歡這樣子，這樣子的約定。無需刻意地約好，什麼時候什麼地點。當我們開始惦念對方，只要是人、時間與空間的允許，就相見吧。回到住家，洗刷之後，就躲進被窩裡，聊個天南地北；聊年少輕狂，聊當年的糗事，哪怕是屋外打雷閃電，都無法干擾，我們雀躍的心情。就這樣地，無所不談，包括一些無關痛癢的過往雲煙，還有509的變天。

　　猶記我們在「新督」同窗四年，在偏遠的山區，沒有五光十色，聲色俱全的娛樂場所。除了小橋流水，藍天白雲和雨後的大霧，處處都是歡笑聲。我們一夥人曾經躺在湖畔，觀賞那一夜，驚動天地，滂沱飛逝的流星雨。那時雖然口袋零星，但慾望不多，歡樂卻不少。我們總在無課的傍晚，幾個好友推擠進某人的宿舍，帶著飯鍋，買點麵粉，雞蛋，蔬菜和江魚仔，來煮一鍋自家板面，當然也不忘拿出家鄉帶來的蔥頭油和參巴辣椒醬，做成配料，再一起開動晚餐。晚膳後，分工合作快速地打掃，然後抱著零食，徹夜不眠地閒聊，聊到午夜，躡手躡腳潛渡回房；又或者聊到天亮，累了就東歪西倒隨意地靠在床架邊睡著。那些無憂無慮的歲月，在忙碌擁擠的生活裡，不復存在。

今夜，可以享有這樣私密互動的空間，零距離的分享，襯托這美麗的夜色，更是難能可貴。每個話題如細細品嚐的夜宵，有待來日消化成養份，滋潤偶爾會乾涸的心田。因為明白相聚的短暫，所以我特別珍惜這十二小時的點點滴滴，它足以幫我醞釀，往後活色生香的回憶。我很清楚，在這之後，也許不再有下文，所以每一次的相聚，是獨一無二的，無論扮演的是主角或配角，那又有何關係。很感恩，感恩這份情誼，經得起時間及距離的磨練；感恩，在對的時間和對的因緣，讓我們可以溫故知新。

　　人到中年，心境與心態，和青春綻放的年代是截然不同的。年少時不會對當下的人事物有很強烈的留戀；相反的，對心門以外，無奇不有的大千世界，卻充滿著幻想和期待。所以不斷向外追求，來滿足好奇的慾望。所以不停地體驗生命，嘗盡酸甜苦辣的滋味，也經歷無數次焦頭爛額的碰撞，逐漸使心量壯大。過程是不斷的建立又摧毀，然後又重新塑造新的自己，反反覆覆，重重疊疊。難道這就是心智成熟必經的人生道路，我想。

　　與君相會，終須一別。雖然我們還會相見，會碰面，但這段圓滿的小插曲，在你離去的剎那，正式畫上句點。明天我們依舊面對各自的生活，浮游於真假難分的人與事，小心翼翼的參與，在不同角落卻同時發生的是是非非。也許當我想寫詩的時候，會憶起這個六月的這個週末，你給我留下的美好回憶，有如蜻蜓點水，不甜不膩。

　　最近，人變得很感性，對多年不見的朋友也特別掛念，即使距離再遙遠，相信飛行會到達地點。偶爾任性是好的，當下就去進行，想做的事，想見的人，都可以實現。機緣不等人，就像流失於指縫間的時光，在絲絲的白髮中，仍然，若隱若現。

2018年6月3日

星星語

　　眼睛一動也不動，朝遠處閃爍的星光望去。壁鐘敲打了十下，母親在客廳裡提高嗓音，催促倚著窗口的小星，上床睡覺。小星完全無動於衷，直到媽媽把他抱上床，他依然維持同一種姿態，那雙烏溜溜的眼睛，在無法支撐的雙眼皮下，漸漸闔起。母親不敢把窗簾關上，想藉助那微弱的星光和樓下昏黃的街燈，陪伴怕黑的小星，不讓他夜半醒來，驚慌哭泣。

　　小星今年已經四歲，還學不會說話，舉手投足，讓家人摸不著頭緒。母親總愛說，小星是來自宇宙的精靈，他是太過頑皮而迷失在地球裡。他生長的地方，說的語言，生活作息，吃喝玩樂，甚至溝通方式，應該和地球人有很大的差距。

　　在小星三歲大，媽媽把小星的房間精心地佈置一番，為他準備一個神祕的銀河系。從牆紙，地毯到傢俱都採用小王子和宇宙系列的設計，來打造小星的溫暖窩。每當小星發脾氣，驚嚇或恐懼，就會躲進自己的小天地，目不轉睛地望著掛滿天花板，自動運轉的小星球，一聲不響，樂在其中。任門外喧嘩叫囂，他彷彿都沒聽進去。小星偶爾會自言自語，當他凝望著漫天的星光；有時會咿呀咿呀哼唱，像是和天上的天使合唱。只有這樣的時光，才會看見小星咧牙微笑。

　　白天，母親會抱著小星娓娓地為他說故事。偶爾唱歌給他聽，即使小星沒有太大的反應，也並不在乎，自顧玩著手指頭，母親還是非常耐心，用顏色，聲音和動畫圖片來吸引他的注意，

諄諄善誘地教導他認識顏色，形狀和音符。每當父親看到小星不回應、不理睬，他就會大發雷霆對著小星破口大罵，甚至會舉起藤鞭，往小星的身上打，直到他放聲哭泣，躲進母親的懷裡；直到母親阻擋爸爸，要他停手。發完脾氣的父親，一言不語的獨自走進房裡，坐在書桌前，若有所思，偶爾手背泛淚。深夜，房間依舊傳來，耳邊細語和輕聲嘆息。其實打在父親的手，傷痛卻往心裡流。

父母對小星的未來，憂心忡忡。小星的成長過程必定是孤獨，無助的。因為他無法正常使用語言來表達自己，無法融入社交群體，更無法好好學習。往後，他又該如何適應生活，學會自立。眼看小星逐漸長大，鏡子前的容顏已逐漸蒼老，染黑的頭髮，發白如雨後春筍，眼淚只能在眼眶中打轉，無力的撐著也不能輕易流下。

那是一個平靜的週末。友人邀約小星一家三口到家中做客，說是為他的幼兒慶祝生日。生日會上，有大人小孩，許多食物、禮物和音樂。正當大家為壽星兒拍掌唱生日歌時，小星突然大聲嘶叫，把桌上擺滿的食物、禮物和裝飾品都打翻，全場突然鴉雀無聲，被小星突如其來的舉動給嚇呆。小星的父母急忙想控制小星的情緒，嚴厲叱責他，都無法讓他停止不間斷的叫喊，父親在情緒失控的剎那，狠狠掌摑了小星，然後忙著給主人道歉，羞愧的抱起孩子匆匆離去。那個下午，陽光灰灰，屋外屋內噤若寒蟬，家裡除了電流嗡嗡作響和風扇旋轉的聲音，所有的人都不發一語。

從那天起，小星生病了，高燒反反覆覆，醫生給小星打針和輸液也不見起色。數日後，小星依然昏昏沉沉，無法進食，全身乏力。母親心焦如焚，寸步不離的照顧和陪伴左右。孩子甦醒時，母親就在身邊給他鼓勵，加油和打氣，為他講許多許多的小

故事，雖然不知道他是否能明白，但母親還是不厭其煩的一遍又一遍的說著，從沒放棄。「小星，你知道嗎？你住的星球名叫地球，是一個非常非常美麗的天堂。有綠茵茵的山丘，潺潺小溪，裡頭住了許多小動物。有陽光的兔子，善良的狐狸，充滿愛心的大熊，嘰喳不停的斑鳩和活潑精靈的小松鼠。水裡有自由悠遊的魚，河岸開滿杜鵑花，還有在泥地上蠕動的蝸牛和蚯蚓，他們都熱愛這個大地。太陽公公睡醒時，大家都開始忙碌活動和交流；當月亮姐姐起床了，星星開始點燃自己，地球上的生物如爸爸媽媽，還有小星都會聚在一起，分享一天的辛勞，然後擱下煩惱，上床休息。孩子呀，你就住在這裡，充滿愛與歡樂的天地。媽媽會陪你慢慢長大，陪你參與生命中的悲和喜，你要快快好起來，你是上天賜給媽媽最珍貴的寶，媽媽相信有一天，你會適應並且接受這個環境。我愛你，小星。Twinkle twinkle little star，how I wonder what you are……」，還來不及唱完，母親已疲倦的靠在小星的床邊睡著。

　　陽臺的七里香盛開，隨著微風夾帶銀光，陣陣撲鼻。屋簷下，燕子繞樑啁啾，八哥不甘示弱，一唱一和。小星睜開惺忪的雙眸，挪動小手輕輕觸碰母親的額頭，低沈的呼喚「媽——媽——媽——媽」。母親抬起頭，兩行眼淚在臉頰，滾燙滑落。

聽見趙雷

　　無意中在網路上聽到趙雷的這首歌〈成都〉，我便喜歡上他的嗓音和詞曲創作。一個熱愛音樂的年輕人，在這二十一世紀的年代，不唱嘻哈也不做流行音樂，吉他不離手地寫了一首又一首膾炙人口的民謠。他以毫無造作的嗓音，唱著純樸率直的情感，不刻意煽情，也能引起廣大的共鳴。

　　〈成都〉的第一段：「讓我掉下眼淚的／不止昨夜的酒……餘路還要走多久／你攜著我的手／讓我感到為難的／是掙扎的自由」。臨別依依，酒入愁腸，即將與愛人離別的那一夜，愛人不捨地緊握著他的手；縱然萬般不捨，明日終究還是要離開。因為夢想在心底呼喚，理想在不遠處等待，他是一匹狼，需要無拘無束的空間，在曠野上自由奔放。

　　最後一段的副歌重複性地唱著「和我在成都的街頭走一走／喔～喔／直到所有的燈都熄滅了也不停留／你會挽著我的衣袖／我會把手揣進褲兜／走到玉林路的盡頭／坐在小酒館的門口」。原來愛情可以如此簡單，無數次往返地來回走著，累了小兩口靜靜地坐著，沒有甜言蜜語，不必花錢送禮，只想好好珍惜，即使是十指緊扣也無法抓住的時光點滴。這樣的戀曲未必能開花結果，但若干年後，回憶起曾經的年少，或許會感慨歲月教會了我們自私、虛偽和健忘；無眠的夜晚翻新記憶，有誰？能再度讓我們牽腸。

　　我喜歡這類比較民謠，帶點輕搖滾的曲風。主弦是吉他，口

琴或口哨為伴奏，再混進鄉村的人文元素，就很完美。我不愛重
金屬音樂，給人的直覺是憤世嫉俗，自哀自憐，音樂單純只為情
緒發洩。在震耳欲聾的環境裡，讓群體進入高亢、忘我，瘋狂的
境界。我不知道音樂結束之後，隔天睡醒，如常的人生是否會變
得有異。

　　二零零一年，張婉婷執導過一部電影名叫〈北京樂與路〉。
故事敘述一群喜歡玩音樂的年輕人，在北京追求音樂的夢想，所
遇到的種種困難和不幸。面對現實，理想和愛情的掙扎，心靈忐
忑不安的拉鋸，唯一能讓心靈解放的莫過於把創意、思想和情緒
都投進音樂裡。我在這部電影裡的原聲配樂，認識到中國搖滾樂
的另類唱法，如子曰樂隊那陰陽怪氣式的唱腔；鮑家街43號汪峰
沙啞撕裂的吶喊。雖然在這之前，崔健已經很有名氣。崔健的首
張專輯〈一無所有〉是在一九八九年六四事件發生之前發行的。
那是中國還未開放的年代，思想體系與社會結構還是很共產的年
代。然而崔健的搖滾曲都富有強烈的批判精神，對言論和思想自
由的渴望，對鐵腕政治的不屑，對腐敗政府的壓迫顯得憤怒且沮
喪。透過他帶點歇斯底里的撕裂嗓音，把許多年輕人憂傷、絕望
的情緒給釋放。

　　我個人比較喜歡崔健的那〈一塊紅布〉。從開始的抒情，
崔健嘲諷地唱著，以為把眼睛遮蓋，看不見，不想知道虛假與真
實，就會很幸福。粉飾太平的社會，容易讓人掉入幸福美好的陷
阱。你看躲在井底的青蛙，頭上的那片天，有月亮、星星和日
光，很幸福呀，可惜總是餓著肚子，等待食糧。

　　中國另外一支樂隊鮑家街43號，成立於一九九四年，主唱
是汪峰。在〈北京樂與路〉裡有一幕是男主角平路因為錄製的
demo不受唱片公司的錄取，感到懷才不遇，騎著電單車拼命奔

馳，直到撞向大卡車。導演開始穿插背景音樂就是〈晚安，北京〉，那是鮑家街43號同名專輯裡頭的一首歌。汪峰似乎唱盡了廣大北京人的心聲。平路臨死前，依然相信自己的創作會找到知音，於是從口袋裡掏出那片demo卡帶，對著卡車司機說，「下一首更精彩，你聽一聽」，「菩提本無樹／明鏡亦非臺／本來無一物／何處染塵埃？……」。這首是子曰樂隊的〈你也來了〉。主唱是秋野，他們的特徵，是唱法很「京味」，演繹和配樂很前衛。所以被稱作「中國的戲劇藝術搖滾先驅」，這支樂隊迄今還存在。

　　經過六四事件，中國內地逐步開放市場。才華洋溢的創作歌手可以通過各種管道，比如參加中國好聲音，夢之聲等，讓全世界認識到他們的聲音與創作。或借助網路平臺，展現才能，無需以一死來控訴世界的冷酷。

　　說著說著，我只是一名纖弱女子，還是偏愛淳樸的鄉村民謠，雖然它們並非主流的音樂，卻更容易觸碰心弦。像朴樹，挽著一把吉他，不經雕琢的聲線，質樸地唱出〈清白之年〉等好歌，在炎熱的午後，失眠的夜晚聆聽，有股淡淡的憂傷，淡淡的如嚼著無味的口香糖，涼意絲絲滲透口腔。

　　接近凌晨一點鐘，播著趙雷的〈無法長大〉，隨著小孩的歌聲哼唱「……既然無法長大／那就不要學著別人去掙扎／哦Baby但願我們能相隨／哦Baby別留我一個人，睡」。

2018年6月12日

楊世康

天堂裡的一千顆心

一

　　小武流淚了，今天是他得獎的好日子，他得了幼稚園畫畫賽的第一名，這是多麼值得慶祝的日子。

　　可是，爸爸始終都沒有來，如果媽媽還在，一定會抱著他旋轉一圈，溫柔地親著他的臉，對著他微笑。

　　媽媽，我好想念您，您怎能在一場車禍後，就對我不說話地離開了我？

　　爸爸，您怎能在我最開心的時候，讓我一個人獨自領獎？

二

　　回到家後，小武洗好澡，坐在沙發上看電視，等爸爸回來煮晚飯。

　　坐著，坐著，小武疲倦地睡著了。

　　當他醒來的時候，已經晚上九點多了，小武餓得渾身都快沒力了。

　　他打開櫃子，拿起最愛吃的韓國杯泡麵，靠近電熱水壺，熱水就熱騰騰的裝進杯裡。

　　啊！泡麵杯太燙了，小武一時受不住熱，就把杯麵甩倒在地

上，自己也從椅子上摔了下來。

小武終於忍不住地哭了，小手被燙傷了，好痛！好痛！他大力大力地吹著燙傷的稚手。

然後，他望著膝部一看，連腳也被擦傷流血了。

爸爸，我好餓，我好痛，您現在到底在哪裡？您快回來！

三

小武記得媽媽曾教過，手燙傷時，要馬上塗牙膏，然後用自來水洗十分鐘，再塗上清涼油。

這樣一做，就沒有那麼痛了！

小武真的快餓扁了，就翻開雪櫃，還好，裡面有片狀芝士和牛奶。

夜裡，小武一個人在家好害怕，為何爸爸還沒回來？

爸爸好慢好慢，等了一個小時，兩個小時，三個小時……

這時候，爸爸停了車，開了大門走進來，渾身都是酒臭味。

爸爸理也不理小武，就直接回房躺在床上睡覺。

小武也累了，就依偎在爸爸的身上，靜靜地睡著了。

四

清晨，當爸爸醒來，才發現小武正躺在他身旁睡著。

小武睡得好甜，爸爸輕輕地撫摸他的頭，突然發現小武額頭很燙，發了高燒。

爸爸這時邊流著淚，邊緊緊抱著小武，駕車到附近的醫院就醫。

到了醫院，醫生趕忙急診，還好小武並無大礙。

五

出院後，爸爸帶小武回家，第一件要做的事，就是要小武看看自己的房間。

小武走進房內一看，很是驚訝！房內掛著小武第一名的畫畫作品！

畫中，有一大一小的兩朵向日葵，大朵是媽媽，小朵是小武。

牆色也塗了一片如向日葵般的金黃色，房間突然亮了起來。

在這金黃色的牆壁上，爸爸畫了一個好大的心型形狀，心型最下端，貼著一顆小紅心，裡面寫著：小武，爸爸愛你！

爸爸說：「小武，這個大心，是寄給在天堂的媽媽的，只要你每天剪個小紅心，寫一些字，媽媽每天在天上都能讀到。」

小武高興地點點頭，那真是太好了，我每天都能和媽媽說話了。

六

小武幼稚園畢業後，就進小學就讀。

一天一天就過去了，小武每天都剪個紅色小心型，然後寫一些字，大心型裡就越來越多顆小心型。

第一千天的時候，小武拉著爸爸的手，讓他進房，看他貼滿了一千顆心堆砌成的大心型。

「爸爸，這一千顆心，都寄到天堂去了！媽媽也細心讀了，常常在夢裡和我說話。」小武笑了。

爸爸很好奇，小武到底和媽媽說些什麼？所以就選了其中幾顆心來讀。

每一顆心上都寫者天數的號碼。

第一天：媽媽，從今天開始，我每天會在一顆心寫一句話，告訴你，小武的心情。

第三十六天：媽媽，想念是怎樣的感覺？我想你的時候，心裡好像河水在流動著，那是不是表示，我在想念你？

第七十五天：媽媽，天堂是怎樣，每天晚上夢見你時，你總是笑著臉。

第一百零三天，媽媽，爸爸的身體好暖，每次我哭泣的時候，他總是緊緊抱著我，他告訴我說：爸爸愛你，媽媽也愛你，別難過。

第三百四十二天：媽媽，爸爸好想念你，每次拿著你相片架，偷偷地在流淚！

第四百一十九天：媽媽，今天學校量高度，我發現自己竟然變高了，我好想自己能有一對翅膀，能飛到天空，到天堂找你聊天。

第一千天：媽媽，今天是最後一顆心了！從今天起，我長大了，我要和爸爸快樂在一起！以後我和你說話，只摸著這顆大心好了，不用再寫字了！

媽媽，我愛您！爸爸，我也愛您！

讀完最後一顆心，爸爸已經淚流不止，緊緊抱著小武。

小武，你終於長大了，爸爸好感動啊！

金蝶蘭

一

　　窗臺上，晨光輕灑，盆栽上的文心蘭，映得金蝶群舞，醫療室充滿一室的蝶語花香。

　　現在是早晨七時三十分，還有半個小時，我才開始看診。

　　候診室卻有個青年人，早早坐在沙發上候診了。

　　我示意護士讓他進來，提早看診。

　　青年人一臉尷尬，滿是歉意地走進來。

　　診斷時，我隨口問：「年青人，為何你是總是那麼早，難道每次都有急事要辦嗎？」

　　年青人溫和地敘說，我是個孤兒，自小就被人領養，義父在我八歲時就過世，義母是個家庭主婦，為了照顧我，只好硬著頭皮去工作，撫養我長大，還供完我修讀碩士課程。

　　幾年前，義母因為中風大腦缺氧，一直處於昏迷狀態，現在住在看護中心養病。

　　義母未昏迷前，每次我要出門時，大概都會在早上八時半，給她一個擁抱，和一個親吻，表示對她的愛意與謝意。

　　現在她昏迷了躺在床上，我都會在這個時候去那裡看她，給她擁抱和親吻，希望她還能記得我，希望她能早日甦醒，我是這樣想的。

年青人臉上充滿不是悲傷，而是充滿等待奇蹟甦醒的微笑。

他走出診室時，是早上八時正，他領了藥就匆忙離去，留下愛的背影。

他的話，讓我想起同樣在看護中心的爸爸，爸爸患上了阿爾茨海默症，雖然他也有四年認不出我了，但基於工作忙碌，我甚少去探望他。

我愧疚比不上這個年青人。

想到這裡，我的眼眶禁不住地輕輕熱淚打轉。

盆栽上的文心蘭，是爸爸一直要我栽種的，他說要我記住它的花語。

我不知道花語是什麼，但熱愛文心蘭的爸爸一定知道，也許他要我記得他付出的愛吧。

我實在忍不住了，就拿起大衣，交待護士今早不看診，我要到看護中心去探望爸爸。

不管他還認不認得我，但我永遠認得他。

一路上，我駕著車，一邊流淚，一邊心想：爸爸，我來了，我永遠都認得你。

二

我是個寡婦，丈夫早逝，我一個人賺錢養家，把獨子撫養長大成人，還送他到英國留學。退休後，原想去和居住英國的兒子重聚，兒子卻寄了張支票給我，要我永遠都不要去找他。

悲痛之際，我聽了朋友的勸告，買了張機票，就出國到處遊玩，終於領悟到，天地之大，大自然之美。

回國後，我就參與宗教團體的義工工作。

現在，我每天都會在看護中心，幫忙照顧長期昏迷的病人。

早上八時二十八分，我正在為病床上的婆婆做手腳按摩。

年青人這時從房門走進來，臉色著急而匆忙。

他走到病床前，緊緊地貼身擁抱著義母，然後給她一個熱吻。

每次看到這個場景，我都會禁不住地偷偷掉淚。如果換成那人是我兒子，我是那麼感動，感覺到這親情的幸福。

年青人這時坐在床前，朗讀昨晚寫的日記：

親愛的媽媽，我又夢見了金蝶蘭，夢見了妳。

媽媽，你一向愛栽蘭花，尤其是文心蘭。

我說，我不喜歡這個花名。你說，那就叫金蝶蘭吧，這可是它的美麗別名。

記得小時候，有一次我因為貪玩，無心地把你整架子的蘭花都掀翻在地上，花葉凋零，斷根外露，滿地狼藉。

我害怕妳會大聲怒氣責罵我，沒想到，你說種蘭花是為了裝飾家裡花香的幽美環境，不是為生氣而種花的。

後來我翻讀佛書故事，竟然發現你說的話，和塵緣禪師所說的一樣。我心裡很是感動，感動你的寬容和無悔的愛。

媽媽，我終於找到金蝶蘭的花語，它的意思是隱藏的愛，正如你一直對我默默不語的真愛一樣。

年青人讀完日記後，我已經在一旁泣不成聲了。

是的，黃色的金蝶花，如金色彩蝶般的蝶影紛飛，照滿了一室的人間真愛。

我突然領悟到，金蝶蘭的愛，人世間的愛，永遠如清晨的金光般照耀，照亮了世人的每一顆心。

畫貓的小男孩

　　有個小男孩，穿著背心短褲，總喜歡在傍晚時分，低著頭在公園裡靜靜地畫畫。每次路過，我都會靜悄悄地蹲下來，在他身邊看著他用陽光般的眼神，凝視在畫紙中的世界，水彩渲染過的顏色總是特別迷人，尤其在將近昏黃時分，畫色不由地沉澱了光鮮變得黯淡，卻如夜色般灰淡的迷人。

　　這個男孩叫小新，由單親媽媽撫養帶大，家中沒有兄弟姐妹，所以他很寂寞，總是溜到家中附近的公園，靜靜地坐在長椅上聽風聲呼嘯過，看鳥兒在樹上歌唱，綠意填補幼小的心靈。他特別喜歡小動物，尤其是貓很喜歡靠在他柔弱的身子。

　　這個小男孩很專心在畫畫，每次經過好一段時間，他才突然回想注意我在他的身邊，他也只是傻乎乎地對著我笑，不多話。每次我都會買著零食和麵包，給他畫畫時充飢，因為媽媽下班回來煮飯，通常要接近晚上八點才能吃，所以我特別心疼。我雖然結婚了卻沒有孩子，所以看到這個可愛小男孩，卻突然特別的熱情與關心。每次看他啃著麵包，小小的酒窩閃亮著童年的光輝。

　　小新很喜歡畫小動物，畫鳥畫魚畫昆蟲，但是最特別的是他最喜歡畫貓。我問小新，為什麼特別喜歡畫貓？他用調皮的語調說：因為小凱特別可愛，對我很親近，所以我覺得貓最可愛，尤其它趴在草地上睡覺的時候，特別漂亮，好像童話中精靈的化身來到世界上。

　　幼稚天真的心就是這樣，能把世界上的東西都能看成最美好

的，這顆單純的心就是畫畫的動力，把世界都擬化成最美麗的精靈。小新畫近了二十幅貓的畫，沒有上過小孩課外美術課，只是在學校學過畫畫，小小年紀就懂得水彩畫。

這個小孩眼珠圓滑滑地會發亮，就像夜裡透澈明輝的星星。但是小孩臉色卻蒼白無色，有時他畫畫時總是停下來休息，再繼續他的畫作。因為身上帶病，小新常常無法如常上學，他唯一的樂趣就是畫畫，所以媽媽也不阻止他出來公園畫畫。

我先生也很喜歡小孩，所以有時我也會約小新和媽媽一起出去吃飯。問起小新為什麼營養不良臉色不佳時，他媽紅濕了眼輕輕告訴我：小新得了白血病，不知道能活多久，為了給他看病，她唯有拚命的工作賺錢，能陪孩子的時間也真的不多。她說上天就是如此殘忍，讓她有個不顧家庭不告而別的丈夫，還有個得了病的孩子，她心底是絕望的無底洞，但她不管多麼辛苦艱難，她還是強忍著痛，堅持地把小新照顧好。我緊握她的手，不知道該安慰她什麼，只是知道世界有時候就是如此殘忍無情，捉弄人心。

小新畫的貓總是有不同的顏色，我總笑他說：小新，你的貓也太可愛了吧，世界上那有那樣顏色的貓？通常都是黑白灰較多吧。小新稚氣地望著我笑說：在我的世界裡，貓的毛色本來就是彩虹色，因為它是人間最溫柔的天使，所以我就給每一隻貓不同的顏色，紅色代表熱情，紫色代表神祕，黑色代表高貴，每一種顏色代表動物的生命力，所以就給了它們不同顏色。

他問我，他有那麼多種顏色的貓畫，要送一幅給我作紀念。挑來挑去，還是選紅色躺在草地上睡覺的貓吧！小新問我為什麼選這一張，要我給個理由。我不假思索地回答說：直覺告訴我，紅色代表你那個火熱的心，所以我最喜歡這張。選了這幅紅色的

貓畫，我洋洋得意地笑了。

　　小新在我耳朵輕輕地告訴我：阿姨，你知道嗎？其實我不知道紅色是怎樣的顏色，因為我天生就特別喜歡用這種顏色。我問小新：為什麼你會不知道紅色？蘋果的顏色，你應該知道嗎？小新搖搖頭，嘟著嘴說：我真的不知道，我只知道自己天生是紅色盲，因為看不到，所以它是我最喜歡的顏色，我想紅色是世界上最漂亮的顏色，可惜我看不到。

　　聽著聽著，我眼淚禁不住地流淌，這個世界為什麼如此不公平。小新望著我，幫我拭去了淚水，我緊緊擁抱著小新無法言語。

　　那是我最近一次見到小新，第二天他就離開了我們，到了天堂。望著紅貓的畫圖，我心裡輕聲地告訴小新：小新，在天堂裡，你看見了那只紅色的貓了嗎？是不是特別的漂亮，在天堂裡你什麼顏色都能看見了，你永遠都存活在我們心裡，因為你是紅色的火鳥，燃燒著我們的生命，謝謝你出現在我們的人生裡。

張樹林

夜行感覺

　　我一直不敢告訴妳們那夜的感覺，有時候，事情藏在心裡，比說出來的好。

　　從這條路開車出去時，我忘了取一件很重要的東西，然後我們又駕回這條路。天色就在那瞬間暗了下來。那夜我的視覺很不好，總感覺到一輛輛車子從玻璃鏡前撞開去，我一直不敢告訴妳們這種感覺。這幾個月來，我一直在尋找一個真正的自己。我只想安安全全地把妳們送到那裡，又安安全全地送回來。自從懂得駕車後，就很怕別人載我，那使我有種把自己的生命交給別人的感覺，我沒有那種自己處理的安全感。

　　寫過＜說夢＞後，就一直感覺到自己重複重複著那四個夢。我一直沒有很仔細地去重讀那四個夢，直到那晚我們的座談會裡，妳們討論它的時候，我才真正的細讀過。駕著車子從這條路開出去時，總感覺到夢裡的那種腳步聲，一直迴旋在前面。一路上的車燈都像一陣愕異的眼神，從我身前看過去。我不知道它從我身邊擦過時，用的是那一種眼神，我也不知它是否會轉身再看我。

　　車輛越來越少了，我們已到了兩個市鎮的中間。我一直感覺到兩旁的景色是那麼陌生。這條路，明明是筆直無攔的卻忽然間轉彎。這座山，明明在左側卻在剎那間插入妳的車前。有一次夜裡和妳們從金寶回來，一樣的天空一樣的景色。一路上一大片黑暗掩蓋過來。我僅能看得見車燈界線內不很明顯的景

物。經過一片墳場時，妳告訴我，我們好像已經走到了路的盡頭。我聽了心裡頭起了一陣莫名的恐懼。對於死亡，有時候我是毫無恐懼的。每一次的突變，總使我成長了許多，這種成長，對於我是一種悲哀。

匆匆的趕去，又匆匆的回來。天，已用雨洗刷著我們。我一直不知道自己能否安安全全地回到這裡。轉出郊外時，我不知道自己轉到了甚麼路。我看見路中央，有那麼一叢高高的草，驀地彈回路旁。我望也不敢望便輾過去。我不知道妳們是否看見，我不知道是否妳們也和我一樣恐懼。我只感覺到妳們笑得異常，話也說得奇怪。

不知道聽誰說過，曾經有人半夜裡獨自駕車回家，讓一個女孩子搭順風車，回到家時才發覺坐在車裡的是一塊大石頭。我一直記得這個故事，尤其是夜裡駕車，我總會想起，那幾次我趕廿多哩的夜路，夜裡的路總是特別漫長的。走夜路像走進了另一個陣地又回到這個陣地，到家時便有一種再生的感覺。

城市情懷

‧安順

　　安順是我年少成長的地方，也是我渡過快樂淡泊童年的故里。六歲時搬到安順，從開始時的一家人租一間小房間，到買屋子，自己擁有一間臥房，一間書房，有庭園有果樹，我也蛻變為成家立業，為人夫，為人父。

　　安順有我太多的回憶，快樂的以及不快樂的。我也沒有想過離開這個哺育我多年的地方，一直到經過一場突變，使我開始萌念離開安順這個平靜的小鎮。人和事，加速了我出走的決心，也終使我走了。

　　離開安順的時候，我已經肯定自己不會回頭，徹徹底底，連根拔起地走了，不想有太多的回憶！

‧吉隆坡

　　初臨吉隆坡，心中一片茫然。在人來人往的街道上，只感覺自己被人群推著前進，沒有方向，只能隨著人群行走。

　　年輕的時候，吉隆坡是我心目中最厭惡的城市之一，沒想到自己居然會每天走在吉隆坡的街道，在她熱騰騰的心臟穿梭。有一次天快黑了，我困在車龍中闖不出去，那種焦慮和心急以及不

安的感覺，使我有哭的衝動。

　　吉隆坡改變了我的人生觀，使我不再囚足於小小的天井，使我看到世界外面遼闊的天空，使我接觸更多的人和事，更使我覺得，生命中有更大的挑戰和使命等待著我。比起以前，以前那些都太渺小了。

　　曾經走在安邦路，踏進古色古香建築的辦公室，我開始肯定和體認作為一個潮州人的尊嚴。我也開始鑽研在華裔歷史以及自己本位的文化裡，我開始驚覺，以往不屑以及輕視的本籍文化，竟然有著那麼甜美豐沛的內涵。

　　坐在Chili Restaurant裡，面對依然保存著歲月的昏黃牆壁，細讀石柱上熟悉的對聯，我已開始醉了，以為自己回到了神州，回到了父母親南來的故居。

潮州‧汕頭

　　剛接觸文學的時候，被中國文化的淵博歷史迷惑了，對自己的家族根源更是充滿幻想。那時小小的心靈，只想著如果有一天，能到中國，能摸一摸道地的潮州柑，能俯身抓一把泥土，就心滿意足，激動流淚了。

　　沒想到夢想很快就成真，來到神州大地的天空，在機上俯視這一片母親的大地，心中有一絲絲的激動。踏上汕頭，看到了一個個被歲月耕耘得滿臉焦慮的潮汕人，黃皮膚的那種。在充滿潮州鄉音的街頭，我竟感覺到親切中有點陌生。那和我有點不太一樣的鄉音。是否我已離家太久，連鄉音都變了？

　　一切都是美好的。我終於望及湘子橋，終於看到韓文公祠。終於看到正宗的潮州大戲，終於踏在神州的大地上。雖然一切都

是鄉土的，但卻是我思念已久的故土。就像思念舊情人一樣。雖然照片中可見顏容，但總不及赤裸相見擁抱來得激情。

　　一切都是甜美的。在街頭用三元人民幣買來一袋潮州柑，才發覺在香甜中，還有一點鄉情的青澀，那和飄洋過海而來的不太一樣。

　　深夜裡走在街上，在路過的小食檔，品嘗一些潮州小食，竟然覺得，每一樣食物都是那麼親切可口。尤其是在西湖旁邊餐館的那些小食，更是令人回味無窮。

　　潮汕的天空太廣了，請允許我慢慢去品嚐。

・臺北

　　臺北是我除了馬來西亞以外，逗留最久，到過最多次的城市。臺北的春夏秋冬，我都度過。記得初次抵臺，在初秋的涼風裡，在激動的心緒裡，我走進了文化中國。

　　聽課、演講、買書、看戲、跑出版社，成了我在臺北的生活。那時每次出街，非把袋子裡的錢買完書，看一、兩場戲，都不肯回家。那段日子我住在景美，常常在路口下車，就在路口的水果檔子，買粒山梨，削好浸些鹽水，一路吃著回去。我常在小巷口的檔口，吃一碗陽春麵，切一小碟鴨肉，獨自享受豐富的晚餐。常常，一個人神遊在故宮的歷史長河，為故國的恥辱榮譽神傷，又或者到胡適先生的墓前，靜聽胡適先生墓前的白話言語，聆聽胡適先生的教誨。

　　臺大的杜鵑花叢裡，也曾經有我的愛情故事。在寒冷的冬風裡走過羅斯福路，卻也不覺一絲寒意。那是因為在掌心之中，有一絲甜蜜的暖意。

曾經帶著青少年觀摩團赴臺，只覺得臺北改變了許多。臺大對面我常去的書店，面貌變了又變，慶幸的是那間好吃的石頭火鍋店，風采依然。

　　城市情懷，說不出那一個是自己的最愛。

水上燈影

　　記得好多年前看過一部電影，戲名叫《城市之光》。電影中描寫一個中國大陸青年到香港後的遭遇。這部電影給我印象最深的是男主角看到海水時那份狂喜的神情。男主角嚮往的是海水，而他的女兒嚮往的則是燦爛的滿城燈火。

　　後來我身臨香港，在夜深時分，上到太平山，滿城燈火，在我腳下，一望無際，像一盤佈陣奇妙的棋局，虛虛實實，分也分不清。這樣燦爛的燈火，容易使人迷惑，使人不知人間何世。

　　下山後在尖沙咀的海岸，隔著一道維多利亞港，只覺得對岸的燈火，從山腳爬到山頂，許多霓虹燈在滿山偏野嬉戲，每一盞燈都是一個希望，望著對岸滿城燈火，仿佛那是遙不可及的無數夢幻。那一刻，我突然想起「城市之光」裡男主角的女兒。

　　在香港的另一個晚上，我登上銅鑼灣的小艇，蕩漾在漆黑的水上，對岸就是九龍，滿城燈火喧嘩，真像是無休無止的不夜城。海水輕輕汩來，不知流向可望不可及的燈火，還是帶來了一些遠方的燈影。

　　夜深時，遠方傳來另一艘小艇的賣唱歌聲，對岸燈火依然，但一樣遙不可及，水上燈影三兩，鏡花水月，這世界真的是如此嗎？

　　其實，「燈」和「水」，彷彿都是一種象徵，象徵一種希望和追尋。人在塵世中，都在追尋燈和水，在數十年光景中，不管你走到那裡，世界上的燈越來越多，越來越亮，越來越燦爛，而水呢？水依然流著，去而復返，不捨晝夜。

說夢

‧夢之一

　　在那樣的一條古老長街，妳扶著我，尋尋覓覓。我知道我們是在找尋一個人，但我卻怎麼也記不起要找的人是誰？我想問妳，卻怎樣也叫不出聲音。我拼命地拉著你的手，你卻毫無知覺地前進。我一直喊妳的名，那種聲音是恐懼的。最後我撲倒在街心，而妳仍然以扶我的姿態，毫無察覺地走進，那條古老的長街。

‧夢之二

　　有一個晚上，我逛進了鬧市，看一群人正圍著看一個走江湖的耍把戲。我想擠，擠，卻怎麼也擠不進去。我拍拍前面那人的肩膀，想叫他讓我擠進去。那人不經意地掃了一掃肩膀，然後回頭望我。那張臉是充滿恐懼與不信的。我迷惑地望著他的眼睛，剎那間他張大嘴巴，那樣尖銳地喊了出來。我驚懼地抽回了自己的手，而那群看熱鬧的人拼命地四散奔去。

　　祇有一面銅鑼，那樣幽暗地躺在那裡。

‧夢之三

　　在一間白色的房裡，我躺在那裡，看一個個穿白衣的人，走了進來，在我體內拼命地翻動著。

　　剎那間一聲驚叫。

　　那群穿白衣的人爭著衝出室外。我許是從頭到尾都是清醒地看著自己，剖開的胸部沒有一件內臟。我驚呼地翻起撲倒在玻璃門上。

　　門外許多人在指指點點，玻璃門上，是四道殷紅的血跡。

‧夢之四

　　那樣的月芽，那樣不明不暗的夜。

　　我在酒宴後走回來，想走回家去，卻不明白怎的走進了一條小路，兩旁高高的茅草不斷地在生長，我拼命地撥開，拼命地奔跑。

　　我看不見天空，只有一彎通紅的月。

後記：我有時不信命運，但有時卻不得不令我相信，我相信凡事的來臨必
　　　有預兆，你信也吧，不信也吧！連日來的夢，已令我心寒似水，只
　　　怕我是那夢中的自己，像江水那樣流過去時，流走了自己。

那一種傷

　　縱使有千萬種聲音，亦再也喊不出那種傷。這麼多年來，你和我在一起。燈前，燈後，你總該明白。這世界是那麼廣闊，廣闊得使我不知如何去適應。其實一切都是在我難以迎接而卻是在意料中來臨的。你也不必為我悲傷，人在經過一場大害怕之後，就什麼也不怕的了。也許在那千萬人海中，我是那滄粟，浮浮沉沉，也不知自己何時在世界上消失。就如你，誰也不知，就在那一盞燈驀然亮起時，你掩著胸，從我身上痛苦地撕去，然後眾燈熄滅，祇有我自己，橫躺在蕭蕭風雨中，獨泣。

　　從桌前的那盞燈亮起時，你便緊緊地跟隨著我。我們的血管裡，流著同樣的血液，祇要任何一根血管，在無聲無息裡爆裂，染紅的必然是你，是我。而這世界偏偏是那麼的奇異，當你想狂熱地生存下去時，卻往往有著某些陰影籠罩著你。

　　我們都看遍了這半邊世界。每個人都是粉墨登場。誰也不知，洗盡鉛顏後，是否還能窺見那純真的顏面？真誠虛假，也僅是那臺前的一幕，重複重複著在時間裡流轉。

　　我們在燈前席地而談，談真談惡，在你我的言談中，我剎那間醒覺，世間滄桑，而我已是那傷了半邊軀殼的人。你知不知，那一種傷，在我體內含著什麼？我甚至已是那殘破的燈，想向你告別。人活著是為自己而活，我活著是為許多人而活著。你也不必太過憂傷。那一種傷，使我更愛惜生命。也許你不知道，此刻我是洶湧的潮，正以驚巖拍岸的聲勢，在毫無察覺裡完成自己。我們都是同一命運的人，你的歷史重複著我的歷史。你的血液溫

熱著我的血液。在燈前，你與我並肩細談，我才是，人生裡的自己。手足之情，我也不忍告訴你，此刻遠方有一盞燈，陰陰暗暗地向我招呼。所以我必須這樣地在搏命中完成自己，而我一停息，勢必焚成黑暗。不管是否我會離你而去，那也是從生命中殘破地撕去。

此刻我是高粱後的人，在幾分昏醉中尋找清醒。我根本無可能再伴你上山了，不是我已老去，而是我已無可能那樣年輕地呼吸。其實我是很想告訴你這許多的，但那種傷，那種傷帶給我的感覺，是一陣陣的失覺，使我不能全心全意地去思索。我一直是在破碎的自己中，找尋自己完整的語言，那種痛苦，你是可以明瞭的。

那些不經意的話語是真的實現了，我曾經是瘋狂的喪失了自己。其實那種傷是一直醞釀著的，就那樣在不知不覺裡，傷了我半邊軀體。你說：此刻我是否還有餘力去爭辯真理？你也不要把每個人都想像得太好。其實每個人都有著某些鉛顏，去偉大自己。一個人一生中，能擁有一兩個知己，已經是死無遺憾了。而你是最明白我的人，你不要看我狂傲倔強，其實此刻我比誰都脆弱。我縱然一旦不幸走後，我想，你也不會留在這裡了。生命給了我一層層的壓迫，是風濤也會有恐懼，而我是孤獨地在書房裡，維護自己。

請不要用那種眼神看我，在這條路上，我是一直包裹著自己，你不要去試圖去剖開我，那樣傷了的是我。我一直不想別人太瞭解我。人與人之間，有一點點的美好距離，不是很好麼？

也許此刻我是在清醒中說一些昏睡的話，在昏睡中做一些清醒的事。世事是那麼的令人無從自己。也許有一天，我會走入你的記憶裡，讓你孤獨地去回憶。

夢裡城河

・夢境喜悅

　　剛剛讀到你的一篇文章，彷彿看到你佇立在陽臺，微微抬起臉，有著一種挺拔的英氣，有如眼前一幅檀香扇，秀氣中有點倔強，平實中有著不凡，像一口芬芳的古井，我接近了，照臉情真，握一掌清涼的水，像握一把茉莉，而我是被淹沒在詩經般芬芳的風景裡。夢裡城河，你是城，高而難以觸及，我只是一道河，彎彎地流過，我只能在城外，日夜守望，而我安於這樣的流域。夢裡城河。還有什麼城，像我夢裡那座一樣？

　　常常驚悚於你的文字，文章裡寫盡山河，信函裡的風景。你說該做一個有情操的城市人，而你在城中只擁有一片塵土。而我呢？我漸漸後悔說不喜歡吉隆坡了。近這幾月來，我的心緒激動，我越來越自覺，自己追求的不只是藝術上的完美，也是人格的完美。而我也真想作一個有情操氣節的城中人。

　　在這個城中，每天用同樣的臉孔對待不同的人，用同樣的筆寫不同的數字。常常幻想在支票上寫上一首詩，能不能兌現？而我從來不敢嘗試，在亮麗的天空中，我仍然用最端正的數字，開我的支票，用最新式的計算機，算我的過去，我的未來，今天，明天。我的簽名式是最不甘於現況的，一筆撥開雲天，然後重重的落地，接著是一片平原，是我的歸屬，向南方的盡頭流去，最

後再重重的點下兩點，警惕自己，怕自己在這條金銀色的長河裡流失，怕自己在這個城中流落街頭。

我厭惡於別人對我的諂媚，厭惡於奉承的和我談詩，而我從不讓一些人知道文學與我，如母子般的關係。黃昏時回到書房，扭開燈火扭開一片書扉，常常感覺那才是原來的自己。而我只是一個隱姓埋名的江湖人，只因身不由己，夜裡卸下粉墨，你才會看到真實的我自己。我和我的影子聊天，和你打兩個鐘頭的電話。讀你的信，彷彿所有綠意都推窗見山的湧到眼前。你說過綠色是最美的，多希望是沒有秋天沒有落葉的大樹林，你說過你是不作夢的，而我常常陷入夢境的喜悅。也許你不知道，我只怕以後連這夢裡的喜悅都沒有了。只渴望有一座只有綠意的樹林，像你寄來的小卡一樣青綠。

·快樂是不能詮釋的

我剛從一場幾乎就發生了的車禍中出來。我的手心，因握駕駛盤而生了繭。我自信我是穩健的，但那交通燈，就在分辨不出紅綠的那剎那，我幾乎撞上一輛電單車。我一直在想，如果我來不及煞車，或者他來不及煞車，我們撞上了，而他因這場車禍而殘廢而死亡，他怨不怨我？如果死亡殘廢的是我，我怨不怨他？

在這個城中，有著許多交通燈，每一個交通燈都有著不同的規則，用不同的方式控制著不同的車輛行人，作為一個城中人，我是恐懼的，恐懼於面對這一剎那便是停車危險的訊號。你知道嗎？有時候，我甚至不甘受制於這幾盞無意義的燈，余光中說的：「一個人，能闖幾次紅燈？」而這幾盞交通燈，令我不能用自己的思想行車。機械化地停車開車，我已漸漸厭倦了。但每天

黃昏裡獨自騎著電單車，駕著車子出去，仍然是我最喜愛的。我只知道慢慢行駛，看世人匆匆的趕路。我在想一些人和事，我常常滿足於這小小的快樂。

誰說我不快樂呢？快樂是不能詮釋的。你是唯一一個第一次寫信給我即問我：「你真的不快樂嚜？多希望你快樂起來。」你知道嗎？我愕然於你這小小的關懷。而我常在那個郵政信箱前，在飛亂的陽光中讀信。亮麗的陽光令我突然間想哭，但我想我是感情中的理性人。

我要從快樂出發了，讓我的快樂遊走於這個滿佈街道的城市。我想我是不會這樣快便厭倦於這個城。城裡有我的家，我的愛，我的溫馨，我真摯的朋友，在這城中，我開始了我的生命，而一切將綻開如眾路朝向羅馬城。

鄭月蕾

那一夜凌晨一點

　　我喜歡駕快車，尤其是在我熟悉的路線，我喜歡駕快，早些到達目的地；我不喜歡浪費時間在道路上，因此我相當討厭因一點小事就駕車出門；除了上下班和迫不得已的情況下，我很少駕車到處遊蕩。

　　認識吉隆坡的路線，幾乎全賴司機。是他，是司機帶我走遍這個大都會的大街小巷，載我趕赴一個又一個的會議、趕班機、趕盛會、趕期限、趕月臺等等，從擁擠的車道穿越一座又一座的建築物走捷徑，在司機老馬識途的闖蕩下，很多時候都能及時辦好我應辦的事。

　　車窗外的風景不可能每日如新，但午後恬慵卻很會偷襲，很多時候，在睏頓的午後，我套上墨鏡就這樣在後座睡著了。

　　可能也正因如此，所以便在自己駕駛的時候，明明是走在一條熟悉的路上，卻經常因為一個錯誤的拐點，把自己帶到一個陌生的環境。總得經過一番折騰，兜兜轉轉，才找到出口。卻也因為這樣誤打誤撞，我認識了一些不在我工作範圍之內的道路。

　　一個雨後微涼的晚上，一路上順利解決幾件積壓的事情，一下子恍神，我竟然走進了一條岔路，離回程的方向越走越遠。一個重要的交通指示牌因為被一棵小樹擋住了字眼，我找不到回家的路，只好自顧自用心駕駛，隨遇而安。

　　這裡的人潮確實是擁擠的，中東、錫克、友族、中國客、華人、外國居留客，不管青中老少，都滙擠在這裡。一里一走

馬，十里一洋場；它給我的感覺，是魚龍混雜，一個不折不扣的大染缸。

車子慢速駛過，左邊有一位青中年男子，側身望著眼前的廉價酒店，背影飄浮一抹微帶滄桑的感覺，正躊躇著……

車行，快速看到每張陌生的臉。我想這裡絕對不是這大都會最浮華的一面，但卻是最最傷痕纍纍的一角。這裡的人生百態，滄海桑田的無力感，隱隱約約，一層一層的瀰漫在空氣中。

前面轉角處的舊店仍在，對面卻換裝成了韓國裝飾品專賣店；雖然已經是午夜，仍然還在開門營業。

終於找到出口，右拐出去，街道兩旁依然是滿滿的人潮，三條寬大的單向車道，依舊車水馬龍。唯一的亮點，便是頭上一排排相隔有間的彩色燈飾，大小參和五彩粉嫩色系的圓球燈飾，淡雅清澈的高掛在車道上；花月良宵，帶有幾分人約黃昏後的浪漫，可惜，這一條街的風月未能襯托那一抹幽雅。

差五分凌晨一點，我終於走在那條蜿蜒回家的小路上，這是一個寧謐的夜晚，雖然我又迷路了，但我心情平靜。一切浮華與我無關……

文字藝術的醞釀

　　醞釀是技術性的工作，在文學創作卻是一種文學培養成形的過程。開始接觸現代文學，是在高中最後的幾個月。寫詩和寫散文，那時真的摸不著門路，文學理論是我唯一找到的導師。

　　我對自己的創作是有要求的，同時也很貪心，尤其剛開始要動筆時，腦子盤旋的意念卻多得不得了。欲速不達，寫散文尤其如此。

　　身為作者應該追求作品整體的美感。有頭有尾有中腰，希臘戲劇古典三一律，那是最基礎的美學秩序。我們無需是一個希臘文學專家，因為古典三一律是英文的ABC，漢語之的了呢嗎。

　　古典三一律不僅用在戲劇，也用在小說創作。楊牧從他的散文創作與作品審閱，得出結論：「現代的散文，具有它的三一律：一定的主題，尺幅之內，面面俱到；一致的語法，音色整齊，意象鮮明；一貫的結構，起承轉合，無懈可擊。」這是楊牧因為讀了時報文學獎，舒國治的《村人遇難記》，有所感而寫下的心得。

　　寫詩亦然，我們不能因為冠上「現代」二字，就可以不守秩序，而摒棄一切古典法則和定律，罔顧文字的藝術性。

　　寫詩可以從感想，氣氛，氣味，一些人物的一句話，一個動作寫起。像葉珊時期楊牧的「燈船」，僅僅燈船就蘊蓄了光源、棲息、航行⋯⋯的各種想像。

　　誇飾有其限度，有它漸進的過程，一開始就設喻不當，接下

來的文字語句就要有舖陳的能力把「突兀」合理化，要有說服力才能進一步感動讀者。

藝術創作也要有說服力，讓讀者把「不可置信」的心理否定放在一邊，轉而相信作者的文字或情節安排。像卡夫卡的《變形蟲》，一個人一大早起來發覺自己完全變了形狀，然後便是這隻大蟲的適應，對周遭環境的讓步，為的是懦怯的生存。讀者從這些逐漸展開的情節瞭解卡夫卡的深意，這個合理化過程，需要文字舖陳情節支撐。

造物者是殘酷的，世間萬物我們幾乎都能觸摸到、看到、嗅到，唯時日／時間，它既沒味也無形；我們沒能圈禁時日，它沒生命，也沒有人可以看見它會行走；唯獨人生被時間逼著走，而且不允許回頭。

詩人劉延湘這樣寫＜時間＞：「時間是一輛汽車疾駛的馬路／馬路是一條靜默的河流／河流是海洋軀體的手臂／而海洋呢／是群鷗談話的廣場／以及／生長時間的土地。」

這種層遞比喻法，符合時間的蔓延生長，生生不息，從初始回到源頭。

整首詩，作者沒有突兀的比喻，只用合理的擬物，時間無處不在，它籠罩大地，滲透每一個角落。

創作是需要佈局的。文學需要的不僅是情緒，也需要一點點的故事，情節故事的出現需要佈局。秩序先後，先寫景還是先寫情？如何做到情景交融？如何緣情喻志？抒情、言志是中國文學的兩大傳統，作品若能兩者兼顧，當然最好。想是那麼想，能否做到、做到多少又是另一回事。

要把一首詩寫好，確實不是易事；李白大氣「黃河之水天上來」，曹操豪邁不掩悲戚的「對酒當歌人生幾何」，李後主辭藻

綺麗「雕欄玉砌今猶在」意境喻情，更不至於要學到李清照「尋尋覓覓冷冷清清淒淒慘慘戚戚」。但如果有下工夫，肯思考，還是不難寫出「合理」的詩。我說的合理是合乎詩的邏輯。

　　當年詩社社員林若隱十六歲的詩作：「從一條街我們來到現代／前面擺著另一條街／不知走過以後／是不是就可以回到家／還是走呀走／沒有盡頭」，這首詩，文字淺白，短短六行，便前呼後應的把整個概念寫了出來。從空間跨進時間，表面看似乎不合理，卻合乎詩的邏輯。林若隱的時空跨越，用的是她信手拈來的電影技巧的鏡頭跳接。

永遠的小紳士

　　我喜歡企鵝的模樣，矮矮胖胖腳短短，可愛又笨拙，有一種古人說的拙趣，現代語叫萌。如果出生於清朝同治的齊白石畫企鵝，效果不懂會如何；白石老人畫魚蝦木石，以拙為進，名揚於世。不過企鵝是居住在南極圈冰寒地帶的海禽，清末民初的中國，企鵝應該沒在中國出現過。何況白石老人擅長畫的是靈動的、半透明的蝦，實質硬體的企鵝，應該是油畫的題材，山水潑墨很難把企鵝畫得傳神。

　　企鵝身體肥胖、腳又短，走路姿勢搖搖晃晃，活動像剛剛學會走路的小孩，無法奔跑。可是牠卻可在陸地上走得相當快而且靈活，把胸部平貼在冰上迅速滑行，連跌帶滾的逃避敵人的攻擊；動作滑稽，狼狽有餘卻不失禮，可能就因為牠那身永遠不變形的紳士燕尾服，掩飾了牠們的窘態。

　　全世界的企鵝共有十八種，大多數生活在南半球。最大的企鵝是南極的帝企鵝，高一百三十公分，重三十至四十多公斤，帝企鵝之所以被冠以「帝」，除了身高和體重，牠的頸環、喙角、耳朵和腳的顏色都呈橙黃色，胸前的毛從頸部往下呈淡黃色，成為企鵝當中色彩最美的一族；另一個色彩能和帝企鵝媲美的是長眉企鵝；最小的是澳洲的迷你神仙企鵝，亦被稱為小藍企鵝，身高三十五至四十公分，重約一公斤左右。

　　企鵝是一種喜歡群體棲息的動物，牠們從每天出海捕食到尋歡作樂，都是集體前往。有時遇到壞天氣，一大群企鵝會站在岸

邊猶疑，只要有一隻企鵝勇敢的往海裡一跳，其餘的就都會跟著
you jump，I jump！捨命陪君子。

　　企鵝是潛泳專家，牠們的腳骨骼堅硬，趾間有蹼，再加一雙
有如木槳的短翼，一個控制方向，一個划水，這種配合使企鵝可
以在水底「飛行」。需要高速前進時，牠還會來個海豚式跳離水
面，每跳一次可在空中前進一公尺或更遠，並趁這時間呼吸。企
鵝一天來回能遊百多公里，能潛入水下二百六十五米深。

　　根據科學家的觀察，企鵝是典型的海鳥，因為缺乏在地面覓食
的能力而選擇了下海捕食磷蝦、烏賊和魚類，便失去了飛行能力，
經過一連串的進化選擇，成了今天有「海洋之舟」美稱的游禽。

　　那一夜站在風中，我故意選一個稍微高點的位置，極目遠
眺，等待。等待那一刻平靜的海面開始湧動，等待一大撮一小撮
的小精靈漸漸的浮現，看見牠們團結，欣賞牠們互相照顧的精
神，看著牠們殷盼同伴上岸，然後帶著又萌又傲嬌的樣子，列隊
歸巢。

　　如果魚有七秒鐘的記憶，那這憨厚又帥的小紳士，會不會只
能、只有單向的思考，以簡單的方式生活下去？

　　我是故意的，故意要站得遠一點，嘗試用心去聆聽，聽聽牠
們的「呼呼」聲有多重，揣測牠們今天出海的行程和收獲，歷經
半天的辛勞，牠們的魚獲，是餵養嗷嗷待哺的幼小，還是反哺那
等在風中的殘年，天黑了，那等在巢裡的又會是誰？

話匣子

今日閒來無事，幾位同事打開話匣子，談天說地，他們是養狗一族，大家很自然的便聊及個別的養狗心得。

我是不熟狗性，也不明白人與狗相處之間的微妙關係，還有怎樣相處。同事當中有一個單身的，他養狗為伴，不難理解，可他選中的是一隻外形如藏獒的大狗，照顧起來費力，難得他卻毫無怨言。

原來他的狗狗是混種松獅犬。松獅犬一般性格膽大獨立，愛清潔，懂得如廁。牠不搞破壞，文靜高雅，外表如萬獸之王，步伐從容淡定。美中不足是眼睛深陷，視力有限。

另外一位更厲害，家裡除了樣貌精靈的貴賓狗，還有兩隻狼犬、一隻101和一隻臉皮皺結在一起的沙皮狗，這五隻狗，完全霸佔了他休息日的閒暇時間。從狗糧到體檢，每月得花費幾千塊錢來照顧牠們。

群狗共聚對他來說本來問題不大，問題卻出在那隻貴賓狗。也不懂牠是恃寵生嬌還是諸事八卦，很多時候牠就愛對其他狗隻的舉動亂吠惹人嫌惡。有一次不知道為什麼竟然跑去惹了狼犬，結果被咬傷頭蓋和下顎，牠曾經一度氣絕，及時救治，才撿回一條狗命。從此以後，那隻狗便只能在安全範圍內活動，也成了他家傭人寵物美容的練習對象，傭人經常給牠修剪各種髮型，而當中以四方髮型襯以牠多毛而臃腫的身軀，最可供談資亦可供欣賞。

這隻貴賓狗是他朋友送的，據他朋友說，這隻小狗的母親也是一樣，當初就是因為無法忍耐牠母女倆的吵鬧，才把牠們分開。所謂養狗要先看狗母的品行，這句話原來是真言。

令我意想不到的是我們的馬來司機也養過狗。養狗是回教徒的禁忌。他沒有買名種，只養了一隻菜狗。菜狗大概馴了一年多，就多次趁他上班時間出外惹事。經過家人勸說，馬來司機最終只好把牠放走，讓牠在外自生自滅。

這麼多個狗主當中最闊綽的非呂太不行，她因為熬不住朋友的友情直銷，買了兩罐千多塊錢的幹細胞。開始是想要讓自己進補，後來想到幹細胞理論上應該是濕的，不應該是乾的，因此膽怯不敢服用，便把幹細胞餵給一隻十多歲的哈士奇。這隻哈士奇，自從兩年前跌傷以後，靈活度大不如前，上下樓蹣跚；誰知牠服了幹細胞藥丸，每天上下樓梯快捷自如，看來這幹細胞藥應該是有效的。

經此一試，呂太調侃說從此自己就好像成了神醫，凡家裡小狗有生病跡象、呂太便用調理人體的昂貴中草藥來診療她的小狗。如果發現小狗身體虛弱，她甚至餵狗狗吃泡蔘冬蟲夏草，旁人見了只有乾瞪眼的份。

聽到這裡，終於明白為什麼長輩們經常說：寧作太平犬，莫做亂世人。

海明威 VS. 弗洛斯特

a）海明威的豹

　　海明威年輕時候的照片，豐神俊朗，晚年因酗酒造成血壓高及肝臟受損而患上躁鬱症，十分不堪。他在西班牙鬥牛，在非洲狩獵，在古巴生活，man得很。他是一九五四年諾貝爾文學獎得主，在文學界相當吃得開。

　　海明威喜用短句，淺白易懂，佈局行文卻相當細緻。他的語言節奏自然流暢，有很強的臨即感。有志於學習英文，或是想接觸美國文學的朋友，詩方面不妨先接觸弗洛斯特，小說可不要錯過海明威。

　　故事是這樣開始的：他，海明威，在非洲最高的Kilimanjaro山。在極峯之側，安排了一隻風乾的死豹，故事裡的男主角哈利，江郎才盡，他去了坦桑尼亞；豹子本該跑得飛快，氣候有輕微的變化牠可以跑開的，為什麼牠會留下被凍僵？

　　哈利被荊棘所傷染上壞疽，他的女友幫不了他甚麼，只能向友人求救。在壞疽惡化的過程，他看到一些幻象，過去、現在與未來交織在一起。他的朋友終於駕著飛機來援救他，飛機在Kilimanjaro山迴轉飛行，哈利看到了他夢中不斷出現的景象。

　　他的經歷，初戀，廝鬥，狩獵，與大自然為伍也與大自然為敵，都在飛機盤旋高峯一一浮現。他在最後的那一刻，想到那隻

莫名其妙上了高峯的豹子，莫名其妙死在山上的豹子。那隻豹子可能是自喻，故事就這樣結束。簡樸但細緻。

晚年的海明威酗酒鬧事，他一直想寫作，可是靈感似乎離他而去。他的健康日益敗壞，他終日喃喃自責，突然有一天，他跑去地下貯藏庫可能是想找一些舊稿。不幸的先找到一枝老獵槍，海明威便被這把雙管獵槍，了結了他充滿傳奇色彩的一生。根據歷史記載是自轟，法醫認定為擦搶走火……

b）弗洛斯特的雪林小駐

弗洛斯特（Robert Frost）的名作《雪夜林畔小駐》，詩風恬然安靜，有一種特殊的田園情調，我一直以為他是個快樂的田園詩人。他的詩自然安祥：

> 「想來我認識這座森林，／林主的莊宅就在鄰村卻不會見我在此駐馬，／看他林中積雪的美景。／我的小馬一定頗驚訝：／四望不見有什麼／偏是一年最暗的黃昏，／寒林和冰湖之間停下。／它搖一搖身上的串鈴，／問我這地方該不該停。／此外只有輕風拂雪片，／再也聽不見其他聲音。／森林又暗又深真可羨，但我還要守一些諾言，／還要趕多少路才安眠，／還要趕多少路才安眠。」

這是余光中的譯詩，雖然我可能喜歡盧飛白譯的詩多一些。余先生曾兩度翻譯弗洛斯特的這首詩，他指出詩的三個層次，甚有見地：「第一個層次是純田園的抒情詩，寫景之中略帶敘事，有點中國古典詩的味道。第二個層次則是矛盾與抉擇，焦點已從

田園進入人了。……至於第三個層次則朝象徵更推進了一步，其中的抉擇，竟是生死之間了」。

　　弗洛斯特並不如大家想像的，生活如意、幸福，他早年寫的詩沒人賞識，一直被退稿，難以維持家庭生活。一直到一九一三年，遇上伯樂龐德（Ezra Pound）──就是那個把艾略特帶上來的人。性格複雜而又可愛的龐德，可以同時欣賞晦澀難懂的艾略特與質樸無華的弗洛斯特──他寫了一篇重要的好評，奠立了弗洛斯特在美國詩壇的地位。

　　像海明威那樣，弗洛斯特也患上憂鬱症與精神官能失常症。可是他從詩──從詩的創作找到救贖之道。海明威沒辦法把現實的痛苦昇華為藝術，由於酗酒與早年肉體蒙受的重大傷害，腦子多數時候是一片空白。他的晚年作品已看不到少壯時代、中年時期的桀傲不馴的銳氣與創意。

　　弗洛斯特把他對生與死的內心掙扎，寫成《未走的路》，寫成《雪夜林畔小駐》的踟躕、死亡的誘惑，與他終於領悟「I have miles to go before I sleep」對自己的責任感。他的《The Road Not Taken》：「TWO roads diverged in a yellow wood／And sorry I could not travel both／And be one traveler, long I stood／And looked down one as far as I could／To where it bent in the undergrowth／／Then took the other, as just as fair／And having perhaps the better claim／Because it was grassy and wanted wear／Though as for that the passing there／Had worn them really about the same／／And both that morning equally lay／In leaves no step had trodden black／Oh, I kept the first for another day／ Yet knowing how way leads on a way／I doubted if I should ever come back」，最後一節的領悟，直擊主題。

I shall be telling this with a sigh
Somewhere ages and ages hence：
Two roads diverged in a wood, and I—
I took the one less traveled by,
And that has made all the difference.

　　海明威六十一歲自轟身亡，弗洛斯特在詩的創作過程中領悟人生總要作抉擇，兩條路在前面，他只能擇其一。他「選擇較偏僻的路」，沒有什麼好後悔的。詩人曾如此為詩作出定義：「詩始於喜悅，而終於智慧」（It begins in delight and ends in wisdom）。他活到八十九歲。他沒有像海明威拿到蜚聲國際的諾貝爾文學獎，卻四度獲頒：美國文學界最受崇敬的普立茲文學獎，可謂不枉此生。

卓彤恩

立夏前夕

　　手錶的日刻中顯示四號，現在五月。古靈精怪的他發了一條，今日馬克思兩百年華誕。微信的聊天頁面中有蛋糕雨落下，感覺真是莫名其妙。翻著論語的我又把書本蓋上，幾乎是趕流行似的開始閱讀《資本論》的第一頁。馬克思三十而立，我能這樣嗎？

　　回想起幾天前，有個美國教授在哲學院裡談為何他是個馬克思經濟學家。帶著美國南方的腔調，他對自己的選擇和固執娓娓道來。資本論中解釋了一條很重要的概念，「工人勞動過程和價值形成過程的統一，生產過程是商品生產過程；作為勞動過程和價值增值過程的統一，生產過程是資本主義生產過程，是商品生產的資本主義形式」。簡而言之，我們的必須性在資本社會中是不斷的被壓縮，而我們的附加價值讓我們被緊緊套在資本鏈中。你的老闆，永遠只會希望你經常加班。

　　我們真的有那麼不可取代或是那麼容易被取代嗎？一路走來，這個世界和我所處的象牙塔無不告訴我，你是獨一無二的女孩。但是這個概念中，也套著一個陷阱，我是女孩。作為女性，我們在這個社會中又生發出了什麼樣的附加價值？大眾對我們的審美有所要求，雖然我們大談特談解放，卻只見夏天到來之際大家忙著把體毛給剃得一乾二淨，把裙子穿上，露出光滑的一雙美腿。這個中間，到底衍生了多少的附加價值？

　　早起，我看了天氣預報。打開衣櫃，選了一件裙子。它只是

一件裙子嗎？在他人眼裡，它可以是我作為留學生的服裝樣式，或者英式傾向的標誌，又再是用以悅人悅己。對我來說，它是一件我買的特別開心的裙子，打一折。洗漱完畢，用梳子梳開頭髮。網上曾傳言道，「待我長髮及腰，娶我可好？」我一蔑鏡中的自己，利索地梳出馬尾。

這個早晨，真是好天。打開支付寶，掃描共享單車。我不禁想每天日復一日地掃碼開單車，除了用來騎，我也好像是和馬雲爸爸打工的女孩。每天準時上崗騎車，有時又突發事件要出門，也要上崗。阿里巴巴完全知道我到哪裡去了。我們老師曾笑道，逃犯一時忘了，拿起手機無意識地掃碼騎車，警察叔叔便在下個角落等著他了。

學校在郊外，天是藍的，可這是個柳絮亂飄的時節，你會發現自己的皮膚容易發紅，鼻子很容易積累污垢。這片藍，又是怎麼獲得的？誰曉得？上課前，習慣性地拿出保溫瓶，沏一瓶英式紅茶。是Twinings，但是英國茶是在東歐國家包裝的，上面印著英國皇家用品製造商。外國文學課，老師在講英國的感傷主義文學對後來的英國文學種下了不可改變的基調色彩。腦子想起之前被說的，Your yes will only be a「why not?」。

簡愛和羅切斯特之間的事，我上了兩個老師不同的課，差別也太大了。前者言，「文學解決問題」；後者道，「簡愛創造了典型環境中的典型人物」。我只想問問自己，這段愛情是真的愛情嗎？非要到另一方真的和自己的個子一樣高，和自己的內心一樣那麼敏感多疑才能好好在一起嗎？翻譯的名字，Great Expectations成了孤星血淚。還真的是心中濺滿血淚了。

聽完西方社會主義和左派的憂鬱，有個老師問我，「何處來？」。這身打扮果然太右了，連忙報上自己是文院的本科生。

老師似乎記得我是外國人，問我為何感興趣。我回答道，「感覺我有生之年，世界會回到左。」還沒說完，老師直說，這是個很文學的哲學回答。來不及多說，電梯又來了一個老師。在一旁，我陷入了很深的沉默。

夕陽，在騎車歸去的路途中越來越渺小。這個世界，在短短的時間裡發生了許多我們想都沒想過的事情。川普上臺，小英上臺，杜特上臺，英國脫歐，金正恩走出朝鮮。在留學生的群體中，很多資本主義社會的中產青年指出了自身的迷惘。我們不上不下，父母除了養我們，還要納稅，我們又不符合接受福利的資格。但卻又不是大富大貴。而這群瘋子，若不搞政治正確就給你搞極端保護主義。

象牙塔中間，我只能看到這樣的現象。而我，處於塔中，卻無力做任何事情。除了學、除了思、除了增廣見聞，我又能做什麼？老師說，左派現在努力回歸傳統不是正道，沒有轉型成功以致八九十年代交際之初東歐國家幾乎是以集體出走的形式離開社會主義的形式。

但，民主就真的民主嗎？看著自己的祖國，充斥政客的口沫橫飛，或是心靈雞湯，我們都怎麼了？揚言不投某政黨則沒有政治地位，另外一黨說的比唱的還要好聽，出谷黃鶯，繞樑三日。擇善固執，我竟從一白左經濟學家的眼神中看出光芒。

打開剩下的最後一瓶德國啤酒，還是聽聽瓦格納，還是聽唐懷瑟吧。

唐懷瑟糾結與紓解

　　在寫稿前的我，正在聽瓦格納的Tannhäuser，讀著書，寫著一段小詩，等著他回覆我的訊息。開始幻想著，以後我該如何讓自己住在歐洲，讓自己的週末是可以聽音樂會，欣賞歌劇的願景。想著未來，思考可能性。想想最近的事情，再回到即將考試的霧霾內。

　　樂曲進入Second Act，第四幕，我終於開始寫了。音樂在流動，它進入我的心神，進入我的潛意識。展示的是一場歌唱比賽，女主人伊麗莎白將為勝者做他所求之事。Tannhäuser在歌唱比賽中譏諷了那些個沒有唱出主題和生命本質的樂曲，不是政治正確、就是女子的德行和榮光。他隨之唱出了名句「愛神允許我的歌為你而唱為你而升起！」那麼，我的歌為誰升起？我的音樂為誰流動？為什麼，它們會走進我的生命裡？

　　隨著Tannhäuser的歌聲，我的思緒回到了那間狹屋，那屋子雖小房間卻很大的屋宇。那是個早晨，我播放音樂家故事的CD。奇怪，我不是在瓦格納的世界裡嗎？為什麼我突然又跌入了另外一個場景裡。裡頭為什麼看得到小小的我？我躲在一旁，直到故事結束。收音機播放一首行板小夜曲。音樂從收音機自然的流動，我本來正在發呆，竟自然擺動了身姿。雖然很小就被爸媽送到鋼琴班，不過我從來沒有那種能和音樂共舞的感覺。剎那間，我那僵硬的肢體獲得解放。隨著音樂起舞，輕輕踮起腳尖，時而蹀步，時而行走，時而跟著音符的跳動躍起。那是個魔幻的

時刻，靈魂不在身上了。我感覺到，它和音樂共舞，馳騁在空氣間、音樂間。我看到自己幼小的靈魂的多彩和生命力，它們喚起了現在的我。

我接著看到成長中的我。我還是在一旁看著自己。我想盡一些辦法懂得更多。原來，這所謂的行板，就是莫札特的Eine Kleine Naschtmusik四重奏中最為著名的小夜曲。我開始在鋼琴若有若無的敲出那些個旋律ti ti re do la do mi re ti re，so so fa mi，mi re re do，do ti re ti la。反反復復地拼湊出我所聽到的旋律和音符。鋼琴最後並無法成為我的樂器，小的時候沒有遇到好老師，加之性格懶惰並沒有打下穩固的基礎。所以，鋼琴在我的生命裡只是過客一般的存在。我雖然在生命的不同階段，都曾經嘗試與它重新連接。不過，每一趟都失敗收場。我看到那個有些散漫，有些慵懶地隨意在鍵盤上隨性彈出樂曲的自己，不算拍子，不愛讀譜，只是喜歡隨性的彈。

鏡頭轉到十三歲那年，我遇到了小提琴。我被電視劇影響，被樂團裡的片段深深吸引。我想成為樂團的一份子，在舞臺上演奏出動人的音樂。沒經過多少的深思熟慮，便和小提琴結了不解之緣。不少人覺得，我只是一時衝動。待頭腦冷靜下來，我便會選擇放棄它。事實上，我和它走過了七年的時光。學習的過程中，曾因一時的散漫態度，被老師嚴厲地責罵我褻瀆藝術。看到那時的自己，在琴房裡被老師罵得不敢作聲，屏住氣息小心翼翼地把耳朵的全張開，聽清楚每一個音。腳趾頭，在鞋子裡偷偷的蠕動算著練習曲的拍子。

所幸的是，有嚴師指點，這些年的長進不少。雖然偶爾還是喜歡恣意地演奏，不過理解了紮實的基本功和數拍子的重要性。嚴肅凝重地對待它們，便是尊重音樂本身。當自己真的和它有了

連接，自然會有屬於自己的音色在其中。即使Tannhäuser唱出的是真情流露，是真性情，他也得文對題，樂對音。過了七年之癢，我到今天都還在拉琴。成為音樂家的夢想，終究只停留在夢想。但，那麼多年過去我並沒有放開手上的那把琴。

　　樂曲現在唱到哪裡了？Tannhäuser將這段樂曲唱完後，伊麗莎白臉色蒼白、驚訝。其他的參賽者都只想殺了他，而這個時候，Haltet ein!伊麗莎白站出來為他擋刀。Tannhäuser瞬間跌坐在地上，她去了，到天堂去侍奉祂了。Nach Rome!Tannhäuser要繼續往羅馬方向走去，去朝聖，去尋找屬於自己的atonement。

　　我呢？我到底尋找到屬於我自己的羅馬了嗎？樂曲尚未聽完，我也尚未解脫。是，還沒有解脫。我還是沉溺在音樂的大海裡。我還在用生命來找出音樂對我的意義。也許答案很簡單，就是讓我當年起舞，靈魂和音樂交織在我的肉體裡的那股原動力，繼續流動。

夜魅群舞會

　　香檳杯中，剩下一點的泡沫。舞池中的男男女女，好像搭上時光機回到遠古的篝火邊。我輕搖著杯中物，看著芸芸眾生。這就是所謂的光怪陸離嗎？

　　跳舞從來都不是我的強項，小時候幼稚園的文藝表演最怕被點名到舞蹈隊中去。我情願去背馬來語故事、英文詩歌、還是站在臺上表演一段戲劇都不太樂意去跳舞。依稀記得，第一次跳舞我的腰板不比其他女孩兒柔軟，擺動起來不夠曼妙就被戲謔為直尺。

　　直尺對吧？我不跳就是。是不喜歡跳舞嗎？也不是，哪個女孩不想自己被裝扮得漂漂亮亮地在舞臺上展現身姿？否定讓我幾乎不想再去嘗試。我是人，把我比作物，那我還是什麼？就這樣我放棄了舞蹈，成為他人的觀眾。後來自己也投身於音樂中，舞蹈這件事就變得越來越無足輕重。甚至會鄙視那些學舞蹈的女生，認為她們就只能用身體去表現自我或是展現姿態。

　　這種想法在我成年前給了我一個強有力的反證。那時我坐在飯桌上，舞臺上有個女孩在拿著一盞琉璃杯作新疆舞。心中立即浮現「葡萄美酒夜光杯，欲飲琵琶馬上催」的詩句，她的眼中是有著百轉千回的媚態，但又不張揚，在一陣又一陣的旋轉中展現風采。琉璃盞中，想必映著的是她瞳孔中的神采。

　　她的一舞，喚起我沉睡多年的另外一面的生命力。對，它很純粹，很原始，但是它是實實在在不需要依靠外物便能表現的藝

術形式。像是在戈壁山脈下作舞盼君歸來的西域娘子。

　　那麼舞池中的那些人，跟過去我看的又有什麼不同？想到楚辭中的九歌，其實也就是屈原作來配合祭祀典禮的曲詞。祭祀重中之重離不開獻舞。人用自己的整個身心靈，去將生命力展現於神靈面前，祈求獲得源源不絕、生生不息的延續。古代仕女，習練舞蹈是為了舞給自己的伴侶觀賞，用身體吸引伴侶。在翩翩起舞的同時，眼中是「既含睇兮又宜笑」，神態是「子慕予兮善窈窕」。

　　她們和一群男士，在那燈光之源邊上圍著共舞。眼神像誘餌，願者上鉤。坐在一旁的我看著這一切，並不覺得這一切齷齪或是低級，這只是回到人性中最原始的自然。社會給我們扣上的枷鎖太多，所謂的形式已經讓人忘了男女相識之初求的是相互吸引，而不是在對比各方條件後發現對方符合資格，才立馬去戀愛。

　　飲下一杯香檳，新疆式的音樂還真的是妖嬈而不豔俗的。還記得過去，我聽到華樂團演奏沙迪爾傳奇時，那張小皮鼓的振聲。腦海裡映出的，彷彿是自己身著海藍色的樓蘭服飾，帶著面紗，腳下踩的是戈壁中的細沙。而我愛的人為我敲起舞蹈的節奏。

　　單身女性不應該一個人來這樣的地方，所以我有chaperon帶我來的。在我坐的位置附近有個看起來是社會人的大哥，看起來很粗糙卻很斯文地開始跟我搭話。其實大哥跟我說了些什麼，我其實已經記不了多少了。只記得自己跟他說，我是寫散文的，來這樣的地方想看眾生百態。談起我們的一些私人境遇，提到村上春樹《挪威的森林》，大哥跟我說「愛，或是失去愛並不痛苦；當你開始遺忘的時候那才是痛苦的開始」，這就是挪威的森林。

　　舞池邊的打碟手開始停止作業，聲漸悄，人影去。我望著杯中的餘光，帥氣的俄羅斯大姐姐把剩下的香檳都倒入冰桶中，以示今夜的狂歡到此為止。哈薩克斯的小姐姐給我遞來一碗熱湯。我的chaperon走來，說是時候走了。

　　篝火熄滅，大家還是要回到各自的生活中去。光怪陸離，和沉迷聲色是個人的選擇，環境是因素但是不是絕對的影響。別忘了，酒不醉人人自醉。你若想醒著，又有誰能把你灌醉？

脾氣

　　夢中，我砸碎了一罐又一罐的維他命藥丸。最後連裝滿珍珠的罐子無一倖免，水晶，翡翠都碎得沒有一片完整的。最後拉出一根翠玉釵在他面前砸碎，青絲散開。我拔劍割去青絲，吶喊一句「夠了」。

　　清晨驚醒，一切如舊。依舊是炎熱的夏天，望向書桌的日曆。夏至以來，日長晝短。拂去貼面的髮絲，拿起梳子默默梳開打結的它們。夢中的我，脾氣好大。然而，它們真的只屬於我的夢境嗎？抑或它們曾是我生命的一部分，只因我日漸長成，我漸漸捨棄了曾有的生命表現形式？

　　我使用智慧手機的年頭與朋友們相比時都特別的短。只因脾氣火爆，一言不和便把手機往牆上摔的暴躁女便不想要加入新時代的行列。具體因為什麼發脾氣，其實我也忘了。大概就是別人說著說著就來一句，「你說話可以不要那麼直嗎？」我花了那麼大的力氣來解釋一件事情的發生，處理事情時候力求邏輯合理，換回來的竟是一句這樣的話。

　　手機瞬間五馬分屍。如果只有我獨自一人，還會把家裡的有線電話給拔掉。我知道那些人窮追不捨起來是什麼模樣。深吸一口氣，逕自走到花了不少時間拼湊出來的茶居室後便開始用風爐煮水。風爐上的火極小，又怎麼樣？反正午後時光漫漫，我想怎樣就怎樣。

　　在金陵的熱水壺開了。依舊是個午後，把熱水倒在馬克杯

中。檸檬片和錫蘭茶包淹淹一息地躺在杯中，等待熱水澆下將它們身上的所有味道萃取出來。夏至的太陽掛得特別高。剛才刻意騎車到湖畔，坐在長凳上對著池中的荷花發了呆。

冬天看湖，淨是一片蕭瑟景象。春天看湖，邊上都是桃花，柳葉探頭，湖中都是綠綠的青荇。夏天，總算是另一番光景。出水芙蓉，一朵朵地，彷彿粉色的燈盞。在驕陽下晶瑩剔透，琉璃般的色澤。銀杏樹的葉子開始茂盛，草地上都是桃子杏果。然而，我是從來都不吃的。

煩心事情一件一件地浮出水面，令人慍怒的事情絲毫不減。然而，天已經夠熱了，暑熱早已讓我食欲不振半月有餘。發一場正正經經的脾氣，又有什麼幫助？氣急攻心，肝火大動只會讓我夜不能安寢；臉上多添幾個紅印。何必？清風輕輕吹起裙擺，法式裹身裙總是如此的隨意。草帽將髮絲都藏在裡頭，好似英國二十世紀前的淑女不將髮絲宣之於眾。一個秋冬的休養生息，膚色漸白。

金陵的山水，似乎已把我的氣性給埋在棲霞山下。表面上看來，我也是個江南女子了。有人曾說我若穿起旗袍撐起油傘，我也可以成為戴望舒《雨巷》中的姑娘。如今，帽檐下的臉龐依舊。眼尾依舊是鳳尾，不過苦夏讓她的眼尾不再上揚。好不容易在冬天養出的珠玉面孔，又再次消瘦。眼神竟是懨懨地繼續看著湖中的芙蓉後又離去，陽光在她的身軀下拉了個長長的影子。

檸檬味經熱水一燙便被盡數逼出，與伯爵茶的佛手柑油香完美融合在一起。然而用來泡茶的水，不過是最普通不過的過濾水。若熱水足夠滾燙，還會看到那非常薄的油層。就好像我在這裡的脾氣，薄得他人壓根都看不出來。家中茶室只要是我手裡煮開的水，都會岩泥壺中帶著的清甜味。那裡的午後，外面都掛著

一株又一株的蘭花。品種各異，卻也妖嬈。脾氣未消的午後，一陣小雨沾濕了花蕊。室內一下子暗香浮動，仿若無人之境。

　　家裡的我煮開水，沏了五輪的鐵羅漢後便會撿起那斷簡殘篇般的諾基亞手機重啟。在金陵的我，脾氣竟無處可發，也無發脾氣的意趣。最終化為夢境，讓我在夢中一展碎玉不成片的手段。因何而有脾氣重要是否那麼重要？

　　奇珍異寶原來對我來說那麼不重要，藍田和玉的髮簪也可以被我扔碎。但現在的我敢如從前那般將手機，平板往牆上砸後喊一句，「夠了」嗎？想到這裡，我竟也流連於夢中的自己，青絲落地。夏至已至，喝下伯爵茶，放下的髮絲又再次束了起來。的確是個苦夏。

【後記】右手詩左手散文

張樹林

　　天狼星詩社自七十年代成立以來，社員皆比較注重於從事詩的創作，對於散文和小說，鮮少涉獵。為了鼓勵更多社員也能創作散文，右手寫詩，左手也能寫散文，當馬來西亞天狼星詩社在二零一四年正式註冊成立後，出版《天狼星散文選》的構想就一直在我們的腦海中。

　　去年，出版《天狼星散文選》的計劃，正式在理事會提出通過，然而徵稿工作並不順利，反應冷淡，最終落得未到截稿日期即展延出版的下場。

　　為了不讓出版《天狼星散文選》的計劃落空，理事會再度提出重新啟動出版《天狼星散文選》的計劃，經過幾番努力，終於見到《天狼星散文選》日漸成形。

　　《天狼星散文選：舞雩氣象》共收入廿六位社員作品，從收入兩篇到六篇不等，共收錄一百零一篇散文作品，其中，收入兩篇者：一人、收入三篇者：七人、收入四篇者：十四人、收入五篇者：兩人、收入六篇者：兩人。比起之前《天狼星詩選：二零一八盛宴》中四十二位社員詩作，篇幅是少了，但份量卻不輕。

　　《天狼星散文選：舞雩氣象》終於以舞雩氣象的姿態面市，感謝廿六位同仁的積極參與，出版組主任李宗舜兄的從旁指導和協助，使得編務作業能夠順利完成，更要感謝總編輯溫任平社長的勞心勞力，廢寢忘食，為散文選瀝盡心血，促使這冊散文選能

夠如期出版。

　　《天狼星散文選：舞雩氣象》是天狼星詩社出版的第一本散文選，拋磚引玉，前無古人，但願後有來者！

作者生平簡介

曾美雲

曾美雲，1970年，祖籍福建永春，畢業於國立臺灣師範大學社會教育系新聞組。

現任馬來西亞留臺校友會聯合總會行政助理。任職祝福文化基金會Web Content Writer（2016年——至今）

曾任麻坡佛教正信幼兒園副園長、人文樂園（安親班）園長，佛教慈濟基金會馬來西亞分會（駐雪蘭莪靜思書軒），佛教慈濟基金會馬六甲分會（駐吉隆坡分會）服務。

獲獎紀錄：

1、星洲日報主辦「花蹤文學獎」第七屆報導文學獎首獎，2003。

2、世界華文文學聯會主辦世界華文報告文學徵文獎優秀獎，2001。

陳浩源

1970生，祖籍廣東清遠。

1994年畢業於臺灣國立中興大學外文系，2006年，科技管理研究所碩士畢業。曾經在臺灣的商業電臺擔任主持，1998年開始旅居上海參與多家中國大陸互聯網企業的創業與管理工作。

旅居上海多年曾擔任上市公司副總裁兼首席運營官職務，目前經常往返馬來西亞及中國，成為新媒體、新技術的傳道人。2014年春天，經天狼星詩社社長溫任平先生鼓勵，加入詩社並開始嘗試寫詩至今。馬來西亞天狼星詩社理事。

詩作收入《眾星喧嘩——天狼星詩作精選》，李宗舜編

（2014，臺北：秀威），《天狼星科幻詩選》（2015），《天狼星詩選：二零一八盛宴》，溫任平、李宗舜主編（2018，臺北：秀威）。

陳明發

另署亦筆、舒靈、陳楨等筆名。

1958年生，祖籍廣東海豐。

馬來西亞海上絲綢之路學會會長；絲綢之路文化智庫主席。

馬來西亞文化創意產業網站《愛墾網》（www.iconada.tv）創辦人兼主編。

馬來西亞管理學院院士，澳大利亞阿德萊德國立南澳大學企管博士。

詩作曾收入《大馬新銳詩選》（1978）、《馬華文學大系詩歌卷一，1965-1980》（2004）、《眾星喧嘩——天狼星詩作精選》（2014）、《天狼星詩選：二零一八盛宴》。

詩評曾收入《馬華文學大系評論卷，1965-1980》（2004）。

散文曾收入《南洋文藝1995散文年選～夢過飛魚》（1995）。

陳鐘銘

1967年出生，祖籍福建惠安。

1988-1993年肄業於馬來西亞吉隆坡拉曼學院大學先修系＆管理會計系。

馬來西亞天狼星詩社財政。

馬來西亞大東方壽險人生規劃顧問暨高級集團經理。

SWM銘盟理財團隊及SICM匯和理財全國聯盟創辦人兼主席。

1988-1993年：曾主編：拉曼文友散文合集《青青子衿》、星城文友散文合集《十五星圖》；推動出版拉曼學院華文學會年刊《種子的歌》、《長街歲月》、《鳳凰木燃燒的歲月》等。

1989-1993：曾獲多屆「馬來西亞大專文學獎」詩歌與散文組三甲獎項、第三屆新加坡「獅城扶輪文學獎」大專詩歌組首獎等。

詩作收入《眾星喧嘩——天狼星詩作精選》，李宗舜編（2014，臺北：秀威），《天狼星科幻詩選》（2015），《天狼星詩選：二零一八盛宴》，溫任平、李宗舜主編（2018，臺北：秀威）。

陳雯愛

1977年出生，祖籍廣東潮安。

博大會計系榮譽學士、中國南京大學中國語言文學系碩士。

馬來西亞華文作家協會東海岸聯委會主席、天狼星詩社社員。

現任職師範學院華文講師，一度活躍於報章言論版，曾為《南洋商報‧東海岸版》專欄作者。

程可欣

原名程慧婷，1964年生，祖籍廣東中山。

馬來亞大學中文系碩士。

曾任馬來西亞國家公共行政學院講師，移動媒體集團子公司執行長。

馬來西亞天狼星詩社社員。

曾獲馬來西亞大專文學獎散文組第三名（1986），馬來西亞全國嘉應散文獎佳作獎（1990），馬來西亞南大校友會極短篇小說佳作獎（1990），星洲日報花蹤文學獎兒童文學佳作獎（1999年）。

80年代於各大報章撰寫專欄，同時積極為現代詩譜曲，並成為馬來西亞激盪工作坊一員。

著有散文集《馬大湖邊的日子》（1987），《童真備忘錄》（2000），《童真備忘錄TOO》（2013）。

主編《風的旅程》（1980年），《舒卷有餘情》（1989）。

作品收入《多變的繆斯：天狼星中英巫詩選》（1985），《馬大散文集》（1987），《熒熒月夢》（1987），《讀中文系的人》（1988），《只在此山中》（1989），《那人卻在燈火闌珊處》（1992），《迴盪在馬大校園的師生曲》（1992），《海外華文女作家自選集》（1993），《美的感動：海外華文女作家散文集》（1993），《涉江採芙蓉》（1997），《惟吾德馨》（2012），《眾星喧嘩——天狼星詩作精選》，李宗舜編（2014，臺北：秀威），《天狼星科幻詩選》（2015），《天狼星詩選：二零一八盛宴》，溫任平、李宗舜主編（2018，臺北：秀威）。

黃俊智

1991年生，祖籍廣東普寧。

馬來西亞天狼星詩社社員。

本科畢業於馬來亞大學語言學系中文專業，目前就讀廣州的華南師範大學，攻讀漢語語言學及應用語言學專業。

作品散見於馬來西亞報刊南洋商報和電子雜誌「詩雨空間」。

作品收入《天狼星詩選：二零一八盛宴》，溫任平、李宗舜主編（2018，臺北：秀威）。

黃素珠

1948年出生，祖籍福建惠安。

中學時代就開始對詩及繪畫創作產生濃厚興趣。

馬來西亞天狼星詩社副秘書長。

現任馬華公會聯邦直轄區州婦女組主席。

曾在甲洞國中執教數理華文廿二年。後創立城市國際學院並任首席執行長十二年至退休。

曾任吉隆坡市政府諮詢理事會理事6年。

曾任大馬福建社團聯合會，大馬惠安社團聯合會，隆雪惠安公會，甲洞福建會館等婦女組主席多年。

曾任馬華公會全國婦女組總秘書，副主席，州區會領導等卅餘年。

1994年起至2007年，先後受馬來西亞最高元首封賜AMN，JMN，及PJN聯邦拿督勳銜。

作品收入《天狼星詩選：二零一八盛宴》，溫任平、李宗舜主編（2018，臺北：秀威）。

駱俊廷

筆名何本，1995年生，祖籍福建惠安。

馬來西亞天狼星詩社社員。

畢業於韓江學院中文系。

畢業於臺灣文化大學文藝創作組。

現就讀於臺灣國立政治大學哲學研究所。

作品收入《天狼星詩選：二零一八盛宴》，溫任平、李宗舜主編（2018，臺北：秀威）。

藍啟元

原名畢元，1955年生，祖籍廣東花縣。

退休華文小學校長。

現任馬來西亞天狼星詩社副社長。

著有詩集《橡膠樹的話》（1979），天狼星出版社。

作品收入《大馬詩選》（1974），《天狼星詩選》（1979），《眾星喧嘩——天狼星詩作精選》，李宗舜編（2014，臺北：秀威），《天狼星科幻詩選》（2015）。《天狼星詩選：二零一八盛宴》，溫任平、李宗舜主編（2018，臺北：秀威）。

李宗舜

原名李鐘順，易名李宗順，筆名黃昏星。

1954年生，祖籍廣東揭陽。

1974年赴臺，曾就讀國立政治大學中文系。

1994年至2016年，任職馬來西亞留臺校友會聯合總會（簡稱留臺聯總）行政主任22年，2016年退休。

現任馬來西亞天狼星詩社常務副社長。

【著作年表】

（一）詩集：

　　1.《兩岸燈火》（與周清嘯合集），臺北神州詩社，1978。

　　2.《詩人的天空》代理員文摘（馬）有限公司，1993。

　　3.《風的顏色》（與葉明合集），凡人創作坊，1995。

　　4.《風依然狂烈》（與周清嘯、廖雁平合集），有人出版社，2010。

　　5.《笨珍海岸》，臺北秀威，2011。

　　6.《逆風的年華》，有人出版社，2013。

　　7.《李宗舜詩選1》，臺北秀威資訊科技，2014。

　　8.《風夜趕路》，臺北秀威資訊科技，2014年。

　　9.《四月風雨》，有人出版社，2014。

　　10.《傷心廚房》，有加出版社，2016。

　　11.《李宗舜詩選ll》，有加出版社，2016。

　　12.《香蕉戲碼》，有人出版社，2016。

（二）散文集：

　　1.《歲月是憂歡的臉》（與周清嘯合集），高雄德馨室出版社，1979。

　　2.《烏托邦幻滅王國》，臺北秀威資訊科技，2012。

　　3.《十月涼風》，臺北秀威資訊科技，2014。

（三）入選重要大系和選集

　　1.《大馬詩選》，天狼星詩社，1974，溫任平主編

　　2.《馬華文學大系詩歌卷一，1965-1980》。彩虹出版社、馬華作家協會，2004，何乃健主編。

　　3.《馬華文學大系詩歌卷二，1981-1996》。彩虹出版社、馬華作家協會，2004，沈鈞庭主編。

4.《馬華新詩史讀本》（1957-2007），臺北萬卷樓圖書，2010年，陳大為、鍾怡雯主編。

5.《我們留臺那些年》，散文集，有人出版社，2014年，張錦忠、黃錦樹及李宗舜主編。

6.《眾星喧嘩——天狼星詩作精選》，李宗舜編（2014，臺北：秀威）。

7.馬來西亞潮籍作家詩選《定水無痕》（1957-2014）李宗舜主編，有人出版社，2015。

8.馬來西亞潮籍作家散文選《別在耳邊的羽毛》（1957-2014）辛金順主編，有人出版社，2015。

9.《天狼星科幻詩選》溫任平主編，有加出版社，2015。

10.《天狼星詩選：二零一八盛宴》，溫任平、李宗舜主編（2018，臺北：秀威）。

廖雁平

1954年生，本名廖建飛，易名廖建輝，祖籍廣東惠陽。

畢業於臺灣國立政治大學哲學系。

曾任職於新生活報，留臺聯總《跨世紀季刊》責任主編，《現代家庭》主編及《中國報》社團記者。馬來西亞天狼星詩社（2018-2020）查帳。

榮獲大馬青年1983年度詩歌及散文獎。

著作年表：

《風依然狂烈》，（與李宗舜，周清嘯合集），有人出版社，2011年。

作品收入《天狼星詩選：二零一八盛宴》，溫任平、李宗舜主編（2018，臺北：秀威）。

廖燕燕

1966年生，祖籍廣東番禺。

馬來西亞天狼星詩社理事。

1987-1989年：曾任詩禮檳榔師訓學院華文特刊《新林》總編輯。

2004年：曾任《南洋週刊》——「彥彥站崗」專欄主筆。

現任華小校長。

作品收入《天狼星詩選：二零一八盛宴》，溫任平、李宗舜主編（2018，臺北：秀威）。

林迎風

原名林楊楓，另有筆名：一木，楊峰，亞摩。

1960生，祖籍福建安溪。

現任《南洋商報》東海岸執行顧問。南洋學生俱樂部（南俱）東海岸總決策。彭亨州安溪同鄉會名譽顧問。關丹長生學調整服務中心顧問。關丹藝聲歌樂協會音樂顧問。關丹雅韻歌友會執行顧問。彭亨州關丹晉江會館理事。天狼星詩社（2018-2020）理事。

出版／參與出版之作品：

1.1979年中學時期，出版手杪本合集。

2.1980年新聞系時期，出版散文合集《青苔路》。

3.1982年踏入南洋之前，出版個人小說集《長夜》。

4.2006年出版《三人同心》新詩、散文及雜文合集。

5.2011年在雙福文學出版基金資助下出版《我願為長蓮的沼澤》。

6.2011年以作協東聯主席身份催生下，出版《東詩300首》。

7.作品收入：《天狼星詩選：二零一八盛宴》，溫任平、李宗舜主編（2018，臺北：秀威）。

露凡

1953年生，原名魏秀娣，祖籍廣東東莞。

退休公務員。

馬來西亞天狼星詩社社員。

作品收入：《眾星喧嘩——天狼星詩作精選》，李宗舜編（2014，臺北：秀威），《天狼星科幻詩選》（2015），《天狼星詩選：二零一八盛宴》，溫任平、李宗舜主編（2018，臺北：秀威）。

潛默

原名陳富興，1953年生，祖籍廣東臺山。

馬來亞大學中、巫文系榮譽文學士；馬來亞大學中文系文學碩士。

曾任：中小學語文教師、師範學院中文講師、馬來西亞開放大學中文講師。

　　現任：霹靂文藝研究會出版《清流》文學期刊主編。

　　大馬天狼星詩社翻譯組成員。參與並完成《紅樓夢》中譯巫的工程。

　　曾獲：1978年檳城南大校友會主辦「全國文藝創作比賽」公開組詩歌獎第二名。

【著作年表】

（一）詩集：

1. 《焚書記》天狼星詩社，1989。
2. 《苦澀的早點》霹靂文藝研究會，2012。
3. 《蝴蝶找到情人》霹靂文藝研究會，2014。
4. 《潛默電影詩選》臺北秀威，2016。

（二）綜合文集：

1. 《煙火以外》出版社：無，1994。

（三）長篇小說：

1. 《迷失10小時》霹靂文藝研究會，2012。

（四）中譯巫譯作：

1. 《多變的繆斯》天狼星詩社，1985。
2. 《扇形地帶》千秋出版社，2000。

《教授等雨停》臺北秀威，2018。

參與並完成《紅樓夢》中譯馬的工程。2018。

詩作收入：

1. 《馬華文學大系詩歌卷二，1981-1996》，馬來西亞華文作家協會，2004。
2. 《眾星喧嘩──天狼星詩作精選》，臺北秀威資訊科技股

份有限公司，2014。
　　3.《天狼星科幻詩選》，有加出版社，2015。
　　4.《天狼星詩選：二零一八盛宴》，溫任平、李宗舜主編，
　　　臺北秀威，2018。
策劃／主編：
　　1.《詩之路》（師範文集），1991
　　2.《跋涉》（師範文集），1993
　　3.《自然的交響》（文學營詩集），2004

覃凱聞

　　原名覃勘溫，1998年生，祖籍廣西北流。
　　馬來西亞天狼星詩社社員，南方大學學院中文系學生。
　　喜古文，好古籍，作文亦以古典為取向，力求精練。
　　作品收入《天狼星詩選：二零一八盛宴》，溫任平、李宗舜
主編（2018，臺北：秀威）。

王晉恆

　　王晉恆，1996年生，祖籍廣東潮州普寧
　　在籍馬來西亞理科大學醫學生
　　2017年加入馬來西亞天狼星詩社
　　2013年得獲全國創作比賽散文優秀獎，吉打州作文賽冠軍獎。
　　2018年得獲依大文學獎（散文首獎）；理大文學獎（散文銀
獎，詩歌銀獎）；拉曼大學文學獎（散文銅獎，詩歌銅獎）。
　　著有詩合集《天狼星詩選：二零一八盛宴》，秀威資訊。

　　作品亦散見於國內外報章，詩刊及文學雜誌如馬來西亞《南洋商報》、《中國報》、《清流》，新加坡《赤道風》、《新加坡詩刊》，臺灣《葡萄園詩刊》、《臺客詩刊》，香港《聲韻詩刊》等。

溫任平

　　溫任平，馬來西亞天狼星詩社社長。曾任馬來西亞華文作家協會研究主任，大馬華人文化協會語文文學組主任，推廣現代文學甚力。曾於1981年與音樂家陳徽崇策劃國內第一張現代詩曲的唱片與卡帶《驚喜的星光》。著有詩集《無弦琴》、《流放是一種傷》、《眾生的神》、《戴著帽子思想》、《傾斜》；雙語詩集《扇形地帶》（華巫）、《教授等雨停》（華巫）；散文集《風雨飄搖的路》、《黃皮膚的月亮》；評論集《人間煙火》、《精緻的鼎》、《文學觀察》、《文學·教育·文化》、《文化人的心事》、《靜中聽雷》、《馬華文學板塊觀察》、《現代詩秘笈：趨近語言臨界》。《大馬詩選》、《眾聲喧嘩：天狼星詩作精選》、《天狼星科幻詩選》、《馬華當代文學選》、《天狼星散文選：舞雩氣象》、《天狼星雙語詩選：對話》總編輯。作品收錄《馬華當代文學大系》（1965-1996年）詩、散文、評論之部，詩與散文多篇被選入國中、獨中華文科教材。論文被收入成為臺灣大學中文系教材。2010年溫氏獲頒第六屆大馬華人文化獎。

謝川成

　　原名謝成。1958年生，祖籍廣東新安。馬大中文系文學博士。

馬來西亞天狼星詩社秘書長。

馬大中文系畢業生協會出版組主任，馬來亞大學漢語語言學系高級講師。

詩作〈雨簾〉收錄在《驚喜的星光：天狼星現代詩曲集》，作曲者：策劃：溫任平；指揮：陳徽崇等（1981）、〈音樂是多餘的喧囂〉收錄於唐祈主編：《中國新詩名篇鑒賞辭典》（成都：四川辭書出版社，1990）、《眾星喧嘩——天狼星詩作精選》（秀威資訊，2014年），《天狼星科幻詩選（2015）。

作品收入《天狼星詩選：二零一八盛宴》，溫任平、李宗舜主編（2018，臺北：秀威）。

【得獎記錄】

1.文學評論獎，馬來西亞華人文化協會，1983。

2.現代詩獎，馬來西亞華人文化協會，1987。

【著作年表】

（一）詩集：《夜觀星像》天狼星詩社，1981年

（二）論文集：《現代詩詮釋》，安順：天狼星出版社，1981。

徐海韻

1989年生，祖籍廣東梅縣。

2016年12月加入天狼星詩社。

2007-2009年畢業於馬來西亞南方學院中文系。

2012-2014畢業於臺灣元智大學中國語言學系。

畢業後從事教育工作至今。

曾獲得第十二屆元智文學獎散文組首獎，第十三屆元智文學獎散文組第一名、小說組第一名。

作品收入《天狼星詩選：二零一八盛宴》，溫任平、李宗舜主編（2018，臺北：秀威）。

徐宜

原名徐佩玲，1972年生，祖籍福建永定。

1993年至1997年畢業於馬來西亞北方大學，資訊科技系。現任職於本地一家軟件公司為軟件顧問。

2017年加入馬來西亞天狼星詩社。

作品收入《天狼星詩選：二零一八盛宴》，溫任平、李宗舜主編（2018，臺北：秀威）。

楊世康

筆名楊康，1971年生，祖籍福建南安。

馬來西亞兒童文學作家。

曾以《電子父母》榮獲馬華文學節留臺聯總兒童小說獎首獎、星洲日報花蹤文學童詩佳作，也在馬華文學節南大微型小說次獎及大專文學獎散文首獎等。

出版個人兒童小說《電子父母》及童詩集《飛翔的童心》，童詩也曾收錄在小學課本及各類童詩選集。

作品收入《天狼星詩選：二零一八盛宴》，溫任平、李宗舜主編（2018，臺北：秀威）。

張樹林

1956年生，祖籍廣東普寧。

現任馬來西亞天狼星詩社副社長、中國廣東省海外交流協會理事、馬來西亞華夏文化促進會署理會長、馬來西亞中華茶藝公會總財政、馬來西亞潮州公會聯合會常委、雪隆張氏公會副秘書長、雪隆潮州會館董事、雪隆潮州會館獎學金委員會副主任。

曾任：馬來西亞華人文化協會中央理事、馬來西亞華人文化協會霹靂州分會秘書、馬來西亞青年運動（青運）全國副總會長、全國組織秘書、霹靂州會主席、下霹靂縣會主席、馬來西亞青少年臺灣觀摩團團長（1972）。

著有詩集：《易水蕭蕭》，散文集：《千里雲和月》。

主編：《大馬新銳詩選》、《馬華文學選》（第一輯：散文）。

一九七五年榮獲檳城韓江中學校友會全國散文創作比賽季軍、一九七九年榮獲天狼星詩社社員創作獎：詩獎、天狼星詩社社員創作獎：散文獎、一九八零年榮獲馬來西亞華人文化協會文學獎：詩獎。

詩作〈記憶的樹〉及〈易水蕭蕭〉收錄在〈驚喜的星光——天狼星現代詩曲集〉，作曲者：陳徽崇等。

作品收入：《眾星喧嘩——天狼星詩作精選》，李宗舜編（2014，臺北：秀威），《天狼星科幻詩選》（2015），《天狼星詩選：二零一八盛宴》，溫任平、李宗舜主編（2018，臺北：秀威）。

鄭月蕾

1963年生，祖籍福建莆田。

吉隆玻精英大學會計與金融理學士。

任職外企公司財務經理。

作品收入：《眾星喧嘩——天狼星詩作精選》，李宗舜編（2014，臺北：秀威），《天狼星科幻詩選》（2015），《天狼星詩選：二零一八盛宴》，溫任平、李宗舜主編（2018，臺北：秀威）。

卓彤恩

1996年生，祖籍福建漳州。

現就讀南京大學漢語言文學系本科三年級。

2017年加入天狼星詩社。

畢業于韓江學院中文系。

中學時代曾獲得2015年吉打州創作比賽散文組金獎，2015年全國中學生創作比賽銅獎。2017年獲得韓江學院最具潛質青年學者獎。

作品收入《天狼星詩選：二零一八盛宴》，溫任平、李宗舜主編（2018，臺北：秀威）。

語言文學類　PG2176　秀文學25

天狼星散文選：
舞雩氣象

主　　　編 / 溫任平、張樹林
責任編輯 / 徐佑驊
圖文排版 / 林宛榆
封面設計 / 劉肇昇

發 行 人 / 宋政坤
法律顧問 / 毛國樑　律師
出版發行 / 秀威資訊科技股份有限公司
　　　　　114台北市內湖區瑞光路76巷65號1樓
　　　　　電話：+886-2-2796-3638　傳真：+886-2-2796-1377
　　　　　http://www.showwe.com.tw
劃撥帳號 / 19563868　戶名：秀威資訊科技股份有限公司
　　　　　讀者服務信箱：service@showwe.com.tw
展售門市 / 國家書店（松江門市）
　　　　　104台北市中山區松江路209號1樓
　　　　　電話：+886-2-2518-0207　傳真：+886-2-2518-0778
網路訂購 / 秀威網路書店：https://store.showwe.tw
　　　　　國家網路書店：https://www.govbooks.com.tw

2019年12月　BOD一版
定價：450元
版權所有　翻印必究
本書如有缺頁、破損或裝訂錯誤，請寄回更換

國家圖書館出版品預行編目

天狼星散文選：舞雩氣象 / 溫任平、張樹林主編.
-- 一版. -- 臺北市：秀威資訊科技, 2019.12
  面；　公分. -- (語言文學類；PG2176)(秀
文學；25)
  BOD版
  ISBN 978-986-326-764-5(平裝)

868.755   108019653

讀者回函卡

感謝您購買本書，為提升服務品質，請填妥以下資料，將讀者回函卡直接寄回或傳真本公司，收到您的寶貴意見後，我們會收藏記錄及檢討，謝謝！如您需要了解本公司最新出版書目、購書優惠或企劃活動，歡迎您上網查詢或下載相關資料：http:// www.showwe.com.tw

您購買的書名：_____

出生日期：_____年_____月_____日

學歷：□高中 (含) 以下　　□大專　　□研究所 (含) 以上

職業：□製造業　□金融業　□資訊業　□軍警　□傳播業　□自由業
　　　□服務業　□公務員　□教職　　□學生　□家管　　□其它_____

購書地點：□網路書店　□實體書店　□書展　□郵購　□贈閱　□其他

您從何得知本書的消息？

　　□網路書店　□實體書店　□網路搜尋　□電子報　□書訊　□雜誌

　　□傳播媒體　□親友推薦　□網站推薦　□部落格　□其他_____

您對本書的評價：(請填代號　1.非常滿意　2.滿意　3.尚可　4.再改進)

　　封面設計____　版面編排____　內容____　文／譯筆____　價格____

讀完書後您覺得：

　　□很有收穫　□有收穫　□收穫不多　□沒收穫

對我們的建議：_____

_____

_____

_____

11466
台北市內湖區瑞光路 76 巷 65 號 1 樓

秀威資訊科技股份有限公司　　　收

BOD 數位出版事業部

．．

（請沿線對折寄回，謝謝！）

姓　　名：＿＿＿＿＿＿＿＿＿＿　年齡：＿＿＿＿　性別：□女　□男

郵遞區號：□□□□□

地　　址：＿＿＿＿＿＿＿＿＿＿＿＿＿＿＿＿＿＿＿＿＿＿＿＿＿＿＿＿

聯絡電話：(日) ＿＿＿＿＿＿＿＿＿＿＿＿＿ (夜) ＿＿＿＿＿＿＿＿＿＿＿＿＿

E-mail：＿＿＿＿＿＿＿＿＿＿＿＿＿＿＿＿＿＿＿＿＿＿＿＿＿＿＿＿＿＿